地上的天空

钟求是

著

北 京 出 版 集 团
北京十月文艺出版社

目录

地 上 的 天 空

朱一围病逝三个月后的一天，其妻子筱蓓给我打了电话。电话的中心意思，是让我帮忙散掉家里的藏书。筱蓓说："吕默，我家房子本来就不大，不能让书房一直做着老大。"筱蓓说："吕默，这些书是随着一围的，一围一走，它们早晚得散了。"筱蓓又说："晚散不如早散……我不图钱，要是能找到合适的去处，一围会高兴的。"

　　这是个有点突然的求助。我握着手机静了嘴巴，把事儿想了几秒钟，又想了几秒钟，才慢着声音应承下来。

　　我当然明白，筱蓓把此活儿交给我，不仅是因为我原先在市图书馆当过差，容易找到收留这些书的地方，更是因为一围朋友稀少，对这种事能够上心的也许只有我。

　　我依着记忆算了算，一围的藏书应该有四千余册，其中作家签名本为三四百本。这些藏书在一围手里很受宠，所以占着家里的一个大间，而上高中的儿子周末返家，只能在客厅里打地铺。儿子是个未来理工男，对文学书籍压根儿瞧不上眼，显然无意继承父亲的爱好。现在一围抽身而去，书本们在家中自然也失去了贵宾身份。毕竟对三四万元一平方米的房子来说，它们的存在有些喧宾夺主。

我左右琢磨一天，又打一天电话，把事情大体办妥了。四千多册书分成两拨儿，捐给两家区图书馆。之所以没有联络老东家，是因为我心里还存着一小块别扭，而且市图书馆撑着派头，态度容易淡慢。区图书馆就不一样，不仅可以上门取书，还颁证书发消息，其中一家更掏出诚意，准备专门立一个捐赠书柜。这就有点意思了，至少对一围是个远距离的安慰。

情况跟筱蓓一说，果然获得好几声谢谢。她表示这两天就把书收拾好，分成两组。我提醒说："那些签名书送图书馆不合适，别让他们拉走。"筱蓓说："你的意思是签名书……另有价值？"我说："签名书价值可大可小，你收在家里价值就不小。"筱蓓说："吕默，一直等我老了，我可能也不会打开这些书，还是早点让别人去看吧。"我停顿一下，说："那好……我另外想想办法，反正不能亏待了这批书。"

话儿说出来顺嘴，真做起来却不易。若赠送给图书馆，有朱一围三个字在扉页上号着，这些书到底派不上用场。若放在网络书店上一本一本地卖，不仅费劲儿，也会惹得一围在那一头不高兴。当然了，我也想过由自己接管，存住朋友的遗物，但我毕竟不是文学先生，不读小说久矣，又因为在图书馆待过，反而少了藏书的兴致。更重要的是，我心底里还是尊重这批书的，觉得应该有更好的投奔之处。

这批书之所以有些重要，一是因为书的作者大多是国内或省内之知名作家，笔下的文字和故事上得了台面；二是因为一围为求签名很下功夫，费了不少心思和时间。在这个城市，有好几位收藏作家签名书的爱好者，一围是其中一位，而且是比较卖力的一位。早些年，他采用写信恳求的方式，寄书向作家索要签名。这几年，作家的作品分享会、文学对话会多了，他就携着作家的一本或几本书跑去蹭会，在会后凑到作家跟前，一脸真诚地打开书页并报出自己的名字。有时获得一个著名作家的签字，他会兴奋得像洗了个澡，一身痛快地拍照下来发给我看。有一次一围在微信里夸口说，自己已拿下近百位作家，按这样的节奏往前走，不出十年就能搞定中国所有的重要作家。十年不算一个很奢侈的数字，但对一围而言终于成了一个遥远的虚词。大约一年前，他一头撞上一种叫下咽癌的东西，先是在喉咙部位割开一个小洞，然后一日日地与这个小洞做着斗争。在那段时间，他失去了声音和精力，但床头一直放着一本名为《第七天》的小说——小说讲的是一个人死后进入另一个世界的故事，扉页上有作者的签名。有一天我去看他，他在白纸上写下一行字：我准备好了，去另一个世界。

往前一些年，一围有着温润的声音和满格的精力。那时他在邮政局上班，我还在图书馆做事，有一天晚上，两个人因为一位共同的朋友在一百米高的酒桌上相遇。共同的朋友刚刚炒股赚了一笔钱，想分享一下大好的心情。为了表示股票走高，他特意订了一幢三十层大楼顶部的餐厅，又为了忆旧论今，他记起了一些久未联络的朋友。那天一大桌人，场面热闹纠缠。我和一围凑巧坐在一起，两个人在热闹中都显着安静。我酒量比较薄，喝了三两白酒便脑袋起热，耳朵受不了嘈杂。我起身出去抽根烟，找到了大厅旁边的一个小阳台。过了片刻，一围也来了。他不抽烟，是想躲一会儿清静。既然是躲清静，我们俩就没有多说话，只是靠在栏杆上，默默看着远处明明淡淡的灯光。

后来饭局收尾时，我和一围先站起身，一块儿坐电梯下楼。一围积极打了车，顺道把我捎回了家。

本来那次聚会只是蜻蜓点水似的交集，但大约是因为我的图书馆职员身份，一围第二天便联络了我。一围说自己在邮局工作，却不喜欢收集邮票，倒喜欢收集文学签名书。我说，你干这事儿我其实给不了什么帮助。一围说，我不需要帮助，我只是想让你知道我也在跟书打交道。我问他，为什么玩这个，是因为喜欢读小说、诗歌吗？一围嘿嘿地笑，说自己也看不了几本书，只是日子太平淡了，总得找点儿有趣的事。他的说话口气不讨人嫌，我接受了他的靠近。如此开了头，一年跟着一年下来，我竟成为一围为数不多的好友之一。

我是在第三天才想到一个不错的主意的。城市之大，免不了市民重名，我想尝试找一位（或者两位三位）名字也叫朱一围的人。这些书在其他人眼里没什么价值，但到了姓名为朱一围的人手里，岂不身价大增。若新的朱一围喜好或敬重文学，那更是书之善缘。

我在脑子里编好寻人赠书的一段话，再变成手机上的文字，从微信朋友圈发出去。大约这种事比较好玩，不多时间，便引来一大群人的点赞。有人留言：纸书存之，可添雅气。又有人留言：我百度了一下，没见到朱一围的名字。也有人表示：此等趣事，我已转发。

尽管这样，我对找人之事并无过多的期待。毕竟不是刑事追人什么的，朋友圈热闹半小时便过去了，再则朱一围的名字相当稀罕，这个城市很难说有第二人的存在。

过了两日，有人在我手机里要求添加朋友，并提示与寻人赠书有关。我点了接受，对方是一位号称"衣艺者"的女士。我送一个"握手"表情给对方，问：你是哪一位？我认识你吗？对方写：你不认识我，但我知道你叫吕默，我帮你找到了一位朱一围。我吃了一惊，写：还真有人也叫朱一围？线索靠谱吗？对方：不是线索是实物，他是我男友。我给出一个疑问的"微笑"：那他为什么不亲自现身？对方：我想把书拿到手，送他一个意外惊喜。我：那我怎么相信确有其人？先给身份证让我看。对方：人民币比身份证更可靠，我是准备用钱买书的。我：用钱买书？你知道有多少本书吗？对方：我知道你那位朱一围留下不少签名书，我全买下。我又吃一惊，之前发出的寻人赠书文字比较简单，没说一围的病逝，也没说书的数量，看来这位"衣艺者"有备而来呀。不过真用钱买书，倒说明对方对这批书确是看重的。我问：这位女士，我想知道你的实名。对方：陈宛。我：好吧，陈女士，你有什么具体打算？对方：我想早点看到这批书，然后给出价格。我答应了：那我说个时间，明天晚上吧。

第二天傍晚我在公司加一会儿班，又在食堂胡乱吃过一点东西，便出门去了一围家。筱蓓开了门，直接引我进入书房。房内的书已经基本清空，只剩下靠里的一墙书架还饱满着。我抽出几本翻到扉页，上面均有作家署名，署名之上则题"朱一围先生一阅""朱一围先生正之"等俗语，也有一本亲昵些，写着"朱一围先生在阅读中进步"。可以想见，一围待在这间书房里，回味着与"一阅""正之""进步"这些词儿相关的签书场景，心里是多么的受用。一围是个活络不足、古板有余的人，平常在场面上混酒交友的时候很少，与我酒桌结识实在是一个例外。但一围把书房的门一关，脸上大约是有亮色的，因为书架上聚着许多他结识过的人呢。

正这么走着神儿，外边响起敲门声。筱蓓走过去，很快将一位女客领进书房。这是一位三十多岁的标致女人，大约因为穿着有些轻软的绸衣，身形微胖而不显。她似乎有点紧张，一进来眼光找到我，才松了脸一笑。我说："是陈宛陈女士吧？"女人说："你叫我陈宛就好。"我一指筱蓓："她是这儿的主人，书的事她说了算。"筱蓓说："没关系的，您先看看合适与否，这种事讲的是缘分。"女人点点头，眼睛慢慢扫一圈屋子，走到书架前直着脖子看。她抽出一本瞧了瞧放回去，又抽出一本瞧了瞧放回去，然后手伸到上格取下一本蓝皮书，目光停在了封面上。我凑近一步丢去一瞥，是小说《第七天》。女人说："这一本好。"说着打开扉页细细地看，仿佛淘到了一见如故的藏品。我说："不光这一本好，每一本都有点意思。"女人抬起眼睛，承认地点一下头。我说："如果你愿意，现在就可以说个价。"女人说："我还得先问一句，为什么要把这批书处理掉呢？"我看一眼筱蓓，筱蓓说："我老公……一走，这些书就用不上了，放着也是放着，还不如找个用得上的地方。"女人说："为什么说还不如呢？剩下这一墙书架，也不算太占地方。"筱蓓说："人走了，这一墙书架却像是一种提醒，我不喜欢这种感觉。"女人说："像是一种提醒？提醒什么？"筱蓓微露不悦："别走题好吗？我可不是为了钱，我本来就没打算让这些书变成一桩买卖。"筱蓓这么讲有些傻了，至少会露出心里的待价底细，对方分明在话中夹着试探呢。我打着掩护说："是的，转让收藏品不是买卖，靠的是眼缘和心缘。"女人说："好吧。切入正题……我提个数字，你们看合适否。"她默一下脸，伸出两个手指说："二十万。"我暗吃一惊，同时瞧见筱蓓的眼睛使劲大了一下——这个数字远远超过期望，让人觉得是耳朵听错了。

书房似乎安静了片刻。我用手推推鼻子，一边生出一些警惕，说："你开的这个价，含有别的附加条件吗？"女人摇摇头说："没有。这么多签名书，值这个钱。"筱蓓说："您这样说我挺欣慰……我能不能知道，您是做什么的？"女人淡笑着说："别以为我很有钱，我是想让男友高兴。我相信我这么做，他会高兴的。"我说："我也问一句，你男友喜欢文学吗？"女人拍拍手中的《第七天》，说："喜欢的。他爱读小说，还向我推荐过这一本。"噢，若是这样，逻辑是成立的。我舒口气说："那你这一次做对了！女人要拿住男人，不能光喂他好话，你得让他真正地心跳一回。"这句自作幽默的话有点勉强，但多少把气氛说松了。随后双方又来回讲些话，议定了付款方式和搬运时间。

在我的眼里，两个女人的脸上都渗出了满意。

日子的推移有时是不知不觉的。四五月间，我在公司里帮着打理一个非遗产品展示会，出策划书、做VCR什么的，嘴巴和手脚经常一起忙碌着。待弄完了松口气，天气已经转热。站在办公室窗口抽烟时往街上一瞧，路人们开始躲着阳光了。

这天午休小憩后，我习惯地划开手机，瞧见筱蓓一条微信：事情不明白，有空电话一下。我坐到办公桌前，打电话过去。筱蓓在手机里咿咿呀呀发着声音，讲了十多分钟。原来昨天晚上她跟住校的儿子进行每日例行电话时，儿子顺口丢了一句，说学校图书馆出现咱家的藏书。她问什么藏书？儿子说小说签名本呀，上面有老爸的名字。她有些纳闷，说你也开始读起小说啦？儿子说我眼睛哪里忙得过来呀，是班里一同学在看。她想一下，让儿子去拍张小说扉页照片。过一会儿，照片真的发过来了，情况属实。为此她琢磨一晚上再加一上午，脑子还是糊涂。

我一边听着一边也直眨眼睛。花一笔钱买签名旧书，一转身送了学校，这实在有些稀奇。不过让书籍到达图书馆，也算物尽其用，没什么不高兴的。我说："这种事儿是人家的权利，咱们不能说她做

10

得不对。"筱蓓说："我没有说她做得不对,我只是感到奇怪。"我说："干什么事儿都有内在逻辑,只是咱们不知道而已。"筱蓓说："一围的书,我多少得知道一些吧?方便的时候你联络一下她呗。"

我静一静脑子,在手机微信里找到"衣艺者",先打一声招呼,然后试探地问:那批书给男友后,他惊喜了吗?对方许久没有回复,过了半小时才跳出一句话:你这是产品售后调查吗?我写:毕竟是朋友的书,我得关心一下。对方:那你来一趟吧,我允许你见一面。我给一个"微笑"表情:我又没提出这个要求。对方:透过手机屏幕,我看到了你脸上的企图。我:那怎样才能找到你?对方:浣纱路北边,衣艺者。我:呀,你是衣店女老板。对方打出一个眯起单眼的"调皮"表情。

放下手机,我脑子似乎有点不稳定,坐了片刻终于按捺不住,就找个借口离开办公室去了街上。坐儿站公交车又走一截路,到了浣纱路北段。两旁有一溜儿花花绿绿的商店,我东张西望一会儿,眼睛一亮见到了"衣艺者"三个字。这是一间门面不大的售衣店,推门进去,里边倒是清爽开阔,挂卖的衣服热闹而有秩序。一位年轻店员迎出来刚想说什么,我已绕过去往里走,因为我看到了坐在售货台后面的陈宛。

我说:"大隐隐于市,原来陈女士藏在了这里。"陈宛站起身一笑说:"来得挺快……就不能叫陈宛吗?"我说:"好吧陈宛,这个店开几年啦?生意不错吧?"陈宛说:"三年了,生意马马虎虎。"

我说："不能马马虎虎,马马虎虎怎么能掏钱买书再送出去呢?！"陈宛翘了眉毛给我一眼："知道这个啦?怪不得又是微信又是打上门来。"我说："我可不敢打上门来,我这是上门求教。"陈宛说:"想打探我为什么把那批书赠送给学校图书馆吧?"我点点头："我有点好奇。"陈宛说:"我那位朱一围早年在那个学校上过学,放在那儿比放在家里好。就是这么简单!"我说:"那个中学是你男友朱一围的母校?真是巧了。"陈宛说:"巧什么?"我说:"我朋友朱一围的儿子也在那儿上着学。"陈宛"噢"了一声:"这不挺好吗?父亲的书最终到了儿子的学校,用报纸语言叫一段佳话。"我说:"可是……玩这样的佳话代价不小。"陈宛说:"我明白你的意思,我也不是把书全送去学校的。"她一摆头,引着我走到挂T恤的墙前——其中几件T恤不同颜色,胸前均印着《第七天》的扉页签名,图案清晰别致。陈宛说:"我做了三百件文化衫,我可以赚些钱的。"我用手指推一推鼻子,说:"有点意思,到底是衣艺者。"陈宛说:"要是喜欢,可以送你一件,你自己挑个颜色。"我呵呵一声没有拒绝,左右看一看,选了一件浅蓝色的。衣服上的作家签名挺有力道,我用手摸了一下。

　　陈宛说:"看着这衣服,你心里的问号有没有去掉?"我说:"没有!三百件文化衫就是全卖掉,又能赚多少钱呢。"陈宛说:"看来你是个较真儿的人……朱一围有你这么个朋友也是有幸。"我说:"朱一围才是个较真儿的人。他已经不能溜达过来说话了,我是替他较真儿。"陈宛说："好吧，为了去掉你心里的问号，我再请你喝个茶。"我说："又是送衣服又是请喝茶，我是不是应该不好意思？"陈宛笑了说："其实呀让你过来一趟，我就是想和你去茶室说些话的。"

年轻店员将T恤包好，我卷起来塞入携包。陈宛引领着我，出了店门右拐走一段路，进了一家外相低调的茶室。茶室厅堂不大，但看上去藏着安静。陈宛熟络地要下一个小包厢，点了绿茶和瓜点。我说："瞧这架势，要跟我长谈呀。"陈宛说："不长谈，一小时内把事儿说明白。"我说："一小时够长了，抵得上大半部电影。"陈宛说："长话短说……我刚才撒了个谎，那个受书的中学其实不是朱一围的母校。"我说："那为什么把书送去？"陈宛说："因为他儿子在那儿上学。在儿子眼里，他是个没有能力不能出彩的人。他曾经说过要为儿子挣点儿面子……"我说："等等！你是说你那位朱一围也有一个儿子在那儿上学？"陈宛说："我说的就是你的朋友朱一围。"我端着杯子一笑："嘿嘿，你把我说糊涂了。"陈宛说："我的朱一围其实也是你的朱一围，两个人是同一个人。"我差一点被呛着，使劲伸一伸脖子吞下茶水，又咳出一口粗气。陈宛笑一笑说："你别把惊讶动作弄得太夸张，我做的事里没有阴谋。"我说："之前你一直在说，朱一围是你的男友。"陈宛说："男友这个说法还真是不准确，可我找不到一个合适的词儿扣住我和他的关系。"

在接下来的时间里，陈宛轻着声音讲述了她和朱一围之间的故事。她清晰地记得，俩人的相识是在小说《第七天》的作品分享会上。那天她正在一家书店大厅里买流行服装的书，听到好几个人说着话儿往旁边活动室走。她好奇地过去瞧一眼，原来是一位著名作家与一位主持人在对话，介绍一本三年前出版现在仍被讨论的书。她没见过这样的场面，就怂恿自己留下来听一会儿。周围的脑袋很多，把整个活动室挤满了，她只能在中间通道上站着。站了片刻，有人指挥通道里的人坐到地板上。她穿着白色裙子，又不是粗条随意的人，神情便有些犹豫。这时旁边椅子上的男人站起身让出座位，自己坐到了地板上。她不好意思地坐下，朝让座的男人送出一笑。分享会结束后，她受了诱惑，到文学书柜找《第七天》，这时又遇到了那位让座的男人，他刚好也来取此书。让座的男人告诉她，自己有八折优惠卡，可以替她付款。她认真地道了谢，因为省下的小钱里有人家的好意。随后她加上对方微信，将打折的书钱发去——此时她知道了对方名字叫朱一围。

到了晚上，朱一围在微信里打招呼，并把作家签名发来给她看。从此开始，两个人时不时进行文字聊天，她说些服装走势的事，他说些签名收藏的事。陈宛很快知道，朱一围是个实诚的人，朋友很少，但认对了人就会往深里走。此时陈宛离了婚正单着身，心里装着一堆郁闷，这也促进了双方交往。过了不久，两个人把对方视为可以讲心里话的人。又过了不久，两个人约在一起泡茶室、逛书店，偶尔还一块儿看一部电影。再往后的一些情节可按快进键，因为陈宛没有细说。她对此的表达是：两个人的朋友等级相当高，除了身体没有合并。

大约一年半前，陈宛想开一间服装店，"衣艺者"的店名都想好了，可左腾右挪仍缺一截资金。把情况说给朱一围，暗想也许能获援三五万的，不料几天后她的银行卡上颇有气势地长出二十万。她吃了一惊，又有些不安的感动。在她的印象里，朱一围花钱并不豪放，在家中也不打理财事，所以凑起这笔款子得花多少心思呀。这么一想，她觉得自己跟他更贴近了一步。又过了一些日子，有一次两个人一起喝茶，喝着喝着朱一围起了感叹，说咱们相遇太晚，这一辈子不能娶你，下一辈子你嫁给我吧。陈宛说行呀，下一辈子咱们早点儿遇上。朱一围说，这不是玩笑话，为这个念头我已经琢磨了好几天。陈宛便笑，说不就是来世嫁你吗？没问题的，你对我这么上心，我不能那么小气。

这样的话说过，陈宛仍然以为是玩笑。她不信佛不进教堂，从未想过瞧不见摸不着的来世之事，再说自己的年纪离终点线还差着几条街呢。不料过了两天与朱一围再见面，他从衣兜里取出一只信封，再从信封里取出两张相同内容的纸，纸上放着醒目一行字：下一世婚姻协议书。下面文字则简约清晰，写明了两个人下一世自愿结为夫妻，共同敬爱相处，不违背对方。陈宛问，这是什么意思？让我签名字吗？朱一围说，这是自由婚姻，你愿意了就签上，一式两份。陈宛说，下一辈子的我能由这一辈子的我来做决定？朱一围说，转了世你还是你，你的婚事当然由你做主。陈宛说，这协议签了你拿在手里真觉得有用？朱一围说，我相信哪个世界都有律条也都有规约，拿着这份协议我心里踏实。话说到这个份儿上，朱一围又拿着如此的认真劲儿，陈宛就不好拒推了。她嘻嘻一笑，又拍拍朱一围的手臂，在纸上写上自己的名字。完了她调皮地说，今天算是领结婚证的日子，你怎么不备些彩礼？至少也得送束鲜花递个戒指呀。朱一围说，我想过了，那二十万就折成一份彩礼，虽然有些少，但总归按着规矩走了步骤。陈宛说，你还真给彩礼呀？朱一围说，当然得给，不然把这份协议显轻了也显假了。

陈宛讲述的时候，没有理会我脸上的惊讶表情，因为这是她能预料到的。大约是来自口渴的提醒，她缓一缓气，端起茶杯喝了两口水。我这时才想起自己应该讲些话，便说："一围是个二分之一认真二分之一古板的人，有时候不通世俗但不会迂腐，他真的认定下一辈子的事情可以弄到纸上？"陈宛说："一围是个二分之一认真二分之一古板的人，所以在外边也不应该有一位我这样的女人，对吧？"我无法应答，就没有吭声。陈宛又说："在这几年里，一围多次跟我提到你，但他没有跟你提到我，这不是对朋友留一手。我的意思是说，一个人在最好的朋友跟前，也会有属于自己的秘密东西，譬如女人啦，譬如对来世的看法啦。换一句话说，他对来世的看法是一种秘密态度，跟迂腐什么的没有关系。"

显然，陈宛是个细腻的女人，她的话并不浅淡。我沉默一会儿，说："也许你说得对，对别人包括对一围，我只是看到了能够看到的那一部分。现在我想看看另一部分可以吗？我是说那份协议。"陈宛有准备似的点点头，摁几下手机调出协议图片，递给我看。我细看一遍协议文字，又盯看一眼下面的签名。两个人的名字一个认真一个随意。

我将手机递还，问："签了这份东西，你有什么感觉？"陈宛说："开始没怎么在意，不就是一张纸吗？后来慢慢地生出异样的感觉。"我追问："什么异样的感觉？"陈宛说："你想呀，以前两个人喝茶逛店看电影，再靠近也还是朋友。有了这张协议垫着，待一起时我偶尔会恍惚，觉得自己像一位未婚妻。"我说："你喜欢这种感觉吗？"陈宛说："不喜欢。"我说："为什么？"陈宛沉吟一下说："我对一围有好感，但没有依靠感。"我说："你是说不爱他？"陈宛"嗯"了一声说："还不到那个程度，这也是我……没把身体交给他的原因。"我说："那你相信有来世吗？"陈宛说："以前呀真没注意这种事儿，眼下的日子还应付不过来，哪有心思去想很远的未来。但自打签了这张纸，心里像是多了一件事，时不时地会琢磨一下。不是说人的认识是有限的嘛，万一真有转世呢，万一灵魂长生呢。"我说："这么说你有了担心，担心那张协议以后真的会生效。"陈宛轻笑一声说："那会儿我想起手头还有一本小说《第七天》，以前没正经打开看呢。我读了一遍，好像没有读懂，就又读了一遍。读着读着我对自己说，不管人死后有没有来世，你得先把这事儿看作有。"

陈宛把自己的故事讲完，一个小时刚好过去。但我的沉默拖住了她，两个人仍坐在那里，似乎还有话要说。过了片刻，我问："你把二十万元还回去，是想单方面撤出协议？"陈宛说："也别这么说，这毕竟是我欠一围的债，他治病也花了不少钱。"我说："如果一围还活着，你会把解除协议的想法说出来吗？"陈宛说："不知道会不会马上说出来，我原以为将来的事还远着呢。可他走了，走得这么快。来世的事情他已经知道了真相，而我什么也不知道。"我说："在这一个小时里，我接收到了你的不安，同时我也一直在琢磨，你把这个故事告诉我为的是什么。"陈宛说："是的，我把你约过来是有目的的，你是一围最好的朋友，我想请你帮个忙。"我说："讲讲看。"陈宛说："那协议一式两份，另一份在一围手里。"我明白了："你想把另一份协议也拿到手，然后一起撕掉。"陈宛吸一口气吐出来，说："拜托你先探问一下，好让我心里有个数。那份协议现在变成了危险的东西，要是抖搂出来对谁都不好，吕哥你说对吗？"她第一次叫了我吕哥，在这个下午结束的时候。

是的，这是个让人吃惊的下午，一张协议书更改了我对一围的认识，至少是部分认识。在许多个日子里，一围除了收藏一些书，对生活基本没有想象力。他的工作是平淡的，坐在柜台里办理汇款取款，还有订阅杂志什么的。他的家庭是平静的，与筱蓓相处得不热也不冷，有点一起慢慢老去的样子。他还跟我说过，自己在家中不乐意担事儿，时间一久，排起序来便做不上一号人物。就是这么一位配角男人，却悄悄给自己做了一回主。

我无法揣测一围是怎么保管自己那一份协议的。也许已经撕了或烧了，反正他内心认定协议将在约定世界里生效。也许放在某个暗处，随着他的离去而彻底消失。但日子里哪有彻底的事，若是某一天筱蓓一不留神看到，心中会长出一个长久的痛点吗？

我可以肯定，陈宛所要的忙我是帮不上的。或许她也只是一说而已，并不真的指望我能取到那份协议。但此时我心里又探出好奇的手，想抓住一些未知的东西。我甚至负责地觉得，既然自己听到了这件事，就不能再做一个偷懒的局外人。

从茶室出来我没有回家，在街上闲逛一会儿又用过简单的晚餐，看看时间合适了，向筱蓓递一声招呼，随后打车去了她家。一围书房已经变成卧室，无法再进去了，我只能坐在客厅沙发上，像一个派遣出去的打听者向女主人通报书籍的事。我告诉筱蓓，自己已见过陈宛，那批签名本确实赠给了学校图书馆，因为那中学也是另一位朱一围的母校，他想给自己添点面子。筱蓓随即做出一个判断："看来他们是有钱人。"我说："这个不知道……眼下这年头有钱没钱哪能一下子看出来。"筱蓓说："不然为什么要花这笔钱呢？"我说："那位陈宛在街上开了一家服装店，她把扉页签名图做到T恤上。这种文化衫现在挺流行，应该能赚钱的。"我从携包里取出那件T恤，铺在沙发上让筱蓓看。她摸了摸衣服胸前的图案，脸上出现解惑后的满意。她说："想不到签名还能在衣服上派到用处。"又说："那些书放在学校里挺好的，虽然是那位朱一围捐送，但儿子的同学都知道书的真正出处。"我说："一围知道了这样，心里也会高兴的……我说的是咱们的朱一围。"筱蓓思忖着说："他们毕竟花了一笔不小的钱，我心里好像过意不去……我得感谢一下。"我说："怎么感谢？"筱蓓说："我想请他们吃个饭，你也一块儿去。"我摇摇头说："不用的，这只是一次花钱购书，你没必要跟他们交朋友的。"筱蓓说："我想见见那位朱一围，共用一个名字怎么也是缘分。"我心里摇晃一下，嘴里已形成一句谎言："他们俩是双城记，那位朱一围不在这个城市。"说完了觉出漏洞，赶紧又补一句："陈宛告诉我，他在这儿读的中学，大学毕业后留在了外地。"筱蓓说："那好吧，就跟那位陈宛聚个餐也行。两个女人都找了名字叫朱一围的男人，总有些话可聊的。"我不能马上再否决，就点点脑袋"嗯"了一声，又记起什么似的转过话头："有句话我一直想问，一围临走时说了什么话吗？"筱蓓一指自己喉咙说："吕默你迷糊了，一围那时候已经不能开口说话。"我耸耸肩说："我是说他有没有留下文字？"筱蓓说："你为什么问这个？"我说："不知怎么，这两天我挺惦念一围的……我在回想他最后的那些日子。"筱蓓沉默几秒钟，让话题进入了我想要的轨道。

筱蓓说："吕默你有没有记起来，最后那些日子你到医院探望时，在一围脸上看到了什么？"我眨眨眼说："是骨头浮上来的那种消瘦。"筱蓓说："消瘦里还有东西……是高兴。"我愣了一下，最后几次去见一围，他的情绪的确不差，但那应该是面对朋友时的强打精神。我说："那高兴是撑着的吧？朋友一走就收回去了。"筱蓓说："不是的，那些日子他一直挺愉快。"

筱蓓停一停，回忆了一些细节。一围刚住院时，心情也是不好的。做了喉部手术后病情不仅没刹住，反而向坏的方向滑去。那些天他因为不能说话，整天想着什么，想着想着忽然就开朗了。微笑先来到他的嘴角，然后出现在眼睛里。他开始找些书看，譬如那本《第七天》。再到后来，他身上力气少了下去，看字儿容易累眼，便让筱蓓读小说。有时筱蓓读着读着，他眼睛慢慢眯上就睡过去，脸上还搁着安适的神情。

筱蓓抿一抿嘴，慢慢地说："一个人离死亡很近时，一般是恐惧的或者痛苦的。如果此时这个人开心起来，你觉得他会是什么样子？"我回答不了这样的问题，摇一下头。筱蓓说："诗人。我是说诗人的样子。"我说："为什么这么说？"筱蓓说："那会儿一围整个人是轻的，不是瘦了以后身体的轻，而是心里丢开负担后的轻……他脑子里时不时会出来一些好词好句。"我说："好词好句？他不是不能动口吗？"筱蓓说："不是动口是动笔，有一天他取了一张纸，先写一句：有一种动静，叫太阳的声音。又写一句：蓝天上的白云结了冰。再写一句：真正无限的，不是死亡而是生命。我奇怪地瞧着他，他笑一下用笔告诉我，这些话是作家们说的。"

随后几日，一围还试图体验作家们说的这些话。他穿着棉衣坐在轮椅上，让筱蓓推到住院部楼下院子里。冬日的阳光有些松软，把他的影子投到地上。他瞧着地面却没有在看，因为他静着耳朵去听太阳的声音。听了片刻，进入耳朵的只有院子里一些嘈杂的声响。他有些不满意，便让筱蓓推着轮椅出了医院，往安静的地方走。远处有一片草地，颜色已成枯黄。在枯黄之中，卧着一块不大的水池。经过水池时，一围突然激动起来。他看到水面结了一层清亮的薄冰，上面倒映着蓝色的天空和天空上的白云。他身上似乎长出了力气，想从轮椅上站起来，但没有成功。筱蓓将轮椅再往水边靠近几步。一围安静了，身子久久不动。也许在此时，他眼睛看到的是水池里的白云在结冰，耳朵听到的是太阳化开冰面的声音。在他的意识里，那应该是一种冲突中的美丽。

筱蓓说："在那一刻，他喉咙里竟咝咝地发出一些声响。他好像要发点儿感慨，可是我没法听明白。"我说："白云结冰呀太阳的声音呀，这些虚的东西有啥含意吗？对一围意味着什么？"筱蓓说："谁知道呢！人在这个时候吧，脑子里出一些古怪念头也不奇怪。"筱蓓顿一顿又说："那天从水池边回到病房，一围又在纸上写了一些字递给我看，意思是白云可以从天上到地上，人也可以从地上到天上，天空也是一个大水池。"我轻笑一声说："这时的一围，的确越来越像诗人了。"筱蓓说："这时我也知道，一围剩下的日子不多了。"我说："那后来他还有什么遗言吗？"筱蓓说："也没什么正儿八经的遗书，但他写了几句话，让我把书房里的书处理掉，不要存在家里。"我愣了一下："把书散掉是他的意思呀……他为什么呢？"筱蓓说："他知道这些书对我和儿子没啥用，想让它们遇到阅读的人……这是我的猜测。"我点点头，一围虽然爱书，可这种想法到底没有错。

该问的话已经问过，时间也不早了，我站起身准备告辞。筱蓓想起来说："对了，一围最后还写了两句话，只是我不明白。"我问："什么话？"筱蓓说："一句是：对书上的文字，一双眼睛便是一次公证。另一句是：在对不起上面贴上邮票，从那边寄给这边的你。"我沉吟一下用手推推鼻子，说："这也是哪个作家说的吗？"筱蓓说："也许吧，那会儿我已习惯了他这样，也就没问。"我说："真像是半个诗人呀，也不枉藏了这么多年书。"筱蓓沉默一下说："我跟他也待了这么多年，可他的一些想法我还是不明白。"

告辞出门来到街上，我心里晃晃的还不想回家，上出租车后往市中心随便指一个方向，最后在一个灯光热闹的路口停下。

我站在人行道上给陈宛打了电话，告诉她我已见过筱蓓。陈宛嘴里出来几个问号，想知道筱蓓的反应和协议的下落。我说筱蓓神情没有异常，不像知道了这件事。我又说那张协议的藏身处只有朱一围知道，所以也许是永远安全的。陈宛说："也许是永远安全，也许是定时炸弹。"我哈了一声说："你不能把这份协议说成定时炸弹，不然一围会不高兴的。"陈宛不吭声了，过几秒钟才说："吕哥你说得也对，我不应该担心……我又没做亏心事。"我把筱蓓约请吃饭的事说了，问她愿不愿意在一张餐桌上聊聊话。陈宛说："聊什么呢？"我说："两个女人在一起，总可以聊些话的。"陈宛哑笑了一声说："可以呀，我和她又不是敌人。"我说："到时候我陪着你们，让一个男人听两个女人聊话。"

摁了手机，我沿着人行道无目的地往前走。两旁一些商店已关了门，一些商店还没关门。我走过一些关了门的商店，又走过一些没关门的商店。脑子里突然跳出一个念头，一围也许把那张协议书夹在某本书里呢，这是很好的存放方法。临走之际，他改变了躲藏的想法，要让协议跟着书籍流出去，到达某一位有缘分的读者眼里。"对书上的文字，一双眼睛便是一次公证"，他不怕了，他愿意让别人见证自己收藏的情感和来世的日子。当然啦，这只是我的猜想，一时无法去验证。说实话，我现在有些吃不准一围内心真正的样子了。

这么溜着神儿，我的目光就有点散，不经意间掠过街道对面一幢高楼里的灯火。又走一小截路，我刹住脚步再望那高楼一眼，正是一些年前我和一围首次相遇的地方。我脑子一醒，原来今晚我是想让自己到这儿来呢。我掉转脚步，穿过斑马线走几分钟来到大楼跟前。在这个时间点，大门仍进进出出不少胖瘦不一的男女。我想一想，走了进去。

坐电梯上了顶层，那家餐馆还存活着，而且吃喝的喧闹此刻仍未散尽。我一时不知道干什么，就在待客区的椅子上坐下，把携包搁在腿上。我微眯眼睛，脑子里出现了第一次遇见一围的情景。那天他撑着精神，脸上有一种认真的和气，而且老露出微笑，但他的内心，对酒桌上的豪华气氛是有些胆怯的。这一点被我瞧出来了，因为我当时的心情也是这样。可能正是这种暗中的相似，让两个人能够走近。在后来相处的日子里，我不时能见到一围收的一面——不是收敛的收，而是收缩的收。记得有一次我们聊话，不知怎么说到"撤退"这个词，我起了点想法，认为自己和一围的性格里都藏着"撤退"的元素，可称为"撤退人士"。之所以这么说，是由于此前我因一件挺无聊的公事跟馆长闹了不快，他觉得这件公事不仅不无聊还很重要，指责我办砸了。我在单位并无斗志，正好借此怂恿自己从图书馆撤出，去了闲散一些的文化公司。

当时一围问："这撤退人士怎么个理解？"我没有拿出自己的事，而是举了生活的例子："譬如撤退人士是Ａ，那么三个人散步，Ａ十次有九次不会走在中间，而一堆人拍集体照，Ａ十次有九次是站在旁边的。"一围说："这话儿也是在说，十次中还有一次是例外的。"我一提声音说："九次往旁边靠的人，会在剩下的那一次使劲往中间挤吗？"一围嘴角露出一丝神秘的微笑，说："只有在例外的地方，才能找到秘密的出口。"一围又说："这是一个作家说的。"

旁侧响起什么声音，我弹开眼睛望过去，有一个男人从一扇甩门里出来，手里还拿着一只烟盒。噢，想起来了，那是个小阳台，我和一围曾经在那儿站过一会儿。我起身走过去推开门，仍然是记忆中的样子——一个外伸的弧形阳台，面积不大却有点儿凌空感。

我站在栏杆前，目光往下扫过去，看见了一大片与房子们相缠的灯光。又抬一抬眼睛，看见了更大一片的天空。此刻站在高处，天空似乎也近了一些，几朵白云和几颗星星在夜幕中显出来。夏风吹过来，让人似乎轻了身体。我举着脑袋，突然想到如果让自己跳出阳台，会不会在身子下落的同时灵魂飞向白云？一围就是这么认为的：白云可以从天上到地上，人也可以从地上到天上。

当然，我是不会允许自己这样做的。不过很快，我脑袋里又生出一个念头。我拉开携包，取出那件T恤抖展开来，又看一看胸前的签名图案。图案在暗色里仍是清晰的。

我吸一口气，将T恤伸出阳台，一片浅蓝色在我手里飘动起来。我一松手，衣服猛地蹿了出去，先在空中兴奋地转一个身子，然后轻盈地跑向远处。我的目光跟着它，就像跟着一个移动的秘密。

但夜色中我终于没有看清，那片浅蓝色是落到地上，还是飘向了上空。

高 士 图

周五晚上的好，是能让人的想法变成行动。傍晚下班后没有太久，我出现在杭州开往昆城的高铁列车上。

我坐的是靠窗F座，往上推高一截帘子，窗外的景色飘忽而过。这些景物被夜色围住，成了内容不详的剪影，只有一些灯火努力明亮着，像是藏在暗黑中的一个个念头。

我此次去昆城的念头，是林遇时前妻晓琴促成的。昨天她给我发了微信文字，说林遇时在这个周日要办一场个人画展。这让我暗暗吃惊，因为即使在一个县城，玩个人画展也不是一件小事。我问她：这是遇时让你递来的消息吗？晓琴回复：不呢，是我自己忍不住说一声。我想一想，追问：你的意思是我应该回去一趟？晓琴停顿片时，送回一句话：这种事，别人不会帮他的。

这是林遇时与我断裂关系后，晓琴第二次自作主张跟我联络。上一次联络是在五年前，那会儿他们的儿子要报考中国美院国画专业，晓琴提着做母亲的勇气给我打了电话，让我帮忙找一个有用的人，以便在艺考时借点力。说实在的，他们的儿子能喜欢上美术，几乎是一种节外生枝似的收获，我没法不高兴。不过我在文艺界混着，平时打照面的多是文学的脸，美术人士到底是不熟的，尤其艺考如何借力照应这种事，真是陌生得摸不着头脑。但对着晓琴难得开口的求助，我的嘴巴挡不回去，只能"嗯嗯"虚应下来。之后几天，我心里惦记着，脑子也东突西奔地想些法子，终是找不到可行的路径。我自找台阶地寻思，也许这种美术考试挺讲规矩，压根儿拒绝考场外的人情游说。

好在过了一些日子，晓琴又来电话，说儿子不准备在国内上大学了，要去韩国留学。我心里松了一下，说："我知道韩国人喜欢中国书法，没想到他们的大学还开设中国画专业呢。"晓琴说："不是美术专业了，读的是艺术设计。"我"唔"了一声，说："既然是艺术设计，为什么去韩国？"晓琴说："去韩国不费钱，只要不是在汉城，别的城市读书费用不算吓人哩。"她这么一说，我的歉意减少了一些。完了查一查百度，赴韩国留学果然挺划算，是底子薄弱家庭的不错选择。要知道那个时候，晓琴与遇时早已分手，她靠着一家洗发用品网店，细水长流地赚些小钱养家，好歹没耽误儿子的学业。而漂离家庭后的遇时，据说也做过礼品生意什么的，但按他的性子，赚不到钱是不意外的。不用琢磨也能判断，儿子的读书培养指望不上他。

车厢里响起广播声，将我滑出去的忆想拉回来。一个车站到了，一拨人下去，又一拨人上来。我看一眼手表，已过八点。这个时间提醒了我的肚子，一阵饿意探头探脑地出现了。我点开手机微信，找到一个头像打了招呼。这个头像属于我的中学同学老克，他与我的关系一直没有变旧，即使一年半载的没见上面，待我一回去，仍然可以在任何时间点唤他出来吃喝聊天。我告诉老克：九时半抵昆城，一起喝啤酒。不多一会儿，他回复：好嘞，叫别人吗？我答：不了，就咱们俩说说话。他打了OK手势。

放下手机算一算，我差不多有大半年时间没回昆城了。自打日子里有了疫情，走动便不畅快，心念也懒了。以前的时候呀，隔两三个月就会蠢蠢欲动，想回去吃小海鲜，逛老街小巷，或与同学旧友聚个酒。两个多小时的高铁距离，正好适合让自己跑过去撒个野。

不过这些年的回乡行走，一次也没碰见遇时。他生活在昆城，却像不生活在昆城。同学聚餐时，他的行迹偶尔会出现在一群嘴巴的闲聊中，但也是零零星星的。有人说前几天还见到他呢，穿得人模狗样，头发梳得油亮。马上有人反驳说，我也遇见了，头发乱成一团草，开口一说话，一嘴被烟熏黑的牙。于是就有声音感叹，想当年中学时代，林遇时文艺着呢。

遇时做学生时确实颇有文气，因为这种文气，我跟他走得很近。我们俩语文都不错，喜欢古文古诗。在课本之外，我爱看小说闲书，他故作高深地玩赏书画，还下得一手好象棋。中学毕业经过一番考场拼杀，我们上了不同大学的中文系，其间时常信函来往，幼稚又激情地谈论各种艺术问题。出了大学校门，他在昆城中学当老师，我则混进W市文联做一名小厮。那时候周末实施"大小礼拜"，即"大礼拜"休息两天，"小礼拜"休息一天。好些次"大礼拜"，我积极地坐尘土大巴回到昆城，与遇时玩在一起。

此时遇时的象棋功力又有一些上涨，为了获得一点快感，有一回他领着我去斩杀街头摆局棋手。到了公园树下，果然有一圈人围看地上棋局。那种棋局看似怪异，却是有套路的，读过几页棋谱便不难破解。遇时蹲下身子琢磨一小会儿，就伸手走棋，也没走几步，对方停了手，交给他约定的二十元钱。这时按"江湖规矩"，我们应该收兵离开，但遇时仍不解馋，待对方摆好另一个残局，又凑上去拆解——这就有点砸场子的意思了。对方使个眼神，旁边人群中走出一高一矮两个黑小伙儿，也没什么挑衅过渡，揪住遇时就打。我自知不敌，发个力将遇时抢出，乱着脚步仓皇而逃。跑了一段路停下，见遇时脸上多了一团乌色，脚上则少了一只皮鞋。好在他的皮鞋也不是什么上等货，随后往商品市场转一圈，用赚来的二十元刚好买下一双新皮鞋。

　　不过那会儿遇时的玩心，主要还是投在书画上。他钢笔字天生写得好，挪用一下笔法，毛笔字也抄近路似的写得有点模样。有时写满意了，他会拣出两幅赠我。我不客气地拒收，让他再好好练几年。毕竟我在文联上班，自认为往来有鸿儒，包括不少长发唐装的书画家，要到他们的字不会太难。遇时嘿嘿地笑，脸上现出一种自卑的傲色。他说："你们那些书画家看着趾高气扬的，全部加起来也许抵不上古代某一位高手。"我说："那得看哪一位高手。"他说："譬如昆城人氏陈居中，南宋画家。"

　　说实在的，我眼界狭窄，那时还不知道老家故里出过这么一位画家。他如此一提，我记下了陈居中这个名字，但并不怎么放在心里。

江南历代多文士，我们做不到走进历史跟他们一一握手。我自以为是地认为，遇时书画玩趣正浓，却也知道画比书难，抄不得近路，所以只是欣赏点评而不敢下场试手。既然只是欣赏点评，便容易厚古薄今，因为这样的站位比较安全。我忽略掉的是，此时遇时已开始练习画画了，只因手生心怯，没跟我明说而已。这是后来才知道的。

　　昆城马上到了，车厢里躁动起来，一些性急的人已取了行李站在走道上。这时眼前光线一缩，列车钻进九凰山隧道——车厢似乎静住，两边有壁灯飘过。这是我喜欢的一种感觉，仿佛被九凰山一口衔住又吐出，便抵达了老家。

　　出了隧道，列车在站台边停下，我这才起身随着人流往外走。周边的嘴巴们活跃起来，说的都是昆城话。我一边走一边掏出手机给老克打电话。老克说了一句地址，并把定位发给我。

　　十多分钟后，出租车将我载到目的地。这是一家海鲜小店，此时灯光仍然张扬，没有一点疲惫的样子。老克候在一张小桌前，目光捉住我，便把嘴上的烟拿开，远远"嗨"了一声。

　　即使许多日子未见，我和老克也不需要寒暄。我在桌子前坐下，菜盘和啤酒很快上来了。老克问我这次来干什么，又是所谓采风捡故事？我使劲吃几口菜，又喝下一杯啤酒，觉得肚子稳住了，才开口说遇时画展的事。老克说："这倒稀奇哩，他啥时成大牌艺术家啦？"我说："也不是大牌艺术家才可以开画展的，排场有大有小嘛。"老克说："小排场也得花不少银子吧，他这会儿赚到钱啦？"我笑起来说："一段时间不见，你怎么一开口都是问号。"老克说："我不相信遇时赚到钱了，这两年他少不了找同学借钱呢。"我"咦"了一声说："他借钱？他借钱做什么？"老克答道："他的牙不好哩，已经掉了好几颗，每回借钱他就张开没有门牙的嘴，说手头刚好有点紧，想借些钱把牙补上。"我说："现在补牙确实费钱，补一两颗就得几千上万的。"老克说："那借了钱就赶紧补上呀，可下一次遇到他，嘴巴一张里边还是漏风的。"我一时接不上话，只好端起酒杯喝了一口。老克说："要真是补个牙治个病，大家也不会说什么的，可时间一久知道不是，同学们就不高兴了。"我判断着问："这么说……他借了钱不还？"老克说："靠，他拿什么还呀！生意不会做，教书没人要，去年在坡南街开个小店，八成也赚不了钱。"停一停，老克说："好在借的都不是大钱，也就没有哪位同学追着他要。"

　　唉，本来遇时办画展是有面子的事，不想与老克一开聊，借钱的话题先出来了。老克举起杯子跟我的杯子碰一下，又问："他没跟你借吗？"我摇摇头。老克说："你们这样的关系，他开不了口哩。"我吞下一口酒，说："也许是吧。"老克说："既然他开不了口，这次搞画展你怎么又跑过来帮忙啦？"我不绕弯子，说了晓琴的电话求助。老克"哈"一声说："看来他前老婆对他还是不赖，暗地里给他出力。"我说："其实我也不一定能帮上忙……到了现在，我还不知道这个展览在哪儿办，要办成怎样的场面。"老克又"哈"一

34

声说："看来他前老婆对他没那么好，应该知道的事啥也不知道。"我说："不用说，这是遇时的问题……今天的遇时不是年轻时候的遇时啦。"老克说："有句老话叫种瓜得豆种豆得瓜……"我纠正说："是种瓜得瓜种豆得豆，有因才有果。"老克说："对，是这个意思。都说遇时是下棋高手，可他先走了一步臭棋，这一辈子才满盘皆输。"我想叹口气，忍住了，说："才这样的年纪，算不上一辈子。满盘皆输更不好说，他不是还办个人画展嘛。"老克说："嗬，办画展是个不小的事吧？可我们同学连一耳朵都没听到……算了，我不是文化人，不敢说这种事。"我说："你的话里还是不屑，瞧不上我们这种所谓文化人。"老克说："呀呀，你这种文化人跟他这种文化人可不一样，遇时也就是个……不说了不说了，遇时又不是下酒菜，说他那么多干什么！"他拿起杯子，又跟我的杯子碰了一下。

随后老克真的撇下遇时，东一榔头西一棒槌地说些镇子上的事。一位富二代小姐买一辆奔驰在街上拉风，把一个瘸子乞丐给撞了。一位曾经小三成群的老板现在败落了，在给一家小公司当保安。镇上这一年修了一批公共厕所，厕所们刚启用，已有三位城建小官员被纪委叫去聊聊厕所的事。西门旧城改造，一户牛B人家赶紧把楼房抬高到离高压线只有一米，拆迁办一位小伙子上门测量时，从五楼直接飞到了二楼阳台。

我静了脸听着——像往常一样，我得让他感到我需要这些故事。他不枯燥的话语，加上久违的小海鲜，推动我干掉了好几瓶啤酒。

消夜完了找一家商务宾馆住下，已近十二点。洗过澡靠在床上，我脑子似乎有点晃——不是因为啤酒，也不是因为老克一堆花哨的故事。在这个午夜的房间里，一股带点儿苦味的思绪从远方飘来，仿佛在寻找一个焦点。

没有办法，这个焦点还是遇时。

老克说的遇时下了一步臭棋，发生在十八年前。那时我在W市文联已混上了小头目，主要负责研讨交流和艺术展览什么的。有一次为了向历史文化致敬，我受命策划一个W市历代画家精品展，并配套出版一本画册。筹备期间，除了低三下四地向省市美术馆租借一些画作，也通过本地美术家征集收藏的作品。某一天在办公室，一位有点驼背的老画家送来一幅宋代卷轴画，展开一看，绢面直立约80cm×50cm，背景为开阔的秋色山坡，周边有松有柏有岩石，中心部位是一片泡在轻风中的青绿色竹林，竹林前面的空地设一张小石桌，上面摆着一副棋局，旁边有一位红衣高士和一位白衣书童。那红衣高士似在慢慢踱步，一边做思考状。近处又有一股溪流，发出的流水声反而像是制造了一种寂静。画面左下角题识：宋陈居中竹泉高士图真迹。

我盯着"陈居中"三个字眨几下眼睛，很快记起林遇时说过这个名字。我顺势说："这张画应该作于南宋，画家为昆城人氏。"驼背老画家有点高兴了，说："正是正是。"他挺一挺身子介绍道，陈居中当时是宫廷画师，因为职务所驱，擅长画北方的人物和马羊，但毕竟在咱们江南乡间长大，也画过一些山水佳品。他有一幅《松泉高士图》，藏于一家大博物馆。这幅《竹泉高士图》则流浪民间，在缘分的帮助下终于到了他手里。接着驼背老画家的手指在画面上游走，并配以一组四字之词，什么布景清旷、密疏有致、人物高古、朴而不俗等等。我细瞧画中的石桌，有点不解："为什么只有桌子没有凳子？即使是隐居高士，也得有个坐的地方呀。"驼背老画家说："高士若坐，则画面滞凝。高士行步，画境活也。"我想一下又问："这高士下棋的对手呢？总不会是那童子吧？"驼背老画家说："当然不是童子。在竹泉之旁，他是自己跟自己下棋。"

一些天后，美术精品展在市展览馆揭幕，《竹泉高士图》挂在一个并不醒目的位置，媒体报道时也只是在罗列的一串作品中点到它。也就是说，在集合一起的先贤画家里，陈居中名字并不响亮，因此大部分的观展眼睛很容易飘过这幅画。

但有一双眼睛使劲盯住了它，这双眼睛属于林遇时。

那段时间，我与遇时前后见了三次面。我先是把画展的消息通知了遇时，开展时他从昆城赶来，在揭幕式的混乱中匆匆一晤。十天的展览结束后，参展作品各归其主，但因为驼背老画家出国探望女儿，《竹泉高士图》就暂时由我保管。随后与遇时短信时，我顺便提到了这件事。有一日遇时来到我办公室，让我拿出那幅画再让他看看，完了又要求带回去细品。我禁不住他的软磨纠缠，竟答应了。过了一周，在我的再三催促下，遇时将画送了回来。

一个月后，驼背老画家回国。这天他来我办公室取画，展开卷轴时脸色一变，说画是假的。我吃了一惊，赶紧把脑袋凑上去。他指着画面，说此处不对那儿错啦，这临摹的手法差得离谱。我脸上的汗一下子渗了出来。之前遇时还画，我没有多想，简单看一眼未发现异样，现在经此提醒，才觉出画上都是破绽，连绢面也假得幼稚。驼背老画家转过目光，一言不发地盯着我。我在窘迫中解释几句，又马上抓起电话打给遇时。遇时在话筒里沉默两秒钟，坚决地否认了。我提醒他，如果是一个游戏，现在可以还回来。遇时又沉默两秒钟，把电话挂了。事情进入了卡壳的局面，驼背老画家习惯性地挺一挺身子，表示要报警。我试图止住他，说再等一等，也许这里头有什么误会呢。驼背老画家把手一挥，说误会不误会，由警察去弄明白。他当场报了警。

接下来的事件走向便无法更改了。遇时被警察请去，两个回合就招了——没有玩笑也没有误会，只是因为太喜欢画而让自己变成了弱智。这弱智里估计藏着不少虚幻的以为：他以为自己仿制得还不错；他以为这个卷轴将长期存放保险柜，故风险也被封存；他以为真露馅儿了我总归会跑过去重新换回来；甚至他还以为只要去掉赚钱的目的，窃画便不是一件丢脸的事。

在之后脑子苍茫的时间里，我也做了一些弱智的努力。譬如我花费许多口舌让驼背老画家撤诉，反正真画已经回归，放那位幼稚的窃画者一马吧，但很快我便被告知，此时的上诉已与驼背老画家无关，遇时面对的是一起公诉案件。我还企图让驼背老画家出具文字证明，大幅降低这张画的市场价值，但很快我又知道，盗窃物的价值额是由专业估价机构确定的。

又过一段时间，法院开庭宣判，遇时获刑三年六个月。从此以后，他的教师身份没了，家庭的平静没了，与我的良好关系当然也没了。我和他像昆城镇子上两条分岔的小巷，再也没有交集。

无法交集的时段，已是整整十八年。把这十八年掰碎了放在日子里，细细杂杂的真是慢呀，慢得如同一本老也看不完的书。但此时此刻，待在宾馆房间里回首一望，这十八年飘飘忽忽的又过得很快，快得似乎没有多少内容。

关了灯的房间是暗黑的。暗黑的空气中，我听见我的一声轻叹。

因为夜里睡得不扎实，第二天起得就有些晚。匆匆洗过澡下楼，刚好赶上餐厅的收尾时间。

吞下最后一口吃物，我先给昆城文联一位旧识打电话。不出预料，他没听说过近日有什么画展。他自嘲道："最近好几场广场舞比赛，文联的人忙在这上头了。"我转过指头，又拨了晓琴的手机。晓琴挺高兴的，说："我猜着你会来的。"她给了一个门牌号，指点道："你去坡南街店里找遇时吧，他今天都在那儿忙着。"我问："你是说画展就在坡南街？"晓琴"嗯"了一声，声音里似乎多出一点难为情。不过她马上又说："我知道，这种事别人帮不了他。"这句话耳熟，她在两天前说过。

我出了宾馆向坡南街走去。眼下的昆城，已经全是新颜，唯一像样的"旧貌"便剩坡南街了。这坡南街号称千年古街，正渐渐枯萎着，近年忽然得到新思维的重视，又经过一番化妆收拾，竟成了一条拥有小桥流水和瓦屋闲人的文化街。遇时把书画小店开在这里，倒是挺贴合的。

爬坡过了通福门，向南顺坡而下。街道不宽，两边门牌的数字慢慢变大。我心里突然快跳几下，一种怯慌的感觉渗了出来。毕竟，两个人不见对方的样子实在太久了。

其实在遇时服刑期间，我曾跑去监狱见他。在会见室等了半小时，我接到拒绝晤面的通知——那天我本来想告诉遇时，他身体服刑的日子也是我内心受困的日子。这不是扮苦，那段时间我的日子真的糟透了，脑袋上像是整天戴着一顶潮湿的帽子。为了减轻这种不好的感觉，我离开W市去了杭州。脱离了事发之地，我的心情才渐渐变得平静。后来在杭州，我陆续接收到一些信息：遇时减刑八个月提前释放了，遇时摆羊毛地摊赚了些钱，遇时做礼品生意被骗了，遇时与老婆离婚了。在听到他离婚消息的第二个月，我以采风的名义回到昆城。这一天我让老克带话给遇时，方便时一起聚一聚。遇时回话：忙着呢，永远不方便。

为了他的不方便，为了他的永远，从此我坚决打消了见遇时的念头。但永远是什么？是一种时间表达吗？如果是，那么时间似水，再硬的东西泡在水里，慢慢地也会变软的。

走过路边一口六角井，往左跨过一座小桥，就到了对面的长廊小广场。再朝前踱几步，是一排砖木瓦房，其中一间的匾额上有"书画"两字。看一看门牌号，正是我要找的地方。

此时已近十点，大门仍然懒懒地虚掩着。我暗吸一口气，轻轻推门进去，里边竟然无人。打量一下屋子，倒是有宽度又有长度，中部用栅栏架子隔开，成了可透视的里外两间。周边的墙上没有内容，形成空荡荡的白色。不过细瞧一眼，墙面上又钉着均匀的专用挂钩。

我站在那儿正有点茫然，突然听到一声梦醒似的嘟囔。往前走两步，只见里屋中间搁着一张小画桌，旁边地上堆着两摞画框，每摞有一米多高。被画框半挡着的，是躺地而睡的一个身形。我清一下嗓子，问："是遇时吗？"地上的身形慢慢坐起，还伸出手臂打一声哈欠："哦哦昨夜弄得太晚，躺这儿就睡着啦。"我说："在这儿睡，也不把门关紧。"对方似乎才醒悟过来，紧一紧身子站起来。这是经过时间改造的遇时，身形仍瘦，肚子凸出，头发显着睡后的凌乱，眼角则多了一群纹线。他用力地瞧我一眼，说："你怎么……还是来了！"马上又说："我已经骂了晓琴一顿！"他讲话时嘴巴弹开，两颗门牙醒目地空缺。我缓一缓神儿，说："晓琴是好心……你开画展，我觉得我应该来。"

遇时不吭声了，用手掌压一压自己的乱发，转身坐在旁边一张凳子上，同时手里多出一根烟，使劲吸了两口。

我找到一张凳子，拖过来坐在他的侧面，说："你的画展……"遇时打断说："关于画展，我不想跟你说太多。"我说："那就少说一些。"遇时沉默一下，说："这次画展，只展一张画。"我吃了一惊，说："什么意思？这里不是堆着很多画框吗？"遇时说："这些画框里全是一样的画。"我有点迷惑，站起身去翻看摞着的画框，看了几张画面，的确是一样的——都是画在宣纸上的《竹泉高士图》。我愣了几秒钟，说："《竹泉高士图》，你画了这么多……为什么？"遇时轻笑一声，那种自嘲似的笑。他说："我半个月画一张，标价五千元。没人买，就降到三千。还没人买，又降到一千五。"我明白了，点点头说："开画店嘛，是得边画边卖……一千五真不贵，挂在书房客厅都是合适的。"遇时说："一千五也没人要，可我不能再降了。"我一时语塞，"唉"了一声返回凳子。遇时稍稍转过脸，说："昆城是个小地方，没有眼睛看懂这样的画。"我说："既然没人看懂，为什么弄这个画展？"遇时说："这些卖不出去的画越攒越多，集中挂起来也挺有意思的。"他伸手将烟头摁灭，说："我是为自己……是的，主要给自己一个人看的。"

我静了嘴巴，在心里消化遇时的话。过一会儿，我暗自叹息。这是什么画展呀，挂满大屋子的只是一张画，看懂这张画的只有一双眼睛。嘿嗬，一张画一个观众，这是他对此次画展的认定。

我发着愣的当儿，遇时已起身去了屋角，用毛巾擦一把脸，又喝几口水啃几口东西。回来时他不看我一眼，直接走到画框前开干了。

从现场情况看，一切已备妥，眼下的活儿是把画框们挂到墙上。

我学着遇时，把画框分为两只一组，在墙边一溜儿摆开。差不多每隔两步，墙面上卧着上下两只挂钩。我又学着遇时沿墙而走，把画框的背绳挂到下边挂钩上。

如此一一弄完，就轮到挂上边的了。遇时取来梯凳，不灵活地爬上去站定，我则负责将画框递上去。两个人不说话，但传递配合是不生分的，譬如我举起画框时，他会弯一下身子，显得顺手一点，而他走下梯凳时，我会扶一下凳腰，虽然没啥作用。

这样一路挂过去，当身上出现猛汗时，活儿干完了。现在站那儿转一圈身子，能看见里外两个房间的墙上布满了同样大小同样内容的长方框子，有近百幅。又因为框子里的内容以竹色为多，墙上像是长出了一片一片的绿色。我收一收神儿，走近一个画框——之前只是打量过几眼，还没静下心好好细瞧呢。画面上的图像是如此陌生而熟悉：山坡秋景里有松柏有岩石，中间是一大片竹林，虽然也杂着一些枯叶，但主色是青绿的。前面空地的石桌上搁了棋盘，旁边有一红衣男士在低头思考。左侧边上当然还有一条纤细的溪流，淌出轻轻的水声。

对着这样一张画，我确实有点陌生感，因为中间毕竟隔着十八个年头。但它总归久存于我的脑子里，即使是细节也难逃记忆。我突然指着画面大声说："你这画里有错，少了一位童子。"遇时站在那边静默着，我的话让他靠近了过来。他说："为什么这样就是错的？

我不觉得这画里需要一个童子，我取消了他！"我又指着红衣男士说："原画里这位是踱着步的……"遇时截话说："这是我的画！我可以让他踱步，也不反对他低头、仰头、坐着、躺着，每张画都不一样！"我说："哦……为什么？"遇时说："这个人是自由的，我管不了，你也管不着！"遇时说话时嘴巴急促，口气是硬的，只是因为牙齿的缺少，声音有些混浊。这让他自傲似的神情多了一点滑稽。

那近些年你主要的正事就是画画？除了这张高士图，还画其他的画吗？这两个问号已到舌边，终被我给吞了回去。可以判断，此刻的遇时不欢迎这类拉家常似的提问。我转过念头，举起手机对着两边画墙拍照，远远近近地拍了好几张。完了我顺势问遇时，明天这揭幕仪式怎么搞？遇时淡着脸说："揭什么幕呀，就是外边拉一条横幅，让路边的人知道。"我说："怎么也是个画展呀，总得弄点儿动静。"遇时直一直脖子，说："我一挂鞭炮也不给自己准备，没几个人看也不怕。"

我沉默一下说："动静大一点儿，也许能卖出去一些画。"遇时看我一眼，没有吱声。我说："画展上的定价不能太低，至少得三千元。卖出去十幅，是三万元。卖出去二十幅，是六万元。"遇时抿着的嘴巴微微张开，过了几秒钟又突然收紧："我不相信能卖得出去！"我将手机点开，说："咱们加一下微信吧。"遇时瞥手机一眼，有点迟疑。我说："我现在就预订五幅，把钱先打给你。"遇时的脸浮上一丝喜色，嘴巴又情不自禁地启开，露出有些难看的门牙空位。他慢慢拿起手机，动几下手指加上。我没有犹豫，将一万五千元发去。遇时刚要接收却停住了，眼睛盯着屏幕上的数字，再猛地抬起，好像才反应过来："我干吗要把画卖给你，我他妈怎么能把画卖给你！"他自己跟自己生气似的又嘟囔了几句，脸上有肝红色涨上来。

我知道自己得先撤了。此刻的遇时，跟他一起吃午饭是不妥的。我告诉遇时，明天上午我会再来，而且不会忘了带上一挂很长的鞭炮。

午后在宾馆小睡片刻，便开始张罗明天撑场面的事。我先联系昆城文联那位旧识，让他一定要邀请一位文联领导出席。他说："我是文联副主席，算不算领导？"我嘿嘿地笑，心想忽略了对方这些年的进步。我说："既然你是领导了，调动美协、书协的牛人也参加呗。"这一回对方在电话里嘿嘿地笑。接着我在手机里找到一位以前采访过我的《昆城报》女记者，给她说了此次画展的独特性。女记者说："哟，一张画的画展，昆城爆款新闻呀！"我又给老克打电话，叮嘱他买些鞭炮明天带去。老克说："不光鞭炮，还得送花篮。"我说："不光花篮，还得鼓动同学们买画。"老克迟疑一下说："那晚上得'纠集'一些同学喝个酒。"

我想了一想，又在朋友圈晒出那几张画墙照片。配图文字是：你明天看过这个画展，便可以假装爱上了孤独。不一会儿，点赞和评论排着队到来。虽然大多是文学圈好友的顺手一赞，但也有几位昆城的朋友熟人表示了兴趣。有一句留言：这种民间画展有点野，我去看一眼。

靠近晚餐时间，我按老克的调度来到一家餐馆，与一群男女同学见面。酒杯们来来往往，不免昔日回忆和生活感叹。过了一会儿，话语到达明天的画展。我干掉一大杯啤酒，然后先介绍林遇时办这个画展的不易，又大着胆子建议同学们买画。一位女同学问："你是觉得林遇时的画值得收藏？"我说："也不算收藏，挂在客厅书房就挺好。"女同学说："你不觉得这种什么高士图太过时了吗？"我正不知道怎么应答，一位男同学说："林遇时向我借了五千元，说是补牙。他要是还我，我就拿这个钱买一幅。"酒桌上的声音顿时变得嘈杂，说他也跟我借钱了，说他的画也就是照着样儿画葫芦，说他的画画和借钱加起来等于狼狈。好在老克止住了散乱话语，说："一码归一码，遇时借了我的钱也没还，但我明天还是会去买他一幅。"我接上去打了圆场："认为遇时的画有意思就买一幅，认为没意思就不买。"我又举起酒杯："重点是呀，买不买画明天都要去现场凑个热闹。"

老克和我的言语配合，为这个饭局大约定了调子。之后同学们的心思仍有点杂，不同的看法在酒桌上游走，结果却不算差。有三人同意购画，其余的同学也愿意去帮忙捧场。用餐收尾的时候，我看一眼手机，发现遇时已收下钱。我嘴角冒出一丝暗笑。经过大半天时间的纠结，他到底不肯拒绝人民币。

次日上午的揭幕仪式，场面比想象的要喧闹不少。

晓琴早早到了。她是个能干通达的人，也不惧前妻身份，跑里跑外地张罗着一应杂事。因阵势变大，仪式布置临时做了增补。在店面门口，剪彩用的绸布红花列成一排，肩膀高的花篮们斜站两旁。往外一丈远，刚好接着长廊小广场，便在边侧设了签到桌，上面放着软笔和签名册，还备了小朵玫瑰胸花。长廊里又有椅子，可供宾客暂坐。几条鞭炮则颇有气势地躺在前边空地上。目光中的不足，是店门上方的横幅有些弱小——此为事先所备，一时无法更改。

时间临近，前来助阵的身影不停增多，有男女同学，有穿唐服蓄长发的书画家，有瞧一眼稀奇的朋友。《昆城报》来了一女一男两位记者，女的正是原来报道过我的捉笔者，男的手里则拿着一只相机。那位昆城文联副主席也来了，似乎还带着两三位随行人员。由于气氛渐浓，就有了吸纳效应，不少近邻和街人也凑过来看热闹。店门之前和小广场一角合连一起，形成了一大片人群。

让人着急的是遇时迟迟没有现身。是的，从一开始就未见他的影子。两位记者在现场东看西拍一会儿，便想找画展主角做个简单采访。问了两次，都被我用虚话暂时稳住。

晓琴一边忙碌着一边不淡定了，又是语音又是电话不断招呼遇时，未得回应。我在微信里留了十多条短言，语气从纳闷到追问再到恼火，也未获理睬。

这种消失太无厘头了，让人觉得无趣。无趣也就罢了，还让人觉得无措。晓琴无措中还有点担忧，怕他会不会出什么事。我不高兴地想，能出什么事呢？他也许只是关了手机在睡一个懒觉，或者因为少了两颗门牙不乐意登台见人。

已经到点了，来客们在店内展厅至少转了两圈。我脸上平静，心里出现气急败坏的骂话。骂话飘过之后，我催促自己做出决定：不管他了，主角不在，戏也得演下去。

揭幕仪式开始。一排相对重要的人物站在店门前，面对一片站立并不齐整的人群。一位在政府部门混职的友人做了主持人，捏着纸片有板有眼地说开场白。而后文联副主席讲了话，美协一位唐服者讲了话，我作为同学代表也表达了热乎乎的贺语。一干人被请出队伍迈前两步，拿起剪刀铰断红花绸带。鞭炮响起，一团白烟在不远处腾开。人群中有许多手在拍掌，特别是几位男同学比较起劲。几个小孩受了影响，举着双手做欢呼动作。旁边还有一只黄狗吠了两声，可能也表示高兴。那位摄影记者则跑来跑去，积极地在各个方位拍照。

按照规定环节，随后人们进入店内展区参观。许多人已经看过，而且看一幅跟看一圈没啥区别，可不少身子还是愿意在里边多待一会儿。这个展览太不一样了，挂着的是中国古代山水画，散发的却是超现实或后现代的气味儿。他们不甚明白地站在那儿，希望听到别人的看法，然后引出自己的想法。在相互的等待中，终于有一位长发画家率先说了几句什么，接着一个声音出来表达不同的观点，这马上又遭到另一个声音的反对。他们的见解一下子变得蓬勃——在这种众人场合，谁都愿意自己的认知领先一点儿。

那两位记者又一次缠住了我。既然主角不肯现身，他们就不能放过我的嘴巴。我脑子有点乱，就应付地讲了一些作品特点、画展意义什么的。女记者有些不满意，说："您能否用一个词语定义这个画展？"我想一想说："孤独的姿态。"女记者问："为什么这样讲？"我说："画里的高士一个人下棋，其实就是孤独地与这个世界对话。你仔细去看高士孤独思考时的身体动作，在每幅画里都是不一样的。"女记者说："哇，不愧是作家，我一下子明白了。"女记者又坚定地说："这篇新闻特写的题目就叫'孤独的姿态'！"

正在此时，我的手机"嘟"了一声，点开一看，只见遇时发来四个字：我在山上。我傻了几秒钟，让他发送定位。似乎拖了片刻，一张定位图出现在微信里——妈的，原来他在九凰山上。

观展者逐渐散去，店内的身影明显变少。我没有犹豫，抽个空儿撤出身子，快步走过坡南街，往九凰山奔去。路上想起晓琴的担心，便给她的手机递了消息。

九凰山坐落于昆城之南，靠着城里的一面经过梳妆打理，已是休闲公园的模样。从坡南街这边上去，是山的另一面，树木岩石还是原生状态，透着一些野性。

沿着石径一路而上，我慢慢就被两边的秋意夹住——树叶的绿色仍是广大的，但又掺杂着不少红色和黄色，树的跟前站立着一丛丛苇草，头部的花则是白色的。风吹起，各种颜色在动。

爬到山腰处，定位图中的遇时变得很近。转过一个坡角，我觉得差不多了，便在微信里说自己已到。遇时回复：我在酒杯岩这里。我张望一下，果然看到一块像茅台酒杯形状的大石——以前没听说过这块石头，是酒文化流行后命名的吧。我走过去，见遇时坐在杯脚上，衣裳有些泥迹，旁边地上躺着几只不大的竹笋。我喘几口气，说："遇时你什么意思？"遇时说："我来挖竹笋。"我说："秋天挖什么竹笋?！"遇时说："秋天的冬笋才好吃，你不懂。"我沉默一下，说："我不懂的是你为什么丢下画展。"遇时站起身，把一颗脸面皱黑、头发支棱的脑袋举在我面前。他说："你弄那么些花样，跟我说过吗？"他说："这种没意思的热闹，不是我想要的！"他又说："你们不会真的瞧得上我，我也未必瞧得上你们……我宁愿一个人待在这里。"他说话时的嘴巴，再一次因为缺牙而显出一种认真的滑稽。

我不吱声了，目光转向别处。我这才注意到旁边坡岭上长着一大片竹林，竹干挺拔，叶子浓密，像一块绿色根据地——也许在竹间地上，会有一层枯黄的竹叶，但此时望去只有绿色是清晰的。我忽然懂了，遇时为什么一整个上午要待在这里。

我缓了口吻，说："你在这儿待着，没带上棋盘？"遇时说："棋盘在我脑子里，我想下就下。"我说："自己跟自己也可以下盲棋？"遇时说："下棋的时候，我的对面会有另一个我。"我说："嘿嘿，你现在终于把自己活成那张画里的人物了。"遇时说："你嘴里有嘲笑，心里还有更大的笑声，但我不在乎。"我说："别这么说，刚才记者采访我，我夸了你的画展。记者表示，她明白了……"遇时打断说："你明白我吗？"我一时语塞。遇时说："你都不明白，怎么能让记者明白！"我说："遇时，你这就有点装了吧？"

他不搭理我了，转过身子消失在岩石那一边。我以为他解手去了，不想过一会儿，他竟然现身于岩石上面，一双眼睛从高处丢给我一瞥。我走过去一看，原来几棵松树长在近处，其中一棵的树干扭曲着靠向岩石。沿着扭曲的树干往上爬，三下两下就到了岩石顶上。

顶上是一块起伏的平面，站在那儿打量周围，便觉得视野大了许多。

此时，天空的蓝色和山中的绿色上下呼应，形成了空阔之境。空阔之境相当安定，像是静止的，忽然有几只鸟儿飞过，也没有声响，已破了空静。

这样的时刻，人的身子仿佛一下子缩小了。

遇时坐了下来，我也坐了下来，中间隔着二三米。遇时盯着眼前凹凸不平的岩面，突然说："我有些话，得说出来。"停一停，他说："当年我出事以后，你心里有愧疚吗？"我恍惚一下但没有迷惑，说："我又没做错什么，为什么要有愧疚？"遇时说："问题就在这里，你似乎没做错什么，但你愧疚了，一直到现在。"我争辩说："我没有。有愧疚的应该是你……"遇时说："我当年是做错了，但我现在已没了愧疚。"我说："你这么说是什么意思？你觉得已经把自己心里打理顺啦？"遇时说："问题就在这里，我没了愧疚，不能说心里就顺了。我跟另一个我下棋，我常常落于下风。"我说："遇时，看来我确实不够明白你。"遇时说："别说你不明白，我他妈的自己都不明白自己。"他补一句："不明白的这个我，只有等着时间来破解。"我说："嘿嘿，你的这些话听着有点禅意。"遇时抬起脑袋看向天空，说："空生大觉中，如海一沤发。"又说："如露亦如电，应作如是观。"

　　我没有吭声，因为听不太懂。听不太懂只好转移话题，我无中生有轻咳了一声，说："讲点实在的吧……不管怎样，今天的画展一闹腾，可以多卖出几幅画。"遇时把目光收回，投到我脸上："能卖出几幅？"我说："五幅十幅总有的，不包括我。"遇时喃喃自语几声，似在计算售款。

　　我慢慢盯住他，说："我昨天买画的钱你可要收好了。"遇时脸面缩一缩，嘴巴微微启开，舌尖穿过门牙空位慌慌撩了一下。他说："此刻山中不言钱。"

父 亲 的 长 河

不经意间，我伸出致敬的胳膊，跟许多年前的罗萨先生握一次手。

——创作手记

父亲丢失记忆大约是从七十一岁开始的。如果说一个实锤的时间点，应该是他的寿日那天。

那天刚好是周尾日子，到了下午，公司里忙乱的气息散去一些。我抽个闲打电话给父亲，让他做好出门准备，过一会儿我去接他。父亲问："让我出门？出门干什么？"我说："去海鲜馆给你过生日呀，昨天不是跟你说好的吗？"父亲说："今天是我的生日？没弄错吧？"我奇怪一下，以为是电话噪音打扰了对话，就大声提示说："不说了不说了，你收拾好自己等着吧。"

靠近傍晚时，我开车出了公司。因为是周末，街上有些堵。为了扳回一点时间，我又打电话唤了父亲下楼候车。过了片刻，我的车到达父亲小区，他已挺着身子等在大门口。我招一招手，他拉开后门坐进来，但似乎没把高兴带进来——在往日里，与家人到海鲜馆聚饭他一般压不住快活的，因为不仅可以跟孙儿们见面，也可以吃到老家昆城的风味海鲜。我一边踩着油门一边向后甩出一句话："怎么啦？去吃海鲜心里还装着不痛快。"父亲说："我对了一遍年历，今天真是我的生日……这个日子我为什么会忘了？"这话听起来有点幽默，我呵呵笑了。

到了海鲜馆，我停好车子，掏出手机点开微信家庭群，见一大堆人已在包厢里等着，小妹已发出桌上冷盘的图片，大妹则送出一张生日蛋糕照片。我紧一紧脚步，携着父亲往里走。刚进入大厅，我的眼睛突然一愣，因为这时我才注意到父亲脸上的异样——他的上唇刮了半边胡须，一侧已经干净，另一侧则杂草横生，左右显得泾渭分明。我有点想笑，忍住了，打开手机镜子让父亲看。父亲不好意思地摸了摸右边残留的胡子，回忆着说："我刮了一半，刚好你又打来电话。"父亲脸面清瘦，胡子却长得很猛，出门前总喜欢刮一下的。

因为父亲的胡子，随后包厢里的场面变得有些喜剧。我家三口，大妹家三口，小妹家也三口，这么多人的嘴巴一下子被动员起来，发出不同分贝的笑声。尤其三位孙辈，主动拥住爷爷要求合影，脸上还扮出调皮的怪相。好不容易平静下来开始吃喝，大妹先端上圆形蛋糕让父亲吹蜡烛。父亲认真地一吸嘴巴，使劲呼出一股长气——他怪异的胡子在嘴巴鼓起时显出了滑稽。一桌子的人又嘿嘿哈哈笑起来。

在笑声中，我没有意识到父亲已触碰到那种有点虚飘的疾病。不仅是我，两个更细心一些的妹妹也不会往这上面想。因为在此之前，父亲没啥让人不放心的，吃饭和睡眠均好，身子除了定期年检，基本不需什么修理。如果说有些担心，倒是在五年前母亲病逝之后，为了不使父亲沾上孤单，我和两个妹妹商议过轮流陪伴，让他在三个子女家都待上一段日子。但父亲拒绝了，理由是自己还不到熄火靠岸的年龄。他说，我又不是一只老去的船，在这个码头歇一下，在那个码头又歇一下。他又说，你们的妈把我先甩了，这没什么了不起的，我一个人照样可以过得乘风破浪。父亲年轻时在家乡做过几年内河客轮的船员，后来虽然外出当兵，又混过漫长的机关岁月，口中仍免不了会跑出早年的船工腔调。其后数年中，他果然过得豪迈而平常，做饭洗衣，闲逛散步，追看热剧，在周六享受孙儿们的拜访和吵闹。当然隔一些时日，他会要求坐着我们的车出去撒个欢儿。他比较喜欢站在西湖苏堤上或者钱塘江岸边，抱了两条胳膊，一边用目光从左到右横扫过去。这时候他的派头，仿佛不是一个看风景的退休处长，而是一位打量过往船只的老船长。

这样的日子安全并且有着固定方向。只要跟着日子走，父亲的老去便是缓慢的有序的，会一年一年快活地吹掉蛋糕上的蜡烛。

但是，此时坐在蛋糕前的父亲已经不一样了。他的生活正悄悄拐了个弯。

父亲寿日之后一些天，公司接下了一个新楼盘的小区景观设计，虽然有项目经理具体打理，我还是有点不放心，天天扎在办公室盯着。这样一忙乎，心思就不容易分到父亲那儿。恰是那段时间，父亲的不好情况像池子里的石头，水一退去便接二连三显露出来。譬如有一次他让保安给大妹打电话，说钥匙丢啦进不了门。大妹赶过去还没来得及擦汗，已发觉钥匙在门锁上插着呢。下一次他给小妹打电话，说电视遥控器找不着了。小妹去了一阵没头没脑地搜找，竟然在冰箱里见到了黑色遥控器。随后一些天，妹妹们又吃惊地发现，父亲去菜市场买肉菜，买了一回转一圈又买一回，所以拎回家的菜品经常是双份的；父亲吃过中饭才一两个小时，以为时间到了又张罗着给自己做饭；父亲接老同事的电话，拿着听筒半天不吭声，因为弄不明白对方是谁；父亲还喜欢发无厘头的脾气了，自己把屋子里摆放的东西搞乱，一转身责问女儿这是谁干的。

姐妹俩做不到淡定了，郑重其事地约见我。三个人聚到父亲家，在小房间里形成严肃的谈话架势。大妹先扳着指头，把父亲的窘事数点一遍，小妹紧随其后，把父亲的状况分析一遍。她们说："哥，你别光顾着赚钱，老爸出大问题了。"她们说："哥，老爸这段时间很少叫你来，是因为你忙怕打扰到你吗？才不是呢，估计他是找不到你的手机号码或者以为给你打过电话了。"她们又说："哥，你得赶紧想办法了，不然咱们很快会成为钥匙和遥控器，让老爸找不着啦。"

这个晚上，我在父亲家留下来，以便观察一下他的言行。在晚饭后的时间里，我陪着他喝了一会儿茶。他看上去没啥不一样的，只是有些沉默。沉默是老年人喜欢干的事，不需要往奇怪上靠。奇怪的是这天夜里，我被一泡尿顶醒上洗手间，瞧见客厅的灯亮着，父亲坐在那儿安静地看电视。我吃了一惊，赶紧问："怎么这会儿看上电视啦？"父亲说："你也该起床啦，今天要上班的，不要睡懒觉。"我看一眼墙上的钟，2点20分。

第二天上午，我给一位有路道的朋友打电话，说了父亲的病况。朋友不敢偷懒，给他的朋友打了电话。朋友的朋友是骨科开颅医生，回话说这种病不能张冠李戴，我看不了，得去看神经内科。朋友的朋友又友好地表示，他会给神经内科的医生打个电话。

我将外出的衣服让父亲穿上，告诉他要去医院。父亲脸上出现了不高兴："我身上没有病，手脚又好好的，到那种地方去干什么？"我安抚说："是去做体检，一年一次不能漏掉的。"父亲想了好几秒钟，似乎要反驳又找不到话语。他应该忘了今年是否已做过体检。

我开车拉着父亲去了医院。在接下来的大半天里，我陪着他在门诊楼里到处忙碌，一会儿坐着排队等号，一会儿回答医生问话，一会儿又接受机器检查，完了再到医生那儿领取预料中的结论。医生是位中年胖子，有一张和气的圆脸——不知是不是朋友的朋友打了电话的原因。他在电脑上开了一些药物之后，转过身问父亲："老同志，身体要保健脑子也要保健，医生的建议您会听吗？"父亲不明白地看着医生，没有吭声。我接过来说："听的，当然听的。"医生说："您会打牌吗？扑克或者麻将。"我说："这个他不会。"医生说："您会下棋吗？象棋或者围棋。"我说："这个他也不会。"医生说：

"那您会写字吗？"我说："这个他会。"医生说："我说的是毛笔字。"我缩一缩嘴说："这个他也不会。"这时父亲开口了："别说我这个不会那个不会，不会我可以学。"医生笑了脸说："我要的就是老同志这句话，您可以学打牌学下棋，也可以写字学书法。"父亲说："我是机关退休干部，我不学打牌下棋，我要学书法。"医生点点头说："您的书法学好了，记性也会好起来的。"

当天下午，我便买了笔墨纸回来，又在网店下单买了字帖。我怕时间一长，父亲会忘了医生的话。

吃过晚饭，父亲被我引到书房桌子前。他拿起毛笔蘸了墨水，稍稍有些发愣，似乎不知道要写什么字。不过很快那笔尖落下来了，在纸上形成了一行字，吴识水，男，七十一岁，昆城人。这些字有些怯，但不丑，看得出来，父亲多少还有点童子功的。我笑了说："可以呀老爸，想不到你还藏着写字的功夫。"父亲沉默的脸出现一丝笑意，说："可以就是不错的意思，我写得真的还不错？"我说："不错，很不错，你什么时候偷偷练过字呀？"父亲"哼"了一声说："不是偷偷，是在学堂里明着临了一年字帖。"他想了一下，又在纸上写了一行字：昆城城北中心小学。我说："噢，原来你小时候上的是这所学校。"父亲说："读了六年，五年级开始写字帖。"我说："你记得真清楚……这好呀，以后你又可以临字帖了。"父亲说："你是让我去学堂当学生吗？"我说："不用去学堂，你早毕业啦。

咱们说好了，以后你就在家里练字。"父亲看一眼手中的毛笔，说："好吧，家里就家里。"

两天后，我把快递收到的字帖交给父亲。按照百度兄的指点，我买的是《颜真卿勤礼碑》，楷书为先，首选颜体嘛。帖书挺宽大，父亲拿在胸前打开，鼻子往前凑了凑，目光停在上面许久没有挪开——大概是一个个含着劲道的碑字一下子接通了他遥远的记忆。过了一会儿，仿佛听到上课铃声的提醒，他在椅子上坐下，挺直身子摆好脑袋，像一个小学生似的一横一撇认真写起来。我泡了一杯茶水搁在旁边，他没有搭理我。

自此以后，父亲把不少时间花在了书房里，先是上午待一两个小时，后来觉得不够，下午又添上一两个小时——也许是他搞混了时间，把上午和下午搅拌在了一起。他的书房本来称不上书房，因为书橱里稀稀落落的没多少书，有价值的书更没几本。现在呢，这间不大的屋子里常常飘动着墨香，墨香之中，端坐着一位勤奋得会忘记时间的老学生。

那段日子，为了安顿好父亲的生活起居，需要赶紧往家里引进一个保姆。大妹对此比较积极，从中介所先后挑了两位女人跟父亲见面。第一位胖女人站到父亲跟前时，他傻了一下，扇扇手说："不要不要！"过一天第二位瘦女人刚进门，父亲就生了气说："你怎么又来了？我说过不要的！"弄得瘦女人一愣一愣的。

看来父亲对男女之别仍保留着警惕，至少还不糊涂。我只好调整思路，让大妹去中介所找一位男保姆。两天后，一个五十来岁的矮个子男人真的来了，条件是只做大半天工，上午十时来下午五时走，但会做好两顿饭和一些家务。父亲对一个陌生男人的进驻仍然是拒绝的，不过大约因为该男人个子小不惹眼，一天中又只待不太多的时间，他眨几下眼不吭声。不吭声就表示不反对。

有了男工以后，父亲的白天可以不挂心了，但还有整个晚上和半个上午仍是不安全的——不用说，父亲现在若是一个人跑出门，是很容易把自己弄丢的。我探问过两个妹妹的想法后，决定身先士卒地搬过来住一段时间。当然啦，这也与妻子儿子一块儿撇下我有关。儿子刚刚进入高三要拼一年的高考，可他在校内睡得吃得都不合意，于是我们干脆在学校旁边租了一套小房子，他妈一下班就赶过去做饭陪读。我和父亲一起住还有一个便利，去公司上班的时间是弹性的。其实作为一家地产景观设计公司，忙碌是一种常态，一个接一个的项目会推着你往前走。虽然公司养着一批能干活儿的人，但我远远到不了闲心的时候。不过母亲去世以后，我或多或少忽略了父亲，换句话说，我或多或少欠了父亲。现在父亲都成这样了，我再不能一头扎进繁忙里，硬把自己打造成只顾捞钱的老板。

有了这样的心态，我便要求自己迟出早归，待在家里的时间就多了起来。上午出门前，我会陪在书房里，看父亲写一会儿字。父亲写字的时候，脖子前伸着，身体有些硬，有时盯着字帖看一两分钟，才会落笔临出一个字。但不管怎么样，他认真投入的样子让我安心。

晚上父亲不写字，我就伴着他在小区院子里走一圈，一边走一边说上几句话。散步回家，俩人又坐在客厅里看上一小时的电视剧。电视剧内容不讲究，连串不上也没关系，反正他记不住前一天看了什么。偶尔在电视剧里看到旧时的小镇模样，他脸上会一醒，脑袋往前探出一截，问："这是昆城吗？"我说："不是。"他便轻轻叹口气，把脑袋缩了回去。有一次我分着神儿，随口应道："是昆城。"他赶紧站起身往前走两步，似乎要走进电视机里，可惜眼前镜头一闪，屏幕上的"昆城"不见了。

我现在有一种判断，父亲脑子里贮存的东西渐渐减少，可有的记忆他又使劲护着，譬如昆城。

父亲是在十九岁时舍下干了三年的船工身份，离开家乡去当兵的。虽然只有初中文化，但他凭着脑子灵活手脚勤快，做上了首长勤务员。后来首长到了杭州，他也跟着来了，不过很快被政治浪头溅到身上，下放到机械厂当了工人。首长几落几起，在"文革"后上任某厅厅长，父亲自然也脱离窘境，调到厅里做后勤工作，一做便是几十年，最后以工会副主席的身份退休。在长长的古板岁月里，父亲一直以勤务员的姿态，料理着单位里粗粗细细的杂事。我的公司刚创立那会儿，也想过在他那里拿点儿装修办公室之类的活儿，被他一声断喝挡了回来。大概单位的事太累心了，平时家里的事他基本不管，即使在休息日，也是严肃着脸，很少跟我们说些有趣的话。我只记得有一次过中秋节，他往家搬回一只海鲜箱子，里边装着一堆冰冷的水产品。吃晚饭时，父亲有点得意地说："这回分东西由我来掌舵，我说了算。"母亲瞧着桌上的海鱼，搭话说："你以前掌舵的是河里的船吧？怎么开到海里去了？"父亲愣了一下，说："我嘴巴喜欢大海，眼睛喜欢河流。"这句话很有点意思，也符合我们对老家的认知。我们都知道，昆城离海很近，那里培养的嘴巴都离不开海里的鱼虾。我们又知道对昆城来说，比海更重要的是河流——在早年，河上的船是昆城通向外面世界的主要工具。

我甚至能感觉到，父亲现在的脑子里有一条河船，正徐徐地驶向多年以前的昆城。

父亲写的字越来越有模样了，但数量越来越少了。高产期的时候，一天能临三四十个字，后来慢下来，只能临二三十个字，再往后，是上午、下午各写一张纸，加在一起十六字。

这不是他偷懒了，而是花在每个字上的时间增多了。他对着字帖，能一个一个读出上面的字，但拿起笔时，那些字便陌生了，各种笔画像是散了架，一下子凑不起来。于是他只能将眼睛再移到字帖上，把要写的字重新研究一遍。

与此同时，家人们在他的眼里也渐渐变得陌生。他先是记不起小妹的名字，很快又丢掉大妹的名字。她们上门的时候，他会点头说来啦、吃过饭了吗什么的，其实是有点狡猾地应付过去。再过一些日子，他忘掉小妹的脸，又抹去了大妹的脸。那次大妹去云南旅游十来天回来，拎着鲜花饼来讨父亲的欢喜。进了门她将漂亮盒子递给父亲，父亲不接手，只是盯着她的脸说："你是谁？我是退休干部不收东西的。"大妹愣了几秒钟，嘴巴一瘪差点哭出声来。

现在，能守住遗忘阵地的只剩下我了。妹妹们带着一点醋意说："看来老爸还是重男轻女，在记忆这种事上也弄出不平等。"我心里多了些小得意，嘴里却玩笑地说："那得怪你们不搬过来住，老让我天天跟他待在一起。"妹妹们认了真说："好吧哥，你得多抵挡一段时间，如果老爸再忘了儿子，那他的世界就什么都剩不下了。"我笑一笑想说："你们不懂老爸了，他的记忆再崩溃，他的世界也不是空白的。"但这句话我没说出来，因为我知道，其实自己也吃不准父亲的变化。

果然，再过一些日子，父亲的书法学不下去了，字帖在他眼中终于成了把握不住的东西。但父亲又是个执拗的人，他的毛笔没有歇下，在宣纸上开始了自由功课——他只写一行字：昆城城北中心小学。

每天上午一张，下午又一张，只写这一行八个字。

写着八个字的宣纸搁在墙角的地上，一张张叠起来，渐渐叠成了一尺多高。有一天我灵机一动，在墙上粘了两只挂钩再拉一根绳子，又在宣纸堆里挑出几张写得好的，一溜儿挂在绳子上做展示。这是表示对他的鼓励，更是怕他某一天忽然忘掉这最后的几个字。

这样父亲每次走进书房，都要巡视似的一张一张打量自己的作品。他的反应一般挺安静，先是认真地点点头，又严肃地沉思一会儿，然后才来到桌子前开始提笔写字。有一回我站在旁边见他写好了，夸奖一句取过宣纸，走到墙前替下原来的一张。父亲盯着墙面，突然开口说："这个校名，不是放在这样的墙上。"我说："那应该挂在哪儿呀？"父亲说："这个你也不懂？是放在学堂的大门上头。"我愿意跟沉默的父亲多搭些话，就说："学堂的大门在哪里？"父亲说："北门轮船码头旁边呀。"我说："你在这个学堂待了几年？"父亲伸出一只手点了一遍，觉得不够用，又从另一只手借了一根指头，说："六年，是六年。"我说："你在学校成绩好吗？"父亲说："我上课不调皮，下课才调皮。"我说："你调什么皮？是跟同学打架吗？"父亲说："那时我十一岁，也许还不满十一岁，我记不住自己生日了。"我说："记不住没关系，我替你记着。"父亲说："昆城南门有轮船码头，北门也有轮船码头。"我说："那时候的轮船码头相当于现在的高铁站吧？"父亲说："下了课我喜欢爬上学堂墙头，在那里可以看到河里的船。"我说："原来你说的调皮是指这个呀！"父亲说："有的船从远的地方开过来，有的船从码头开到远的地方去。"

我和父亲就这样有点混乱地说来说去。我想了想，父亲似乎很久没有说过这么多话了，而且我还注意到，说话时他眼睛是醒着的。

但所谓醒着只是偶尔一现，事实上，父亲眼睛里的亮光越来越少了。

这天我在公司里被杂事缠住，回到家稍晚，男工做好饭菜已经走了。父亲在厨房门口踱着步，挺无助的样子——现在他还能自己吃饭，却不会打饭端菜了。我赶紧让他在椅子上坐好，把锅里的饭菜拿到桌子上。父亲认真吃了一口，抬起头说："谢谢老师。"我以为自己听错，问："你说什么？"父亲说："我饿了，谢谢老师给我饭吃。"哦，我明白了，父亲又回到小时候的学堂。我说："我是你儿子。"父亲看我一眼说："你叫我儿子早点回来吃饭，菜快凉了。"我心里凉了一下，一口饭裹着舌头，好一会儿才咽下去。

　　晚上剩下的时间里，我和父亲都默默地没有说话。后来躺到床上，我一时也找不到睡意。我沮丧地想，自己天天和父亲待在一起，却只能看着他一日日地走远。换句话说，父亲周围本来有母亲和一堆子孙，现在亲人们却一个接一个抽身离去，剩下他一个人活在空荡荡的日子里。让人没法安心的是，我能感觉到父亲的孤单，可不知道怎样才能帮到他。

　　这天夜里，我的脑子哀哀的又飘飘的，远远近近想了一些事情。

　　因为睡得不扎实，我第二天起床晚了一些，走到卫生间，见父亲垂着双手站在镜子前。我以为父亲忘了做什么，刚要提醒一句，听见父亲说："这个人是谁？"我一愣，紧上一步站到父亲旁边。

　　在那一刻，我盯着镜子里的父亲，镜子外的父亲也盯着镜子里的自己。我说："这个人是你呀。"父亲摇摇头说："不是我。"我说："当然是你，是吴识水。"父亲说："吴识水不在这里，吴识水去昆城了，吴识水到学堂去啦。"

我看见镜子里的我默着脸，嘴巴抽搐了一下。

过了十来天，我拣一个周末，独自带着父亲去昆城。我想一个人专心陪陪父亲，给父亲一些高兴。

从杭州去昆城坐高铁两个半小时，自驾车四个半小时，我犹豫了一下，决定还是自己开车。自己的车总归自由些，也不用担心父亲在人群中乱窜走丢，再说正是秋天里的日子，路上容易获得好心情。

果然，出行那天天气不错，有点天高云淡的样子。听说要去昆城，父亲一上车就显得有些兴奋。上了高速后，他不说话，眼睛一直望着窗外。窗外是不断向后退去的田野、河流和房子，看久了会累眼的。过一些时间，父亲问："昆城到了吗？"再过一些时间，他又问："为什么还不到？"我告诉他可以先睡一觉，睡着了时间会变快的。这时候的父亲孩子似的听话了，闭上眼睛把脑袋抵在窗边，隔一会儿才弹开眼皮偷偷看一下外面。

不过我觉得，父亲的迫切表现是正常的。眼下的昆城用时间丈量已不算太远，但故乡是一种概念，不容易回去便是远的。记得小时候父亲带我去昆城看爷爷奶奶，一早出门坐尘土汽车，路上又是绕山又是渡河，夜里到了家得洗两次脸，才能让老人看清孙子的模样。后来爷爷奶奶先后离世，父亲便去得少了，我更没了去的理由。前些年高铁开通后，父亲回去过两次，但也没找到格外的快活，因为在那里除了吃两顿可口的海鲜，已没人能说上话了。父亲说过一句挺艺术的话："昆城现在变得红光满面了，看着挺精神，可它不认识我啦。"

但这回不一样，父亲不是去看红光满面的昆城，而是要走进小时候的昆城。对他的记忆来说，这是相隔六十年的一次回乡。正因为这样，我认为自己此次的用心安排是值得的。

车子一路顺畅，中途我们在服务区用了简单的午餐。饭后上车前，接到昆城曾总打来的电话。曾总说一切都已备妥，他会亲自在高速出口迎候。曾总也是做楼盘小区景观的，几年前以同乡之名靠近我，之后时有联系。因为扎在小城，曾总经常自降身段，要我喂他一些业内信息什么的，这回是我第一次讨要他的援手。

半下午的时候，车子抵达昆城。出了高速口子，曾总果然已在等着。他身子肥胖，却挺灵活地小跑过来，一边招呼一边坐进我的车子后排。父亲转过脑袋看他一眼，他送出一个饱满的笑脸。我说："怎么走？"曾总说："不先休息吗？"我说："先办事，后休息。"曾总说："那好，跟着前边我的车子。"我点点头，跟上前面引路的轿车。

曾总为了表示热情，说一些欢迎的虚话。我截住他说："那学校还在原址？"曾总说："是呀是呀，不过早换了模样，天翻地覆慨而慷嘛。"我说："那边的码头肯定没了，也见不到水了吧？"曾总说："见不到了见不到了，曾经沧海难为水呀。"他瞥一眼父亲，似乎想看看父亲的反应。父亲贴着窗户，认真地看外面的街景。

昆城我有些年没来了，变化还真是不小。街道两边长出不少楼房，路上乱窜的三轮车似乎也不见了。曾总又说："昆城城内也不是见不到水，你看那公园就建在河上的。"他指了指右边的不远处，那里有一片挺大的安静区。我说："这公园看上去不小呀，建的时候你有没有分到一口汤？"曾总说："没有喝上没有喝上。"说着自作主张地打前面司机的手机，指令拐一下公园。

公园确实不错，两大块不相连的岛域卧在水中央，周边被河道搂住，又用好几座不同造型的石桥连通，感觉像是一大片土地浮在水面上。在镇子上造这么个公园，应该是大手笔了。曾总引着我和父亲站在外围的河边，对公园的景点设计点评了一番，认为这里应该这样，那边应该那样。他又举例似的指着停在水边的几只小游船，说公园正准备用长网拦一片水面，搞水上游船项目，这格局显然太小了。我说："什么意思？"他说："这公园的河水是连着外面长河的，可以弄两条大的观光游船。"我笑了说："你玩的是景观设计，又不是搞旅游开发的。"曾总说："一点浅见一点浅见，位卑未敢忘忧国嘛。"说着嘿嘿地笑，笑声中他又瞥一眼父亲。此时的父亲，竟抱了两条胳膊，像以前站在西湖边或钱塘江边一样打量着前方。他大概忘了这里已不是杭州。

离开水上公园，我们抓紧在街道上穿行。过了约十分钟，车子在城北一所小学前停下。出了车门，见学校门口站着几位迎候的人，其中一位白净的眼镜男为校长。校长先握握我的手，又拉着父亲的手说："吴老先生，欢迎您，您是我们的重要校友。"父亲不懂对方说的什么，但还是礼貌地点点头。校长转过头对我说："吴老先生毕竟在省里做过领导，得了这种病也还保持着风度。"我不知道曾总是怎么向校长推介父亲的，但此时也只能礼貌地点点头。

校长按接待惯例，用嘴巴数点学校的百年历史和当下成绩。我注意到学校已改了名号，叫实验小学，门面也显得光鲜而俗气。曾总截住校长的话头，引了大家往校门旁侧走，绕着围墙走了一段路，眼前忽然又多出一个校门——这是新建的砖式校门，造型朴旧端庄，又透着不扎实的虚简，大门上方一行白底黑字：昆城城北中心小学。大家收住脚步站那儿看。曾总递来脑袋低声说："校长给了一张老照片，我仿着做的，短平快项目，请多包涵请多包涵。"我点点头，眼光已给了旁边的父亲。父亲默默盯着校门，脸上似乎一点点在苏醒——不用说，许多年前的情景重新向他靠近，他的记忆正在刷新。果然，他脸上出现了久违的喜悦。他向前走了两步，抬头看大门上方的校名，嘴里自语着什么。我往前凑一凑，听见他说的是："这字熟哩，这字熟哩。"呵呵，他当然熟，因为这正是他自己写的字，只是放大了而已。之前托曾总办此事，他一口答应了，说自己能搞定校方，毕竟只是临时用一下场地嘛。不过在建造过程中，他打来电话说校名的题字找不到原迹，问我怎么弄。我犹豫一下，拍下父亲写的字发给了他。现在看来，这一招终于没有不妥。

父亲又向前走几步，摸一摸木门，又摸一摸门边的墙砖，然后转

71

过身子说："校门口每天有卖爆米花和糖人的，今天为什么没有？"曾总抖着机灵抢答："现在下课了，卖吃的的都收摊了。"父亲说："你说得不对，下课了生意才好呢。"曾总连忙说："我说得不对我说得不对，不是下课了而是放学了。"父亲点一下头说："这个时间是放学了，怪不得大门关上啦。"校长在旁边一示意，手下的人赶紧把校门推开。父亲脸色一振，大步迈了进去。进门后是学校的操场，自然没了早年的原貌，但父亲此时已进入自己的记忆，他沿着围墙快走数十步，回过身说："放学了我喜欢爬墙头的，我要爬上去。"众人都有些发愣，把目光投向我。我笑了说："老爸小时候顽皮呢，能不能借个梯子？"校长又一示意，手下的人赶紧跑开，很快拎回一把轻型的铝梯子，在围墙前架好。

父亲看一眼梯子，有些不满意——在他的意念里，自己应该灵活地蹿上围墙。但此时，他只能无奈地用七十多岁的脚踩上梯档。大家伸出凌乱的手，扶着他一级一级往上走。

父亲在梯子上站定了，伸长脖子向外张望。只过了几秒钟，他脸上便浮满了失望。他不明白地嘟囔着，声音很轻，但我能听懂他的话："没有码头，没有河水，也没有船。"

事后想想，我为父亲做的事可能有些离谱也有些夸张。但不管怎样，这是一份成色挺足的孝心，只要父亲在昆城故地获得一点记忆中的快活，我便可以自我表扬了。

可问题是，事情并没有结束。

当天傍晚，曾总安排接风，餐桌上布满诱嘴的小海鲜。父亲虽然不言语，但吃得也挺积极。饭后曾总又将我们送到一家披着醒目灯光的酒店。他特别说明，这是昆城目前最好的酒店，就在下午看过的水上公园旁边。

开好房间洗漱过，我伺候父亲睡下，又捧着手机划一会儿屏幕，并无大趣，便在另一张床上躺下。

因为忙累了一天，一躺下我就睡着了，而且睡得相当扎实，一夜无梦。待第二天醒来看手表，已是七时。瞥一眼旁床，被子空空瘦瘦的，原来父亲已起床去了卫生间。等了一小会儿，耳朵里未听到动响，我起身走到卫生间门口，眼睛扑了个空。我一愣，目光再往床上找，仍只有空空瘦瘦的被子。

我赶紧穿上睡衣出门，希望在走廊里见到父亲。走廊很长也很静，一眼望过去捉不住任何身影。我走到电梯等候区，这里有四扇门，父亲有可能摁开其中的一扇门躲在里头。我着急又耐心地摁亮四个按键，等着电梯们上上下下地停住打开。这么一一验查一遍，我心里的不安也渐渐增加。又使劲想一想，我坐电梯下楼去找厅堂服务生。守着大门的服务生神情有点惺忪。他说："刚才好像是有一位头发花白身体瘦高的老先生出去了。"顿一顿他又说："但是我也不能完全确定。"

说实在的，此刻我内心已有些慌乱。我不再犹豫，掏出手机打给曾总，将情况说了。曾总说："也许是老人来了兴致一个人去逛街，回到老家了嘛，少小离家老大回了嘛。"我说："一个人去逛街，这太容易自己丢掉自己了。"曾总听出了我的慌急，说："没问题的没问题的，我马上在微信朋友圈发寻人消息，昆城又不大，丢不了人。"又补一句："再说了，人贩子喜欢的是小孩而不是老人。"

我反身回到房间，换上衣服又下了楼。我不知道接下来应该怎么做，就骂一声自己，然后匆匆走出厅堂大门。正是在此时，我注意到右边不远处就是公园，那里的石桥隐约可见。

我怔了怔，一个念头已跳将出来：公园连着河水，河水是危险的。我紧一紧脸，快着脚步往公园奔去。先赶到河边，附近有几位闲步游人，但没一个身影像父亲。又过了一座石桥拐个弯走几步，见河边有两个管理员模样的人在着急地说着什么。我心里一慌，赶紧将身子和耳朵一起凑过去，听见两只嘴巴说的是小游船。他们说本来八条小船的，现在只有七条了。他们说从没发生过这样的事，这些小船一直老老实实待在这里的。他们又说，该不是哪个捣蛋孩子偷走了划着玩吧，那是很不好的，得打电话给领导。我插嘴问了一句："公园的河水不是有长网拦着吗？"他们看我一眼，说："游船项目还没开张呢，哪有什么长网拦着河水。"我说："这么说小船一直可以划到外边的长河？"他们说："是呀是呀，我们说的不好就是指这个。"

我站在那里静了几秒钟，一提身子沿着河边小道向前奔去。我不相信父亲有这样的能耐可弄走一条小船，但强烈的预感还是推动着我的身子。我加速了脚步，渐渐跑起来。很快，粗气从我鼻子里喷出。而我的左方，河边的树向后掠过，将同样后退的河面割成一截一截。

就在我气喘吁吁几乎要转变念头的时候，前方河面上出现了一个浮动物。我用手指刮一下眼皮上的汗水，那个浮动物清晰了，变成了一条小船，船上坐着一个人。我提一口气又跑了数十米，那个坐着的人影终于也变成了父亲。远远望去，此刻的父亲挺直身板端坐着，脸上似乎仍然严肃，两只手却活泼地划着船桨。我举起手臂不停挥动，一边呼喊着父亲。父亲也许听见了，也许没听见，反正没回应我的喊声。小船继续向前划去。

我使力往前又跑了一段，这才发现已到公园尽头。河道在这里汇入长河，而公园小道往右一拐，大约环绕回去了。我停在那里喘气，有点气急败坏了。这时的小船正安静地进入长河，离我的站位越来越远。我双手搭起喇叭，朝河面上长声喊叫。

小船稳稳地漂在长河中，往北的方向移去。

太阳刚刚升起，淡黄的光芒铺在水面上，也照在小船上。父亲的身子在光线中成为晃动的亮点，像是存在，又像是不存在。

我抻直脖子，想再次发出喊声，但嗓子一哽，眼眶反而憋出了泪花。

除 了 远 方

夏天收尾的时候，老远的事也在法官口中收了尾。他领刑两年又六个月。这是个不算狰狞的数字，至少没有滑出我的预估。

　　消息在大学微信群里出现时，引起的是一片沉默。在自家同学之间，这种事不能升级为热烈的话题，何况大家早已过了吃惊期。静了好一会儿，群里才跳出几个字：唉，老远！又过一会儿，有同学说：不值呀，一不留神栽到了浅沟里。有人接上一句：浅沟也有制造风暴的能力。

　　老远被突然而至的"风暴"甩到地上是在半年前。以他的位子和做派，不少同学推测这是个量级不小的案子。不想之后一披露，他吞下的钱币仅为17.63万元。这个有点瘦小的数字落在公文上属于"数额较大"，搁在日子里的确算是浅沟。这样说不是替老远开脱或者惋惜。我的意思是，在仕道上混了这么些年，老远到底没拿捏好生活里的轻重。

　　群里有人开始提起去年的同学会，说世事无序，时间逗人。有人感叹一句：那会儿呀，老远是个得意的人。有人马上更正：不是得意是在意，他在意自己的分量。似乎为了证明这句话，一张同学会合影弹了出来。这照片摄于W市一家海鲜城的大包厢，数十号人亲昵地团在一起，做少年归来状。老远作为接待者，咧着嘴坐在C位。几位女同学还柔了身段，摆出20的数字造型。

其实依我看，重返少年的说法挺矫情。人到了深度中年，脸上爬出皱线，内心渗出油腻，撒起欢儿是很容易失真的。不过毕业二十年是个大数，放肆地聚上一回是必须的。为了这次聚会，有人牵头早早凑起了筹备组。同学们在群里也七嘴八舌了许多天。一位同学还拟了一句口号：八月杭州，点燃旧情！另一位同学则呼吁：一个也不能少，谁若缺席，打上门去！但一个班的人散在复杂日子里，要凑齐是很难的。聚会之前，陆续有四五位同学告假，其中包括老远。老远在W市做着商务局副座，那几天将镇守一个商品展销会，实在无法脱身。他在群里这么一说，免不了引出同学的抨击，譬如有点失望的我。我威胁说：原先讲过的，谁若不来，我们集体登门拜访。谁知道老远一半玩笑一半认真地接了招，表示欢迎同学们来访。他甚至建议把W市作为同学会的延伸点：反正要安排游览的，我这里有上等的景色和海鲜。

本来这在群里只是一晃而过的言谈，可视为一个聚会缺席者的客套话。不想筹备组由此开了脑洞，觉得杭州至W市仅两小时的高铁，坐在车厢里一路欢言回忆旧事，倒也是一个有趣环节。还有一点更重要，老远的热情是真实的，那里的海鲜也是真实的，集体去享用一下不失为一件快事。

到了8月中旬的一个周末，同学们会集到杭州一家宾馆，先花一天时间进行拥抱相认、参观母校、酒桌撞杯、彻夜长谈等程序，然后在下一日坐高铁去了W市。老远在车站出口候迎大家，并撑着饱满的笑容跟每位同学一一握手。下午同学们游览著名的江心岛，老远派了一位小伙子导引照应，一路挺通顺的。此日晚上，老远则个人做东，在海鲜城设了四桌，并自备了身披金色的东海黄鱼来助阵。在海鲜与白酒的支持下，现场情绪汹涌，时不时有人站出来讲一堆浓烈的废话。相比之下，老远似乎压着亢奋。他只是安静地拿着杯子巡桌而走，跟每一位碰杯的同学轻言几句。敬到我跟前时，我说："老远，我瞧出来了，你拿出的热情还是有破绽呀。"老远说："老方，什么意思？"我说："你的精气神儿不够充足。"老远盯我一眼，悄声说："我是累的，我这几天跑来跑去像一条狗。"他这么一说，我看出了他脸上的倦意。我说："既然累成了一条狗，何必还勾引我们过来。"老远说："我是真的惦记同学们，想跟大家喝顿酒……再说一个展销会人来人往，就当作多接待了一拨客人。"我们这么私语着，旁边一位同学嚷了一句："远方组合又凑一起了，是不是在聊二十年前的小芳呀？"好几个声音马上跟上来："当然是啦，毕竟是同一个痛点嘛。""追忆青春，可惜小芳已经老去。""小芳已老，回忆不老。"老远乐了，说："老方，咱们还是闲话少说，一说多了，就被别人说闲话了。"我也笑了，不再搭话。他拍拍我的肩，端着杯子又去敬下一位同学了。

那天晚餐上，我和老远就这么浅聊了几句话。随后我也想过再跟他深谈几句，可在闹哄哄的场面中，压根儿就说不上静话。事后想想，那个晚上老远虽然提着精神，但我能觉出他身上的疲累。是的，不仅仅是累，还有一种陷入日子的疲。

　　两天后的下午，我给W市的老远妻子打了电话。老远妻子在一家文化公司任职，曾陪着老远跟我见过三四回面，所以说话不需要怎么绕弯。我先给几句安慰话，便问老远待的地方在哪里，我想去看看他。她沉默一下说："还是别去看他吧，他现在……不乐意见同学朋友。"我说："也许见个面说会儿话，他心里好受一些。"她说："不会好受的，他心里还有泥沙，需要沉淀一段时间。"她这么一说，我没法再坚持了，转而问她和孩子有什么困难。她说："女儿上初二了，情况还好。日子虽然打翻了，但我还能撑得住。"我说："你知道的，老远和我走得近，这时候我总想帮他做点儿什么。"她停顿几秒钟，说："你要是想帮他，就去看看他父亲吧。"我说："他父亲怎么啦？"她说："儿子出了这种事，老人心里特别堵，一直走不出来。"我赶紧问："他生病了吗？"她说："生病倒也没有，但老把自己关在屋子里，像变了一个人。"这个可以想象，做父亲的，遇到这种事心里一定像熄了灯。我说："他还住在那个叫昆城的镇子里吧？"她说："是的。"又叹口气说："老远眼下放不下心的，主要就是老父亲。"我说："我明白了，我会找时间去看老父亲的。"

放下电话，我闭眼使劲搜找一下，脑子里走出一位黑皮肤粗眉毛的清瘦老人——几年前在W市，我见过老远父亲一面。记得那是秋天的日子，我去W市参加一个图书编辑业务交流会，会后被老远邀到家里吃饭，在餐桌上遇到了他的父亲。老远母亲前些年患病去世，两个妹妹又嫁到了别的镇子，留下父亲一人在离市区五十公里的昆城小镇上生活。老远是个孝子，当然不允许父亲独自在老家过日子，就时不时进行诱劝。偏偏父亲不喜欢城市的喧闹和陌生，执拗不过了才到儿子家里待上一段时日。这天用餐的时候，老人跟我抱怨这城里空气太沉、路不好认，还没个熟人。我说："有儿子一家子人跟您在一起，别的熟人就不重要了。"老人目光扫过餐桌边的儿子、儿媳和孙女，轻了声音说："那还是不一样……有时家里人重要，有时街上的人也重要。"这时老远一边嚼着菜一边对我说："他呀是惦记麻将，在昆城他差不多每天都要打一会儿麻将。"老人被揭了老底似的，不好意思地嘿嘿一笑："我就这点儿喜好，再说平时也没事干哩。"老远说："所以每回在我这儿待上一个月，心就散了想回去。"老人不服地说："这回我已经待了一个月加两天了。"我说："那您为啥不在这儿凑牌局？城里棋牌室有的是呀。"老人嘴巴一撇，露出瞧不起的神色："打法不一样哩！这城里的打法太简单，没有抬数还没有花牌，一点味道都没有，就像菜里不肯放盐。"我乐了说："麻将虽好却替不了饭，您一个人买菜做饭就不嫌麻烦？"老人说："我不想做饭就不做，街上的点心店都认得我这张嘴巴。有时麻将搓完了，几个老友也一起去喝一口，谁赢了谁请客。"一直不吭声的孙女这时插了一嘴："爷爷你请客多吗？"老人说："少不了，爷爷是麻将高手哩。"孙女说："吹牛吧？"老人说："我也不知道是不是吹牛，反正爷爷请客的时候，别人都这么说我。"说着朗声笑了，瘦脸上的粗眉毛跟着抖动起来。

正是那次见面，老人有些自得的笑存入了我的记忆。不过老远出事后，我脑子里有时会掠过他的妻子、他的女儿，却忽略了他的父亲。现在琢磨一下，做父亲的伤心等级一定是最高的。孤独一人，收起笑声老待在家里，那情景想想就让人难受。

这天晚上，我本来要校对社里稿子的，脑子却飘飘的抓不住字。我撇下稿纸在房间里走来走去，后来又靠到床头静脑子。寂静之中，我脑袋渐渐迷糊，一会儿明一会儿暗。待重新醒了神儿，已过十一点。我用手抹一抹自己的脸，拿起手机在同学群里发出一条微信：这个周末，我要去一个叫昆城的镇子。不等别人好奇地问话，我又补上一句：我是去看老远的父亲。

在群里说这种个人打算似乎有点不靠谱，但我还是要说出来，因为我想听到同学们的呼应声。不知是时间晚了还是懒得发声，手机上许久没有跳出文字。过了大约半小时，屏幕上才一前一后出现两句虚话。一句是：老人可怜，多说几句安慰话吧。另一句是复制：老人可怜，多说几句安慰话吧。之后有几个表示同情或难过的表情跟上来。

洗漱过了上床睡觉的时候，我又摁开手机看一眼。一位昵称为"舌尖战士"的同学私微我：去见老远父亲之前，咱们见一面。"舌尖战士"实名郑一重，他的单位跟我的出版社距离挺近，若要见面相当于午间散个步，不过平时他活得匆忙我活得涣散，两人很少碰头聊点话。我问：有啥事吗？郑一重回复：就说一句话。我说：不能在手机上说吗？郑一重答：我想过了，还是当面说出来好。

第二天中午用过饭，我按郑一重的邀约去了单位附近的一家星巴克。店堂内人不少，两个人在角落里找到座位。郑一重积极地点了饮料和糕点。我说："刚吃过饭，上什么糕点呀。"郑一重说："我就这毛病，坐到店里嘴巴便蠢蠢欲动，舌尖战士嘛。"我单刀直入问："你嘴巴里有什么话那么贵重，不肯在手机里说？"郑一重说："是这样的……你去见老远父亲，我想托你捎上点钱。"我愣了一下："我可没这个意思，我在群里说这事儿，不是让大家凑钱的。"郑一重说："我知道，所以我没在群里搭你话嘛。"我说："其实我们都明白，老人眼下缺少的不是钱。"郑一重说："这个我也知道，但不给点钱我心里不好受。"说着他放下杯子，拿起手机摁几下，往我微信里转了一千元钱。我说："除了捎钱，你还有什么话要说？"郑一重说："老人可怜，你去了多说几句安慰话吧。"我说："你也讲这种无用的废话……我见着老人还会少了安慰话吗？！"郑一重叹口气说："其实我想说的是去年那顿晚饭。"我默一下脸，明白他说的是去年在W市老远请吃的同学晚餐。郑一重说："我胃口好，那一顿我他妈的吃得真多呀！"我点一点头，想说什么又收住了。

郑一重眨眨眼，端起饮料喝一口："今天我来，要说的就是这句话。"

周六上午，我起了个早，先打车到火车东站，在站内餐厅潦草用过早餐后，刚好赶上排队过闸进站。

我的座位靠着窗户，这样感觉似乎僻静一些。事先我查算过，杭州至昆城的高铁用时两个半小时，到达那儿正好是中午。

因为车速很快，窗外的田野景色一掠而过不给回味，看一会儿便懒了。我降下窗布，松了身子想补个觉。闭上眼睛，脑子里却浮动一下，出现了一张因沮丧而显得好玩的嫩脸。这张脸属于大学毕业时的老远，而且与火车有关。我的忆思一下子飘了出去。

记得那是毕业季的一个炎热傍晚，老远拖着行李准备离校。他买到的是晚上去W市的火车票——那时通往W市的铁路刚刚开通，在绿皮夜车上睡一觉恰好于次日凌晨抵达，这突然便利了的返乡旅程让老远兴奋。男女同学们吃过晚饭便三三两两围过来送行。四年相处，离别凄凄。老远与每一位同学深情告别，该握手的握手，该拥抱的拥抱，然后在一大群目光的拥送下离开宿舍楼走向校门口。当时我还觉得老远占了便宜，因为在同学中较早离校，可以获得众人相送。不想过了一个多小时，我突然听到楼道大妈的电话招呼，跑过去拿起话筒，是老远的声音。我问："怎么回事？有什么东西落在学校了？"

老远说："不是不是……我今天走不了啦，有点狼狈。"我说："为什么？"老远说："妈的我看错了日期，是明天的车票。"我"噗"一声乐了，说："老远你挺能玩呀，把低级错误玩到了幽默级别。"老远说："别幸灾乐祸的，你没听出我的声音很懊丧吗？"我说："懊丧什么呀！赶紧回来呗，学校再留你一夜又不收钱。"老远说："跟一堆同学都那样告别过了，马上又回去真有些灰溜溜的。"呵呵，这倒也是，煽情的告别场面刚弄过，再回来是容易磨不开脸。我说："那你打电话……什么意思？"老远说："我准备在车站候车室过一夜，想想又太无聊了，老方你过来陪我说说话吧。"

　　我坐公交车去了火车站。那个晚上，我们一起在候车室的长椅上过夜，周围的嘈杂并没妨碍两张嘴巴的兴致。我们东一榔头西一棒槌地聊话，聊了远方组合名号的缘起，聊了那个叫小芳的女孩，聊了马上要去报到的工作单位。之后，老远聊起了父亲。他说："我分到这个单位上班，最高兴的是我爸。"老远去的单位是W市商业局，这在当年大半学生不包分配的大势里，是很牛叉的落脚点。我说："你爸当然高兴，因为他是商业人士嘛。"老远嘿嘿笑了。以前老远告诉过我，他爸上过一年高中，在郊区农场干过几年改良稻种的活儿，后来一直在镇上做油漆工。油漆工做久了，又顺势开了一间小油漆店。油漆店的店主，至少也靠得上商业人士的边儿吧。我说："我的感觉，你爸这一辈子活得够忙碌的。"老远说："活得忙碌，却没活明白。"我说："什么意思？"老远说："老在镇子里待着，基本没出过远门，也不知道外面的世界……他的世界就是周围一小片地方。"我说："要讲这个呀，咱们的上一代人差不多都这样。"老远说："到了晚上把店门一关，要么在家喝点酒、看电视剧，要么出去玩儿把扑克麻将，反正很粗糙地把一天剩下的时间花完了。"我说："那他对你管得多吗？"老远说："才不管呢，小时候我背着书包在街上野，他基本不挂心；期末考多少分，他也懒得过问。高考那几天在别人家是隆重日子，他照常糊糊涂涂；后来知道我上的是商学院，但是具体什么专业，他也不会去搞明白。"我说："看来你爸心里不爱放事儿呀，粗线条男人一个。"老远说："后来我也想过，他心里不爱放事儿也许是因为他身子挺累。我妈没有工作，全靠我爸养着一家子人。我两个妹妹也在读书，他得把三个子女的学费给挣出来。"我说："我有点明白了。"老远说："明白什么？"我说："原来你爸高兴的是你可以马上挣钱，而不是光宗耀祖什么的。"老远咧嘴一笑说："光宗耀祖这种事，他才不放在心上呢。"

抵达昆城后，我随着下车的人流出站，坐出租车来到城区。

这是个不算小的镇子，看上去有不少街道，街面上热闹但不嘈杂。注意用一下耳朵，路人们讲的是我根本听不懂的一种方言。我看一眼手表，进了一家吃店用午餐。等着上面条的当儿，我掏出手机翻到老远妻子发来的地址，向店主打听。店主用手比画几下，说："你找的坡南街呀，过了通福门往前走便是啦。"

吃完面条，我出了店门先找到银行取款机，取了五千元装入备好的信封，又来到一家超市买了些营养品，然后在手机上设了导航，沿着一条坡道向南边走去。

　　坡道走尽，果然见到一座有点派头的门楼，门额上写着"通福门"三个字。穿过石门，是一条向下伸展的坡道。坡道两旁多是旧屋，但明显用心打理过，有一种化妆出来的古朴。我停下脚步打问两次，再拐进一条巷子走一小段路，看见了要找的房子。

　　房子是老式瓦屋，不过似乎也修整过，虚掩的木门显着七成新的枣红漆色。我推门进去，里边一亮，竟是一个不算小的院子。院子里搁着一些杂物，看上去却像是空荡荡的。我站在院子中间，隔空呼叫了一声，旁边厢房门口先探出一个脑袋，瞧见了我，才把整个身子移出来。这是一个胖乎乎的大叔，微眯的眼中放着问号，嘴里说了一句方言。我没听明白，就提一提手中的礼物，说明了来意。胖乎乎的大叔"噢"了一声，改用普通话说："阿远他爸不在噢。"我说："他不在……哪儿去了？"胖叔说："出远门去了。"我愣了一下："不是说他老待在家里不出门吗？"胖叔说："听谁讲的……话是死的，人是活的。"我说："那他什么时候回来？"胖叔说："这个讲不准，应该很久的。"我说："您是他家什么人？"胖叔说："亲戚，我是他家亲戚，你的这些东西可以交给我。"说着他从我手里接过礼物袋子，似乎没有留我的意思。我不甘心这么轻易离开，想一想，跟胖叔要老远父亲的手机号码。我说："我还有些钱要给他，得跟他联系一下。"胖叔说："你不知道呀,阿远进去以后,他爸就不用手机了。"我叹了口气,不知道该怎么办了。胖叔脸上现出送客的神情,往门口走几步。不过还没等我跟上,他又醒悟似的转过身:"刚才你讲你要……"我说:"要手机号码呀。"胖叔说:"不是这个,我问的是钞票。"我说:"我这次来看老人,自己备了些钱,也替别的同学捎了点钱。"胖叔说:"多少?可以交给我吗?"这自然不合适,我摊一摊手说:"联系不上人,他都不知道给钱的是谁。"这回轮到胖叔发闷了。他迟疑几秒钟,一顿脚说:"进屋去说!"

我这才随他进了厢房,在一张椅子上坐下。屋子不大,不仅摆设陈旧,还充斥着老年男人的陈旧气味。胖叔放下礼品袋子,说:"我刚才没听错吧,你是阿远同学,从杭州过来?"我点点头。胖叔说:"这么远过来,我还是讲实话吧……再说他讲过不见人,没讲过不要钱。"我瞧着胖叔的脸,忽然明白了,老远父亲没出什么远门。我说:"他躲在屋子里不愿意见人?"胖叔叹口气说:"不光不肯见人,还作践自己噢。"胖叔眨几下眼,快速地动着嘴巴说了一堆话。

原来老远出事以后,老人的精气神儿就漏了,整天沉默着。有牌友拉他去打麻将,玩了一会儿,便出错好几张牌。他黑着脸把麻将牌一推,起身回家了,从此不再搭理牌友们的召唤。

两个多月后,老远从接受调查转为正式逮捕,这条消息见了电视。播放那天晚上,老人在电视机前看一分钟,却坐了一个夜晚。第二天他做了一个雷人的决定:陪儿子一起坐牢。他坐牢的方式就是清理出院子后面的一间杂物屋，在窗户上装上铁栏，在大门上挂上铁锁，在窄床上铺上稻草，让自己像一名正式的囚犯一样待在里头，直到儿子出狱的那一天。他的这个想法是如此的偏激和怪诞，让少数知道的人都感到迷惑不解。两个女儿一前一后跑过来苦苦相劝，都被他用石头般的言语顶了回去。他告诉女儿们，自己的坐牢比住院好，不需要她们操心。他叫来远房亲戚胖叔，付给他一份不多不少的工资。拿着这份工资，胖叔干的活儿就是上半天班，做中午和晚上两顿牢饭，并挡住上门的探望者。

我沉默了好一会儿才压住心里的震动。我说："就算是正儿八经的监狱，也是允许探望的。"胖叔说："他就是不肯见人，连女儿来两次也只能见上一次。"我算了算时间，说："他把自己关起来该有四个月了吧？"胖叔说："差不多噢……你看看，四个月一百多天，麻将呀喝酒呀说戒就戒了，以前隔两三天他的手和嘴巴都会痒痒的。"我说："前几天阿远最后判刑的消息，他知道了吗？"胖叔说："两年半噢，他知道了。"我说："那不多说了，我现在就去见他……也算是探监吧。"胖叔说："你说的钞票备好啦？"我拍拍兜里的信封，点点头。胖叔说："我知道挡不住你了，不过你还得备些好话，别让他听着心里难受。"我又点点头。

胖叔领着我穿过院子，往旁边一拐，来到一间侧屋前。这屋子粗看并无异样，往细里瞧，窗户上果然竖着一根根铁条，关闭的木门挂了一只黑色大铁锁。另外，木门上又新开了一个对话小方窗，看上去像是有了牢狱的符号。胖叔敲一敲小方窗，里边响起缓慢的脚步声，随后小方窗打开，露出一张瘦黑的布满皱纹的脸。胖叔轻着声音说了几句方言，应该是对我的介绍。我赶紧把脑袋凑上去，说："大叔，我是阿远的大学同学，今天特地过来看您。"老远父亲盯着我的脸，没有吭声。我说："咱们还见过面的，几年前在阿远的家里。"老远父亲恍惚一下，似乎想起来了，说："谢谢你来看我。"我说："我知道，这么来看您是一种打扰。"老远父亲沉默地抖动一下粗眉毛，说："阿远给同学给学校丢脸了。"我的嘴有点傻，一时不知道怎么应答。老远父亲说："阿远不该这样的，他不该这样。"老远父亲说："他打了我的脸。"老远父亲又说："可他是我的儿子。"我暗叹一口气，绕过去说："在大学，我和阿远在一个寝室睡了四年。那会儿我就经常听他说起您，所以您在我脑子里一点儿不生分。"

这时胖叔跟上来说："不生分就好……这位阿远同学送来一些吃的东西，我收起来了。"我说："几盒营养品，算是一点心意。"胖叔说："这位阿远同学还要送一些钞票，我还没有收起来。"我伸手掏出装钱的信封，递进小方窗。老远父亲退后一步，看着我的手说："这里是监狱！"我说："监狱也是可以消费的。"老远父亲耸一耸眉毛说："你这是可怜我吗？"我急忙说："没有，我没有这么想。"老远父亲说："那拿回去！"胖叔劝了一句："这是下辈人孝敬你噢，我觉得收下不要紧的。"老远父亲一提声音说："阿远是因为收钱才坐牢的，我坐牢的时候不能再收钱！"他抢过我手中的信封扔出去，又"啪"地关上小方窗。信封在空中翻一个跟斗，落在一米远的地上。

胖叔捡起信封在手里掂一掂，递还给我。我看一眼那关闭的小方窗，心里飘过一阵难过。是的，我没有难堪只有难过——老人烫手似的动作显露的是心中之痛呀。胖叔"唉"了一声说："鞏老头噢，他以为这里真是监狱呢。"我想一想说："这样吧，你先回屋去，我在这里待一会儿。"胖叔点一下头，去了自己的屋子。

我站在那儿，想让自己的脑子静一下，眼睛一瞥，碰见了一只旧石礅。我走过去坐下。

太阳已有些斜了，照下来把院子分成了两半。明亮的一半里有两只没有内容的花盆和一个废弃的捣臼，阴淡的一半里有一段已干裂的树桩和坐在石礅上的我。我盯着那条阳光线，脑子里要想点儿什么，却不知想点儿什么好。

过了一些时间，我恍然一醒，发现那条阳光线已移过来一截。我似乎什么也没想，却已经想好了。我起身走向胖叔的屋子，站到他跟前，安静地说了一句话。胖叔吃一惊说："你说什么？"我说："是的，我要在那间牢屋里待一天。"胖叔说："为什么呀？镇子上有许多住店的。"我不回答，淡淡地笑了一下。

我的决定让老远父亲愣了片刻，但他终于没有反对。也许一个整天孤着的老人，内心挺想跟别人说说话的，何况是儿子的大学同学。

此时虽到了初秋的边儿，天气仍拖着夏日的余热。胖叔找了一张草席和一只枕头给我，想一下，又补了一把蒲扇。牢房不是客栈，哪有摇着扇子聊话的——我拒掉蒲扇，带上草席和枕头。胖叔打开木门铁锁，还顺手在身后推了我一把。我几乎像是电影中的囚犯，脚步踉跄一下踏进了屋子。

屋子不大，四壁为旧木板，一侧架着简陋的窄铺，另一侧地上躺着一些稻草，屋顶则垂下一只沾着灰尘的老灯管。空气中有一股不好闻的臊味儿，那是因为墙角坐着一只盖子似乎不紧密的马桶。我把草席搁在稻草上，又躲开马桶把枕头搁在另一边。

老远父亲开口的第一句话是："这些稻草是我天凉了要用的，不脏。"我说："我睡觉怕硬，有了这些稻草，正好。"其实这样的天气直接铺在水泥地上睡一夜我也是不怕的。老远父亲说："我还不知道你叫什么名字。"我说："我姓方，您叫我小方吧……上次在阿远家吃饭您也是这么叫我的。"老远父亲说："人老了，记性不好哩。"顿一顿又说："不过我没有忘记，那回吃饭我们一家子人都是快快活活的。"我说："您讲到麻将就乐呵呵地笑，这个我也还记得。"老远父亲收一收脸，没往愉快的回忆里走。他说："你这次来看我，阿远知道吗？"我说："他不知道，我跟他还没见上面。"老远父亲又说："你拿着吃物又拿着钱，说不是来可怜我，那是想来安慰我吗？"这话儿没法应答，我不吱声。老远父亲说："你安慰不了我，能安慰我的是这些东西。"

他转身蹲下身子，从床铺下面拉出一只方形纸箱——刚才我没注意床底下竟然还藏着这样一只纸箱。他吸一吸气，从箱子里拿出东西搁在床上，先是一本旧相册，再是一扎老信封，然后是一份褐色的奖状、一张发黄的存单……不一会儿，灰色床铺上排起了一长溜儿的昔日物品。这些物品在此时显然就是故事道具。

老远父亲坐到床边，一指旧相册说："这是阿远在大学里寄来的照片，我一张一张存起来的。"又一指老信封们说："那时他每个月都会写信来，我一封都没丢掉。"再一指那张奖状说："这奖状很特别哩，他上小学五年级时，有一回捡到一笔二十四元的钱交给老师，学校就特意给了表扬。"随后老远父亲拿起存单递近了给我看，上面有十二元五角的数字。老远父亲说："阿远高二的时候，想买一本英汉词典，镇子上没有。那天我从工地上出来，衣服上还沾着油漆，直接坐车去了市里。市里的书店有好几家，找来找去也没有。后来我经过一家银行，就把买书的钱存起来，等着以后买。那几年我家日子过得特别紧，怕把这钱花掉了。再后来日子好起来，这点钱就忘了取哩……"

老远父亲说着说着，声音轻下去，像是进入了过去的某个场景。我有点明白了，他在这间自设的牢屋里待着，许多时候是靠这种回忆度日子的。同时我还有点明白，他其实不是个粗人，至少粗中有细，对儿子的事一直不轻心的。这一点跟老远以前给我的信息不一样。

我拿起那本老相册翻了翻，里头大多是老远在校园里或在西湖边的照片。那时候的老远长着有些乱的厚发，脸上存着一小批青春痘，样子潦草又新鲜。在几张同学合影中，我发现了自己的脸。我的脸显得有点长，因为瘦，也因为头发往上支棱着。妈的，大学时代的我们，就是头发也长得多么有劲道呀。

老远父亲把物品一件件放回纸箱的时候，小方窗被敲了两下——小方窗插销在里边，是这间伪牢房设计的漏洞。我走过去拉开插销，胖叔递进来一个托盘，上面放着两份饭菜。哦，"监狱"的晚饭有点早。

我把托盘放在地上，请老远父亲取用。老远父亲说："这是牢饭，你别埋怨做得不好。"我微笑一下，盯看一眼饭菜。饭满满一碗，但瞧着烂糊糊的，菜是一小碗冬瓜汤。我没有犹豫，端起饭碗就扒，才扒了几口，感觉肚子已经饱了。我把冬瓜汤往饭碗倒一些，又扒两口，脸上出现了受困的神情。老远父亲也在吃着，这时抬头看我一眼说："阿远在里头，吃的也是这种饭。"我抽抽鼻子，又吃下两口，然后把饭碗搁在地上。

老远父亲吃完自己的饭菜，用手抹一下嘴，探身取走我的剩饭剩菜倒在一起。我想挡住，已经没用了。他默着脸一口一口吃掉碗里的东西，再次用手抹一下嘴，说："这个地方你不该进来，哪怕只待一天。"我接过他的碗筷搁在托盘上，说："哪怕只待一天，我也得进来。"老远父亲说："我猜得出来，你进来是想跟我说说话哩。"我在草席上挪一挪身体，让后背斜靠在墙上，说："是得跟您说说话，因为我心里放着一件事，不说出来……难受。"老远父亲粗眉毛微动一下，说：“在这个地方，不能这么坐着说话的。”

　　我“嗯”了一声，调一调身子盘腿坐好，说：“也是有关吃的事……去年夏天，我们办了一场毕业二十年同学会，阿远要尽地主之谊，就自己出钱请大家吃了一顿饭。”老远父亲说：“请吃一顿饭是应该的，不能冷落同学们。”我说：“那顿饭吃得热闹，上了许多海鲜，阿远还特地备了黄鱼……听说这种黄鱼挺贵的。”老远父亲说：“是挺贵的，黄鱼。”我说：“大家吃得高兴，也喝得高兴，好几位同学喝吐了。一位同学上洗手间，在马桶上睡了过去，半小时后出来，说自己还要喝。”老远父亲动一动嘴巴，没发出声。我说：“大家还说了许多有趣无趣的段子，还拍了许多照片，还一起唱了二十年前在学校里唱过的歌。一个女同学唱歌时太亢奋，把一碟酱油打翻在自己身上。”老远父亲说：“小方，你到底想说什么？”我说：“那顿饭是阿远做的东，但他自己只是花了买黄鱼的钱。”老远父亲说：“什么意思……我没听懂。”我想接上去说：“阿远当时正在办一个展销活动，他把那顿饭放入了展销会的宾客接待里。”我还想说：“后来正是这顿饭成了线头，一点点牵出了他犯的错事。”但我沉默着没说出来，因为我觉得自己已把该说的说完了。

　　老远父亲也沉默地瞧着我，他其实已经听明白了。过了半晌儿，他脸上扭动一下，打出一个饱嗝，然后屁股离开床铺，在屋子里踱起步来。来回走几趟，他停住了，慢慢仰起头，受伤似的呼出一口气，说：“这些年凑了一把好牌，可打着打着，怎么就把牌打臭了？！”他停一下，又说："我不稀罕这个官那个职的，只要他心里自在就好，可阿远……没活明白呀！"这么说着，他无助地想做点儿什么，就突然抓起旁边托盘上的一只碗，手一抡用劲砸下去，地上蹿起一声尖锐的脆响。

在脆响中，我心里撕痛了一下。

这天晚上剩下的时间里，我们两个人都待在静默中，没有再讲更多的话。也许是习惯，也许是累了，老远父亲早早在床上躺下了。不过他显然没有很快睡着，因为隔一会儿，他就会抬手拍一下侵犯皮肤的蚊子。

我也让自己躺下，双手叠在枕头上抱住脑袋。目光上方的老灯管发出浅淡的光，似乎比黑暗更宁静，容易引人入眠。但此时，我知道自己也不会马上睡着。

我的脑子开始飘移，离开这间屋子到达另一间屋子。那是大学寝室，我和老远一起住了四年的房间。那个时候，我们两个人臭味相投，喜欢看各种杂书，喜欢早上跑步，喜欢食堂里的葱花油饼，喜欢不打理头发。因为这么多共同的喜欢，又因为他名远我姓方，被同学们戏称为"远方组合"。与之相配套，老远老方则成了我们的互称。有一天老远悄悄告诉我，自己在校园西角大松树下发现了一位晨读英语的女生，长得double beautiful。第二天早上跑步时我拐一下路，果然见到松树下那位挺养眼的女生。我们不知道她的出处，就依着歌曲暂时把她命名为"小芳"。此后我们每天清晨跑步都会绕道经过大松树，近距离让眼睛愉快一回。某一个晚上，老远突然告诉我，自己可能爱上那位小芳了。这让我大吃一惊，因为我觉得自己好像也爱上她了。两个人仓皇地暗中打听，很快知道小芳是中文系的，高我们一级，她每天晨读的是莎士比亚十四行诗原文。我们没有被吓住，立马去图书馆借了老莎的十四行诗集中文版，随后抽空轮流阅读，各自背诵了两三首。

终于到了一个天气爽朗的凌晨，我们互相打气又互相较劲，希望去落实一份不知属于谁的缘分。在那棵松树下，我们笨拙地搭讪上了小芳，还假模假式地问她手中是什么书，然后说自己也喜欢莎士比亚。为了证明这一点，我和老远分别背诵了一首老莎的十四行诗。背诵完毕，小芳笑了——她笑起来真的好看，double beautiful。小芳说，莎士比亚是位绅士，他的诗也很讲究，你们的头发乱蓬蓬的，朗诵的样子就不对味儿。我们心里一凉，脸上有些沮丧。小芳又说，上上个学期，也有一位不知哪个系的男生来靠近我，声称要献给我一部比肩《红楼梦》的作品，开头一句都想好了：那个月黑风高的夜晚，我被少林寺逐出师门……两个学期过去了，他还只有这一句。

老远还不甘心，傻乎乎地问了一声，那我们该怎么办？小芳带着诗意调皮地说，现在别理我，你们要向远的地方跑去，在许多年后的前方等我。我和老远相互看了看，都从对方脸上见到沮丧的退去。两个人雄狗似的抖一抖身子，又开始了那个早晨的跑步。

比 时 间 更 久

A：虚构部分

　　父亲是一位原则先生，当年做中学语文老师时，似乎就看不上"浪漫"两字，现在变成年迈老头儿，更不喜欢挪动日子里的细节。可是那天晚上，他一个电话将周一忆召去，摆出一副有点庄重的谈话样子。周一忆只好坐在他的对面，做平时在局里听领导训话的认真状。父亲说："我有个打算，想改一下自己的名字。"他又说："是的，我要把身份证上的名字换掉。"

　　周一忆愣了几秒钟，才确定自己没有听错。他眨一眨眼睛，向父亲送去诧异的目光。母亲去世以后，父亲的精气神儿一点点漏掉，身体失去了硬朗。所以儿子上大学后，周一忆便和妻子商量，让父亲搬过来一起住。父亲老不肯点头，他觉得一个人住着自在，吃饭睡觉什么的也不丢秩序。没料到时间一久，父亲的想法先丢了秩序。周一忆说："爸，你这是什么意思？我有点不明白。"父亲说："我不要你明白，你按我说的去做就行了。"周一忆说："这是一件稀奇的事，我总得知道为什么吧。"父亲说："也不算稀奇，我只是改回年轻时的名字，周文振换成周大正。"周一忆嘿嘿地笑："周大正真不如周文振好听。"父亲提一提眉毛："我这个年纪了，想做一件自己想做的事，不可以吗？"父亲这么一说，周一忆不吭声了。按虚岁算，父亲已经七十九啦，年龄让他的话语变得不好反对。

周一忆在脑子里寻找可以咨询的人，想了一圈，找到名字里也有个"一"的人，即半是熟人半是朋友的刘一东。刘一东在昆城公安局做捉笔科员，虽然不是户籍警，相关规定总归能拿捏住的。周一忆躲开父亲走到另一个房间，打手机跟刘一东接上话，先寒暄两句，便试探着问改名字的事。刘一东果然靠谱，马上一二三四讲了申报流程和变更条件。他认为这事儿说难也不难，关键点在更改理由。周一忆问："哪些理由能用上劲呢？"刘一东说："户口本和身份证上的名字不符呀，特别的冷僻字呀，还有招惹公共风俗什么的。譬如我姓刘，如果叫刘氓，就可以理直气壮要求改名。"周一忆沉吟一下，说了父亲的想法。刘一东"哟"了一声，说："你爸是……什么意思？我不太明白。"周一忆说："我也是这么个反应，可他不肯说出理由。"刘一东说："没有合适的理由肯定办不了，而且你想过没有，改了名字就得改户口簿医疗证社保卡老人卡房产证土地证保险单……"周一忆说："嗯，我听懂啦。"刘一东仍补一句："你爸这样的年纪了，要是一不留神漏掉什么证件，将来你继承遗产就很容易抓瞎。"周一忆赶紧又说："嗯嗯，我听懂啦。"

周一忆的本意正是找到托词，现在有刘一东这一番话做底子，心里安定了。出了屋子回到客厅，周一忆把改名字的难度说给父亲。父亲不服气地说："名字是自己的，叫啥名字应该自己说了算。"周一忆说："名字还真不是自己说了算，你的名字应该是爷爷说了算。"父亲说："这就对啦，我要改回的正是你爷爷给的名字。"周一忆忍不住一笑说："爷爷给的名字一会儿不用一会儿又用，总得有个理由呀。"父亲沉默一下，说："我的理由就是年纪！我老了，活不了几年啦，日后到那边得去见父母。"停一停又说："'周大正'三个字叫了二十四年，父母就认这个名。"

父亲出生在浙北一个叫周家浜的镇子。爷爷在当地有点能耐，做生意赚了钱买下一些田地，算是半个商人加半个地主。解放后生意收手，田地又没了，爷爷的日子灰溜溜的，只能不停敲打儿子好好念书。父亲还算争气，在十九岁那年考到杭州城读师范学院。毕业后先在杭州一小学任教，一年后要求做中学教师，便一路调配到了浙南的昆城。父亲告诉过周一忆，正是到昆城后心里觉得憋屈，又想重新振作自己，就改了个名字。

换了名字嘛就得作数，应该落棋无悔，不能到老了又想活回去。周一忆说："爸，为了到那边见父母而改名字，这个理由怎么拿得出手！再说了，你这也是硬往我心里塞了个不高兴。"父亲说："你有什么不高兴的？"周一忆说："按你的说法，你改了名字到那边见到我妈怎么办？你这不是对不住她吗？"父亲的脸硬了一下，眼光缓缓移向旁边桌几，那上面摆着一只母亲的相框。照片中的母亲启齿微笑，心里像是放着一些满意。父亲叹口气说："你说得也对……其实刚才的说法我只是顺嘴一讲，要改名字得找别的理由。"周一忆顺势引导说："就是嘛，到了这个年纪日子要稳定，可以经常到外边散散步，没事了也可以到照片里走一走。"说着他起身去父亲卧室，从木柜抽屉里取了一本相册回来。

相册里布着父母的照片，有些是单拍，有些是合影。这些年跟父母在一起时，周一忆顺手用手机给他们拍了不少。父亲并不喜欢拍照，但儿子举起手机时，他一般也是配合的。过后拣出好的照片打印出来，他会看了又看，然后挺宝贝地存起来。

周一忆坐到父亲身旁翻开相册，随便指了一张照片："你瞧瞧，那时候你多年轻。"这是十几年前的一个午餐镜头，那会儿母亲还在厨房里，父亲独坐餐桌前用筷子偷偷尝菜，被拍了下来。周一忆又指着一张俩人合影："这张拍得不错，两个人的样子都挺投入。"这应该是五六年前的一个周日，父亲在手机里收到一位亲戚的什么消息，他看了一遍，又招呼母亲过来看，两只脑袋便凑在一起认真地琢磨文字。随后周一忆翻过一页，指尖落在一张郊游照片上。照片里父母坐在草地上，旁边闯进一条不怕生的小狗，他们瞧着小狗，小狗也瞧着他们。

接着周一忆注意到了右上方一张画面好玩的照片。那天昆城中学校庆，曾经做过副校长的父亲自然被列为嘉宾。周一忆和母亲陪着他去了，报到时领到一朵配有金色名字布条的胸花。母亲伸长脖子将胸花别到父亲胸前，父亲则咧着嘴做幸福傻笑状。这是可以借用的场景，周一忆说："瞧见了吧？名字可不能随便改，改了就对不上人了。"父亲一撇嘴说："换个名字，那些老同事还能认不得我？"周一忆说："老同事能认得你，可老档案不认得你，它们只认一个叫周文振的老师。"父亲嘴巴动一动，没发出声音。

之后一些日子，父亲没有再提改名的事。

时间过得快，春天红红绿绿一阵子，不知不觉收了尾踏入夏日。夏日总是愣头愣脑的热，没什么味道，这是昆城最无风韵的季节。

大概是没应付好空调，父亲感了一次冒。感冒过后，身子又弱了些，譬如在手机里讲话，中间不时要停顿一下。好在镇子不是很大，周一忆和妻子可以常过去看他，顺便捎上一些肉菜什么的。周一忆也向父亲试探过，要是不肯搬过来一块儿住，能否叫一个保姆收拾屋子，被他一口拒掉。他说自己干些家务没啥问题，手脚要是歇下来，那会很快锈掉的。

没有太久，父亲为自己的倔强付出了代价。那天傍晚周一忆在餐桌前喝着啤酒，父亲打来手机，讲一句自己心里难受便断了通话。这一声没头没脑的诉苦让人纳闷，周一忆放下酒杯迟疑一下，打个车子赶了过去。推门进屋，却见父亲坐在沙发旁边的地上，嘴唇乌暗，双手捂着胸口。周一忆这才知道他说的心里难受是怎么回事。慌乱之中，周一忆选择的第一个动作是在手机上摁出120。

父亲住进了医院。医生说是左心衰，由肺淤血引起心脏血量供应不足。配合着查一查其他指标，又牵出别的一些毛病。在周一忆看来，父亲像一部攒着许多年头的机器，近期保养不是太好，于是哪儿都容易冒出毛病。再往细里说，保养不好的原因不是缺少吃喝，而是缺少内心的快乐。他的心衰不仅是物理性的，可能也是心理性的。

父亲在病床上躺了半个月，情况渐渐好转，力气也回来了一些。傍晚时间周一忆来医院，会扶着他在走廊里走一走。走了几天，觉得他精气神稳住了，又把散步延伸到了楼下休闲区。

散步的时候，父亲不喜欢说话，周一忆也就不多开腔。两个人待在一起，有一种默契似的安静。但是有一天正慢慢走着，父亲突然停住脚步，转头看周一忆一眼说："我还想改名字。"

周一忆愣了一下，没有马上搭话，而是将父亲引向旁边花坛间的椅子。他觉得父亲此时有不少话要说，站着说话是要花力气的。果然，父亲在椅子上坐下后，说："我想过了，我一辈子没做过对不住你妈的事，改名字也不算。"周一忆说："你为什么不等病全好了再说这个？惦记这种事挺累人的。"父亲绕过问话，自顾自说："你知道的，你妈对我好，我对你妈也没有不好。"周一忆说："这话我同意……两年前也是在这里，你陪着我妈走路散步哩。"是的，两年前母亲住进这家医院，父亲一直相伴着，有时坐在床边跟她轻轻聊话，有时挨着她在院子里一起慢走。那时母亲身子枯瘦、双脚无力，走路时一只手拄着拐杖，另一只手握住父亲的胳膊。好几次周一忆撞见这一情景，心里又难过又安慰。

父亲说："既然你同意了这一点，那我就跟你好好讲一件事。"父亲又说："我知道，我的时间也不会很多了。不把这件事讲出来，你不会帮我去改名字的。"

那个傍晚，天空上停留着夏日特有的云朵，空气中流淌着医院特有的气味。父亲从年轻时的一次恋爱说起，讲到了许多年前的一个夏天。那个夏天有一场露天电影，那场电影让他的那个夏天变得很不一样。在他的讲述中，昆城的夏日不是无风韵的，而是有着黑白老照片似的苍凉味道。

坐在父亲旁边，周一忆做了一回寡言又认真的听者。

第二天下班，周一忆将刘一东邀到一家海鲜馆吃饭。昆城不是个大地方，都在机关局委里混着，刘一东不好意思不给脸。再说事先周一忆给过提示，饭菜里没有阴谋，主要还是聊聊父亲改名字的事。

在餐馆小包厢里落了座，两个人先干掉几杯啤酒，然后慢慢切入主题。刘一东脸面微胖，声音却有些细瘦。他说："你爸真够执着的，非要作废用了这么多年的名字。"周一忆说："人老了就是这样，一旦被什么想法粘住，怎么也揭不下来了。"刘一东说："他还是不肯说理由吗？"周一忆不想把父亲的往事拿出来搁到餐桌上，况且能拿出来也不一定说得清楚。他说："要是能有落到纸上的理由，我直接拿着奔派出所了，哪里还会再来骚扰你。"刘一东想一想说："说句实话吧，这种事的难度说小也小，说大便大。"周一忆说：

"调节大小的旋钮是什么？"刘一东说："还是理由，一个无中生有的扎实理由。"

周一忆点点头，从携包里取出一张金色银行卡，推到刘一东的桌前。刘一东愣一下说："这是……啥意思？"周一忆说："理由的创意费。"刘一东说："都什么年代了，你还玩这个！"周一忆说："这不是给你的，是奖励想出好点子的人。"刘一东笑起来说："你还说今晚没有阴谋，这不是明显的阴谋吗?！"周一忆说："改个名字说到底不是什么见不得人的事，何况是一个年近八十的老人。"刘一东沉吟一下，端起杯子饮一口又放下，说："好吧，这事儿我想想办法，尽量不让老人失望……不过这张东西你拿回去。"周一忆说："还是你先收着吧，能派上用场就用，用不上再还给我。"周一忆这样的口吻，几乎是把刘一东当自己人了。刘一东不再反对，将银行卡移入衣袋。周一忆又叮嘱一句，说密码在上面写着呢。

转过一天，周一忆去医院时将开始办事的消息告诉了父亲。父亲"嗯"了一声，脸上还严肃着，却没压住浮上来的高兴。随后几天，他的病情明显转好，散步时呼吸也挺顺的。又过两天，医生允许出院了。

父亲依着自己的想法，仍回到一个人的住处。周一忆费了点周折，找到一位爱做家务的邻居，让他每天过去照料一下父亲。当然了，周一忆付他半份工资。

父亲的日子回归秩序，周一忆心里安定了一些。隔上三四天，周一忆便拎点儿东西去探望他，找些闲话说上几句。父亲自然会问改名之事的进展。周一忆说："正走着程序呢，再等一等，到时候你就会拿到一张新的身份证。"周一忆的信心来自刘一东的消息。他在微信里告诉周一忆，前些天搞定派出所了，派出所已将表格报送县局。

在等待时间里，父亲的心情似乎有时明朗有时暗淡。有一天晚上，周一忆推门进去，撞见父亲坐在那儿发愣，脸上搁着茫然的伤心。周一忆连忙问怎么啦，是不是对做家务的邻居不满意？他慢慢地摇摇头，说自己脑子老了，很多时候会记不起一个人的脸。周一忆有点明白了，说："又去想年轻那会儿的事啦？"父亲说："你妈有许多照片，她的一张也没有。"父亲又说："有时候也会记起那张脸，赶紧在脑子里小心存着，可是转过身再去找又没了。"

又过了几天，刘一东在微信里招呼周一忆，口气有些躲闪。周一忆直接摁了号码拨过去，问出现什么新情况。刘一东说："也不知道哪个环节出了差错，报到局里的更名申请竟然没有批。"周一忆说："你不是在局里吗？"刘一东说："靠，我的注意力全给了派出所，以为那边跟上头已说妥了……原先派出所是这么说的。"周一忆沉默一下说："还有伸手挽救的办法吗？"刘一东说："没有了，不通过就没有了……你知道的，眼下这年头讲办事纪律啦。"周一忆没想到会这样，暗生恼火地摁掉手机。

心里正憋屈着，刘一东电话又打回来了，说事情还没讲完呢。周一忆问："你是说事情还有转折点？"刘一东说："我手里有个人，在街面上制造证件的，包括身份证。"周一忆有点糊涂，说："你讲的街面是指街上墙角贴纸条的那种？"刘一东说："这个人不一样，自己开礼品公司，有熟人相托才会帮忙做证件，质量差不了。"周一忆呵呵一笑说："质量好难道就变成了真货？"刘一东说："你爸爸都这样的年龄啦，他不就是图个心理安慰吗？一张新的身份证可以解决这个问题。"刘一东又说："再说了，我以前提醒过，改了名字就要接着改一堆证件，拿不到好处还累人。"周一忆动动嘴巴续不上话。在那一分钟里，他突然觉得刘一东讲的也许是对的。因为这种冒出来的感觉，周一忆骂了一声自己。刘一东说："就这么办吧，至少你可以试一试。当然啦，跟那人的联系我来做。"

　　一周之后，一只瘦小的盒子通过快递到达周一忆的手里。拆开一看，是一张模样端正的身份证，上面写着"周大正"三个字。他细瞧了好一会儿，没找到什么不对的破绽。

　　当天晚上，周一忆站在客厅里，一脸郑重地将身份证交给了父亲。他提醒父亲，换名字的事最好不要告诉亲戚同事，因为他们听说之后一准会追问为什么的。他又叮嘱父亲，身份证要放好，以后用上的时候自己会来取的。

　　父亲嗯嗯了两声，取过身份证举在眼前，动着胳膊一会儿近看一会儿远瞧，脸上渗出一层难得一见的光泽。在那一刻，他的嘴巴还情不自禁地嚅动着，念出了带有几分新鲜的旧名字。

也是在那一刻，父亲似乎瞥见了桌几上母亲的目光，慌一慌眼睛转过身子，把身份证往手掌里收了收。因为对着背部，周一忆没看见他脸上的光泽是否褪去。

B：非虚构部分

2020年12月9日晚上，我在住家附近的影城看了一场电影。之前我一直在忙郁达夫小说奖，真是累透了，待颁奖典礼一结束，马上就想把自己送进电影院轻松一下。

电影是张艺谋的《一秒钟》。片子的核心情节比较简单，也比较走心，讲的是20世纪70年代中期的中国西北某地，一位政治犯从劳教农场冒险溜出，拼力赶去看一场电影。看电影的目的，是见到正片之前的《新闻简报》，因为上面有他女儿一秒钟的镜头。故事也可用一句电影宣传语表达：我女儿在电影里，我来看我女儿。

我清楚地记得，片子看到一半时，自己心里"咯噔"了一下。待片子放完走出电影院，我已经相当沮丧了。沮丧的原因，正是电影中追看《新闻简报》的情节，它跟我手头在写的短篇小说情节撞车了。这个小说已写了一半，后来因为张罗郁达夫小说奖而中断，我计划近些日子坐下来续上。小说的已写部分，说的是一位退休老教师步入生命末期，执意要改回自己年轻时的名字（见本文A部分）。接下来是写老教师换名字的缘由：年轻时他在杭州工作，其间谈了一场很投入的恋爱，后来因出身成分不好被迫分开。女友是一位体操运动员，之后去上海读了大学。他则下放到昆城做了中学教师，并且在伤感中改掉名字以求自新。70年代中期，已经成家做了爸爸的他，偶尔在看一场露天电影时，见到了《新闻简报》里的她——中国大学生体操队赴罗马尼亚进行友谊赛，比赛中出现了体操队女教练的特写镜头，虽然只有一两秒钟，但他一眼认出是她。贮存多年的情感重新被激活，让他幸福又伤心。他携着三岁的儿子，一个村子接一个村子追着露天电影，为的是瞧一眼《新闻简报》里的她。在追看电影的日子里，他经常会想起当年恋爱时的情景，想起她唤他名字时的亲昵样子。他知道这一辈子可能再也遇不到她了，但老了的时候，一定要把自己原来的名字改回来，隔空送还给她。

同是70年代中期，同是追看《新闻简报》里的一个镜头，如此特别的情节竟在2020年底相逢，这的确让人惊叹。我不知道《一秒钟》电影剧本是何时创作的，从拍摄周期看，想必已有些时日。而我对这个小说的构思，是在一两年之前，至于小说的缘起，时间则前伸得更久。这么说，不是自造心理优势。事实上，追看电影情节的生成，与我生活中的一位中学老师有关。

我的中学老师姓周，在高中阶段教过我语文。他对我很好，我对他也不忘尊重。大学毕业后，我经常在年底给他寄挂历，一寄就是十几年。我的小说见了刊物，他一有机会便找来看。离休之后，他也写些诗词以助余兴，有一回做成一本集子，还让我写了一篇短序。应该说，他对我这个学生是信任的。

差不多十年前，周老师来杭州检查身体，住在儿子家。一天傍晚，我开车接他出来共进晚餐。因为不准备喝酒，待在乱哄哄的餐馆挺没意思的，所以我把车子开到了西湖边一个幽静的茶室。两个人一边吃些东西一边聊些话。就是在那个晚上，周老师向我讲了自己年轻时的爱情故事。他是浙江龙泉人，解放前追求进步加入中共地下组织，1949年5月随部队进入杭州，之后留下来做了公安警员。他有文化又血气方刚，在事业发展上应该有不错的前景。这时他谈起了恋爱，女友是中学体操队员，眼下留校当了体育老师，只是家庭成分有些暗，在表格上得填"资本家"三个字。当时在公安局工作有严格的纪律管着，过了一阵子，组织要求他或者放弃公安身份，或者离开女友。为了爱情，他选择脱下警服，去一所小学做教员。这时第一届全国体操比赛举行，体操项目得到重视，女友被挑去上海体育学院学习训练。他为了赶上女友的步伐，课余时间努力复习，也考上了杭州师范学院。两个人在读书期间，把许多相思的话写在信纸上，并商定毕业后结婚。不料毕业那年赶上"整风反右"，他虽然没讲过什么过头的话，但也被裹进精简下放的大潮，分配去了浙江南部的平阳县城（也就是我的老家小镇，现称昆阳，在我的小说里唤作昆城）。女友则因为专业成绩上佳，幸运地留了校。

那时交通极不方便，偏僻的平阳与上海简直隔着千山万水。这千山万水太巨大了，很快压灭了两个人走在一起的希望。那几年里，我的老师一边在信纸上输送爱意，一边眼睁睁看着爱情渐渐远去。终于有一天，女友在信中含着泪说自己找到了新爱。他很伤心，一会儿把信纸丢开，一会儿又捡回来看，几天几夜脑子都是混沌的。

到了三十多岁，他才把心情调整好，在当地结婚生子，过上正常的日子。日子一正常，时间便过得快，他变成了一位平淡安静的中学教师。又过一些年，突然遇到一个特别的夏日。那天晚上，学校附近一个广场放露天电影，他去看了。在正片放映前的《新闻简报》里，有一则中国大学生体操队去东欧比赛的体育报道，其中有女教练和女队员击掌相拥的镜头。他吃惊地发现，那位女教练正是他的前女友。银幕上的这个镜头无疑击中了他。他一夜没有睡好，一边重温往事，一边怕自己眼睛看花了。第二天他去打听下一场露天电影的地点，又跑去看了。

周老师讲述的时候，脸上似是安定的，但眼睛里有微澜般的波光。我在静听中回过神来，问了一句，那位女教练叫什么名字？周老师说，她是在月亮之夜出生的，名字里就有个"婵"字，千里共婵娟的婵。顿一顿，他用老师的口吻提问，你知道这婵娟怎么解释吗？我赶紧回答，身姿美好的意思。周老师点一点头，慢慢地说，有一天晚上也是在西湖边，月光照在草地上，她为我一个人跳了一串体操动作，那身姿真是好看啊！他停下声音，目光转向窗外，静默了好一会儿。此时的窗外，可惜没有配合回忆的月光。

周老师神伤的样子打动了我。说实在的，他和我虽然有很好的师生之谊，但我对他的主要记忆，基本保留在当年的课堂上。老师在课堂之外的生活轨迹和内心冷暖，当学生的一般不会去追究。学生对老师的关注点，是他嘴里输出的知识，他的古董往事跟我们有什么关系呢。但在西湖边饮茶的这个晚上，我望着坐在对面的年已八旬的老师，真切接收到了上一辈人的生命悲喜。我觉得自己不能一听而过，我想也许可以沿着老师的故事写一篇小说。

这个念头被我收存，放入写作的预备计划里。世事忙乱，时间匆匆，一不留神又过去许多年。对我来说，早点或迟点创作这个小说不需讲究，只要有了合适的心境写出来便行了。

现在看来我错了。合适的心境不等于合适的时间，合适的时间已经被我浪费掉了。我为老师的故事遗憾，也为自己的拖延生气。

每个小说都是有命运的，这个小说的命运就是半途而废。懊丧的时候，我只能这样安抚自己。

又过一些日子，春节靠近。我回温州过年，其间去了一趟平阳，跟几位中学同学喝一场酒，扯了一堆闲话。谁也没有提起周老师，或者说，谁也没有想到要提起周老师。

过完年回杭州上班没多久，一天中午接到平阳同学老曾的电话，说周老师身体不好住在疗养院里，同学几个要去看看他。我有点懊恼，怪自己上次回平阳时忘了去探望老师。我告诉老曾，自己这段时间在备下一期刊物稿子，待闲下来就专程回去一趟。说实在的，我还没忙到抽不出身的地步，只是没料到周老师这一回寿限已至，就讲了推延的虚话。

又过几日到了周五，我下班坐在地铁上刷手机，突然看到同学群里有周老师去世的文字，说周老师今天没了，说同学们有空就去送一送。我吃了一惊，马上打同学老曾的电话。老曾确认了周老师的消息，说是今天上午故去的，也没有大病，就是身体的使用期到顶了。车厢里比较嘈杂，我大声问什么时候出殡。老曾说是后天上午。

第二天中午我坐上回老家的高铁。这段路程两个半小时，刚好让人想些事情。我记起周老师的爱情往事，心里不免叹息，便顺手摁开手机，试着找当年那位女体操教练的信息。我在百度搜索框里放入"新闻播报1974""五十年代中国大学生体操队女教练""上海体育学院体操队""上海体育学院婵"等词句，跳出来不少内容，却没有什么收获。在不知道齐全姓名的情况下，动动手指就想找到几十年前的一位女人，当然是不可能的。我放弃百度，在脑子里想象一下体操女教练的模样。在当年，那应该是一个身段柔软、面目清秀的女子。

到了平阳已是下午三时，我找一家宾馆住下后，让自己躺在床上睡了一小觉。按事先的商量，几个中学同学这个晚上要守夜，至少要守到深夜，所以得养足精神。

当天晚饭我是和老曾在一家小餐馆吃的，怕红了脸不好，就没有喝酒只说些话。老曾是个憨厚的人，当年做过班长却没有雄心，现在开一家文具小店过踏实日子。我问他几天前去疗养院看望周老师的情况。老曾说，他躺在那里，身上力气很少了，但脑子还清醒，说话间还提起你呢。我赶紧追问他说了些什么。老曾说，周老师夸你有出息呢，还讲自己没精力看书了，你新写的小说他看不动了。我心里有些难过，沉默一会儿才说，周老师应该过九十岁了，算得上长寿。老曾说是呀，能活到九十岁，这辈子不亏了。

吃过晚饭，我和老曾直接去了周老师家。按当下疫情时期的做法，周老师遗体存在殡仪馆，家里设灵堂供亲友们祭拜。又因住房不大，在小区空地搭了临时帐篷作为灵堂。我进了帐篷，看到一些人散坐着，周老师遗像摆在一张桌子上。我认真向遗像鞠了三躬，回过身见到周老师的儿子和女儿。周老师的儿子在杭州上班，好几年前见过一面。周老师的女儿待在平阳照顾父母，我偶尔跟周老师联络，便是通过她转告的。现在她见我从杭州赶来送行，脸上挺欣慰的，马上引我去楼上房间见一下师母。师母小周老师十来岁，身体也不太好，此时一个人坐在小客厅里，样子有些沉默。我讲一些安慰话，意思是周老师走得顺当，您别难过要保重身子。师母很慢地说了一句话：我二十出头就跟了老周，在一起快六十年啦，突然没有了他，不知道会不会习惯。这句话让我暗吃一惊。其实我知道周老师和师母的婚龄长度，但听到"快六十年了"这句话，还是有一种诧异的感觉。

这个晚上，我和八九位同学待在帐篷里为周老师守夜。已是春日时间，帐篷内灯火又足，一点儿不觉得冷。一拨同学围着一张方桌在打麻将，另一拨同学围着一张圆桌喝茶聊天。灵堂守夜，现在已不是守候灵魂的意思了，主要是弄出一些人气。我坐在茶叙圆桌边，与同学们东拉西扯生活中的一些趣事。后来讲到了以前的学生时代，我问大家，你们对周老师印象最深的一个记忆是什么？一个同学说，我在课堂上不认真，周老师就对我生气，一生气他的嘴唇会抖动。一个同学说，周老师平常不开玩笑，但有一回为什么事笑起来，那样子像个有点天真的孩子。又一个同学说，周老师有一次上课念错了一个字，第二天他在黑板上把这个字写了二十遍，说是对自己的提醒。同学们回忆往事时，不敢发出调皮的笑声，毕竟这是特别的送别之夜，但他们的逗玩口吻和轻松心情是明显的。他们没有一个人提到周老师当年的心境和情绪什么的，或者说，在他们的记忆中，周老师内心的悲喜是遮蔽着的。

这时有一位女同学有点正经地说，我的记性没你们好，不讲以前的事了，但我会记得一周前去疗养院看望周老师的场景。这话有些不一样，我拿眼光看这位女同学。女同学解释道，我是说周老师和师母在床头手拉手的情形。为了证明自己的话，她拿起手机调出一个视频给我看。视频是那天探病时随手拍的，有两分多钟，镜头里周老师躺在房间床上，虚弱又和气地跟同学们说着话，声音比较沙哑但还不含糊。他说话的时候，右手伸出床外，跟坐在床边的师母的手握在一起，一直没有松开。

我们这批同学已五十多岁，这位女同学可能也做了奶奶或者外

120

婆，情感区域应该比较粗糙。如果潦草地看视频，注意力会在周老师脸上和他说的话，不容易留意两只手一直相握的细节。但女同学捉住了这个细节，并且似乎被触动了。

我让女同学把这段视频转发给我。我盯着视频，又看了两遍。

现在的守夜，的确不像以前那么讲究了。守到半夜，同学们便散了，我也回到宾馆睡了几个小时。第二天一早，大家又聚集到灵堂前。一阵哀乐声中，送行的人坐上车子，驶向十公里外的殡仪馆。按照习俗，只有师母待在家中不参加葬礼。

在殡仪馆告别厅，我见到了周老师的遗容。周老师五官端正、身体瘦高，年轻时长得挺精神，上年纪后也保持着一份儒雅。此刻躺在棺台上，他脸面有些凹陷，但表情是平淡安心的。因为防疫要求，告别仪式相当简单。我随着不长的队伍走到周老师跟前，向他鞠躬献花。

告别仪式后，众人散去。我和老曾几人留下来在休息室等着，准备和家属一起送周老师上山，这是事先说好的。

遗体火化时间比预想的要短一些，大约十点钟，周老师儿子捧着骨灰盒从里边出来了，等待的亲友们站起身跟上去。大家坐上车向位于县城南边的松鹤墓园开去。

松鹤墓园位于山腰，气势不小，有堂楼有亭子，园内种了许多松柏。周老师的墓位于中部偏上的一排，墓穴已经揭开，一位砌墓工已等在那里。

在墓位前，鞭炮声响起，一阵白烟散开。周老师女儿和儿子将骨灰盒小心地放入墓穴，然后依照程序摆放供品，点燃香火，焚烧纸钱。砌墓工将长方形的黑色墓碑合上，利索地用水泥砌好。

送行者围成半圈，向周老师最后告别。这时我注意到，墓碑上写着周老师和师母的名字：周庭起，叶茶竹。周庭起的名字上涂着银色，表示已经逝去。叶茶竹名字是红色的，表示仍然健在，有待以后某日入住此处。

我脑子恍惚一下，飘过一个年轻的体操运动员身影。不过我马上又想，周老师现在独自长眠于此，但有叶茶竹这样翠绿的名字伴着，应该也是不孤独的。

当日吃过中饭，我赶往车站坐高铁回杭州。因为头天夜里没有睡饱，我在座位坐下就闭上眼睛补觉，睡了不多一会儿，便开始起梦：在野外的空地上，先飘出周庭起的名字，又飘出叶茶竹的名字，然后一个"婵"字像蜜蜂一样飞来飞去。醒来之后，我回味着梦境，一种叫作好奇心的东西似乎也醒来了。

我费了一点时间，在微信通讯录里找到一个昵称叫邱人的人。他也是写小说的，给我们杂志投过几次稿，后来上过一个短篇。小说发表时我觉得题目不好，替他重拟了一个。为此他特意找到我的微信加上，送来几声感谢。从他当时提供的作者简历中，我依稀记得此兄就职于上海体育学院。

邱人见我主动联系他，有些意外也有些高兴。我先用文字求证：你是在上海体育学院上班吗？他回复：是的，在上体传媒与艺术学院混着呢。我拨了语音电话过去，表示自己因为写小说的需要，想去上体校史馆看看，了解一点情况。邱人说现在只要提前报备，学校倒可以进来，可校史馆近期不对校外的人开放呢。他接着问，你要什么资料，要不我帮你找找？我说，其实我找的是一位老人，可我不知道她的全名，也不知道她是否还活着。我把那个"婵"字说给他，又简单讲了她的早年经历。邱人说，一个快九十岁的老人，名字里还有个婵，线索不算含糊，我们学校有个体操学院，我替你打听一下吧。

原以为一两天后才能获得回音，不想这位邱人是个挺利索的人，不到一小时，他便发来文字，说自己辗转三次，找到体操学院一工会干部，证实的确有一位符合线索的退休女教师，可惜已经去世。邱人打出她的全名，说这应该就是你要找的体操老人（为了表示尊重，避免不必要的节外生枝，我在此称之为婵老师）。我向邱人表示了感谢，马上又在百度上输入婵老师的全名，结果只跳出十几条相关消息，其中几条还是重复的，说的多是体操学院领导慰问退休人员的事，里头拣不到有价值的信息。这让我有些失望，但也不觉得意外。从年龄上推算，婵老师大约在20世纪90年代初便已退休，她这一代人在年轻时的风光，在眼下网络上是留不下多少痕迹的。不过这个网络时代的好，是让寻人变成一件不困难的事。

半小时后，邱人又在微信上送来消息，说联系到体操老人的儿子了，他是个集邮爱好者，尤其喜欢收集体育邮票。从他的口中，得知其母亲是在五年前故去的，留下一些照片、奖章、证书，邮票一张也没有。邱人打出一行字：这个儿子，年纪已不小了，一说就说到邮票上去。我问：婵老师老伴呢，也去世了？邱人答：噢不，她没有结婚呢。我恍惚一下，追问：她是离婚了吧？邱人答：听那位工会干部说，当年她眼里只有工作，一辈子未婚。我打出吃惊表情：一辈子未婚怎么会有儿子？邱人说：我也这么问工会干部，他说这个儿子是养子，她近四十岁才领养的。我沉默了一两分钟，问：老人年轻时经历了什么，这个儿子知道吗？邱人答：这个我没问，也不方便在电话里问。我发一个微笑符号，表示认可他的话。邱人说：要不你来一趟上海，我约这位儿子一起喝咖啡。我说：想法不错，有点突然。邱人打出一个调皮的表情，说：上海杭州离这么近，突然的事随时可以做呀。又跟一句：什么时候来都行，提前说一声便可。我说：好吧，可以考虑。

　　我和邱人微信交流的时候，他并不知道我在高铁上，而且是经过上海的列车。二十分钟后，列车抵达杭州东站。我犹豫一下没有下车，而是在车上补了一张到上海的票。很快，座位被新上来的一位男子占领，我变成了在车厢连接处的站客。

　　一小时过去，列车到了上海虹桥站。我下车查了查手机，坐上地铁10号线。在车厢里我给邱人发了条短信，问上体附近有哪家合适的咖啡馆。邱人说：呀，你决定来上海啦？我回复：还没呢，先打听着，看看有没有好的咖啡馆能勾引我到上海。邱人发上哈哈大笑的表情，介绍了一家叫"时间探戈"的咖啡馆。在随后的简略对话中，我终于没有说出自己已来上海。

我不乐意与婵老师儿子见面，是因为这种见面的结果有可能挺无趣。同一个女人，在当年的周老师眼中和当下的养子眼中，很容易是截然不同的女人，我不能通过自己的努力反而让周老师心里添堵。在不少时候，对真相略知一二也许是最好的。从这个角度说，眼下所知的婵老师这些信息，我觉得已经够了。

到达上体北门已是晚上七点半。我压住混进校园一逛的念头，沿着校外路道走一会儿，来到那家"时间探戈"咖啡馆。

咖啡馆不大，但有一个不错的二楼厅区，饮客也不多。坐在临窗小桌前，侧头便能远远望见体院的运动馆。那里灯光亮堂，气神充沛，里头一定活跃着许多汗水淋漓的年轻身体。

我慢慢喝着咖啡，把自己喝静了。这样挺好。我觉得自己临时起意来一趟上海，差不多就是为了这么坐一会儿。

没有多久，杯子空了。我唤来服务生再要一杯卡布奇诺，并希望得到一支笔和两张白纸。不知怎么，此时我脑子里出现一段关于婵老师的小说想象，我想随手记下来。

不一会儿，冒着热气的杯子和纸笔一起送来了。我呷了几口咖啡，然后拿起笔在纸上写下虚构的文字：

婵老师离去世还有一年的时候，突然想到一件要紧的事。这天晚上，她一个电话将儿子召到家中客厅，摆出一副有点庄重的样子。儿子坐在母亲的对面，做认真听话状。婵老师说："我有个打算，烧掉自己收着的旧信。"婵老师又说："这些信已经存了五十多年，只对我一个人有用，可我不知哪天就会走掉。"

　　儿子愣了几秒钟，才确定自己没有听错。婵老师转身回到卧室，过了片刻又出来，手里拿着一只精致的木盒子。盒子搁在桌几上打开，果然现出一堆旧色的信件，估计不少于四五十封。婵老师说："我自己也可以烧，又怕手脚不利索烧不好。"儿子说："怎么个烧法？"婵老师说："你去拿个脸盆来，帮我一封一封地烧，不能太潦草。"儿子没有马上去拿脸盆，而是把信件一封一封拿起放下，在手里过了一遍。他说："这里边有三张邮票挺不错，可以送给我吗？"婵老师说："这个可不行，邮票跟信封信纸长在一起，不能分开的。"儿子说："好的邮票值不少钱哩，烧掉怪可惜的。"婵老师说："不可惜的儿子，我有些东西可以留给你，有些东西不能留给你呢。"

　　儿子不吭声了，起身去拿来一个铁脸盆，搁在桌几上。不多时，脸盆升起火苗，信封们和信纸们接二连三来到火苗之上。火苗一会儿高一会儿矮。

　　母子俩坐在桌几边，脸上都放着沉默，但同样的沉默有着不同的内容。

瓦 西 里

跟莫斯科相比，圣彼得堡显得老派一些，教堂很多，街道不宽，大多数房子攒着不短的年头，看上去有点旧色。好在旧色之中，一条长河从城中穿过——不用说，它就是著名的涅瓦河。涅瓦河水面开阔，颇有气度，让整座城市亮堂了许多。

　　不坏的是，我们就下榻在离涅瓦河不远的一家三星宾馆。这里的地陪导游是一位夹带中国东北口音的胖男。胖男导游说："你们呀得在这儿住上四宿，圣彼得堡的历史厚着呢，好玩的地方老多了。"他嘟噜着舌头送出一串景点，夏宫冬宫要塞教堂什么的，好像所报的是一份俄餐菜单。

　　按游程安排，我们第一天逛了夏宫。夏宫的殿厅和喷泉派头不小，挺让人提神的，用团里大爷大妈的话说："别小瞧了老毛子，还真是有点家底儿。"玩到傍晚，集体吃了团餐回到宾馆，一天的奔波才收了尾。上岁数的把门一关，待在房间里准备洗洗睡了。年轻的男女还剩有体力，相互串门扯些闲话。我无伙无伴，又不知道干点什么，就下楼出了宾馆到街上走走。

　　宾馆门前是一条小街。此时夜色刚冒出来，小街上行人不多，显得有些清淡。我走了一段不觉得有趣，脚步正有些茫然，目光一拐看到了路边咖啡馆的标识。我在北京是泡吧老手，有时待在出租房里太寂寞，就拎着电脑到咖啡馆里写上一个下午或一个晚上。现在既然在这里遇上了，我不反对自己进去坐一坐，也算是添一次俄罗斯的泡吧经历。

我走近咖啡馆推门进去，左右打量一下，在中间一张小桌前坐下。店厅不是很大，但两边靠墙矗着高大的檀木书柜，显出几分优雅。有点暗淡的灯光中，坐着三三两两的身影。很快一位侍应生走过来，我不会俄语，只能用蹩脚的英语要了一杯卡布奇诺。

等候的时间，我掏出手机巡视微信朋友圈。正潦草地看着，屏幕上跳出一个电话号码并响起铃声，我划开话筒，压低声音说话。对方是一家影视公司的文学策划，用居高临下的口气向我打听剧本的事儿。我不高兴地敷衍几分钟，摁掉话筒。侍应生端着托盘过来，将咖啡杯子搁在桌上，又讲了几句俄语。我不明白地瞧着他，心想这哥们儿干吗这么严肃。这时旁边传来一句中国普通话："他是让你别在这里大声说电话。"我扭头一看，竟是一位中国老男人——他坐在里侧的小桌前，似乎也是一个人一杯咖啡。我吐一下舌头，转过身冲侍应生耸耸肩，说了一声sorry。

侍应生走开了。我端起咖啡杯子呷了几口，然后想到一个情况：两个中国人坐在俄罗斯的咖啡馆里，相互不搭腔，这无论如何有点奇怪吧。正这么溜着神儿，那位中国老男人走过来坐到了我的对面。他一头银发还戴着金边眼镜，儒雅中又有点横劲儿，似乎是个爱教导别人的老头儿。我赶紧说："刚才我以为自己小着声音的。"他盯住我说："是来旅游的吧？"我点点头说："出来散个心，先玩莫斯科，今天刚到这儿。"他说："你是……写剧本的？"我又点点头说："我小着声音还是被您听了去……中国的耳朵在哪儿都有呀。"他说："你，知道瓦西里吗？"这句问话有些跳，我说："是瓦西里大教堂的瓦西里吗？"他说："不是，是电影《列宁在十月》《列宁在1918》的瓦西里。"我愣了一下，说："这个我不知道。"他说："搞影视的不知道电影《列宁在十月》《列宁在1918》？"我说："听说过没看过，这种电影又不是必须看的。"他说："不同意！没看过《列宁在十月》《列宁在1918》就来圣彼得堡，你怎么读得懂这座城市？"我心里一笑，都什么年代了，还掏出这种神逻辑。我说："这两部电影您看过许多遍吧？"他说："我数字不好，忘了看过多少遍啦，但我能把台词背下来，尤其是瓦西里的。"我哈了一声说："这么说，瓦西里是电影中的重要人物？"他沉默一下，说："我不想跟你谈瓦西里……如果你是我的学生，我不会让你及格毕业的！"说着他站起身，走回自己的桌子。

我有点扫兴，追了他一眼。我注意到他的桌子上有几张纸，上面搁着一支笔——我心里一动，看来这老头儿也有在咖啡馆里写字的习惯。

从咖啡馆回到住处，时间不算太晚。虽然有些累，我还是起了心念，从手机优酷里调出《列宁在1918》。这部电影的故事发生地是在莫斯科，那时苏联刚刚迁都。电影一开始，身材高大的瓦西里从莫斯科回到圣彼得堡家中，见到了妻子和摇椅里的孩子。妻子抱怨说没有吃的："牛奶没有，面包也没有，怎么办？"瓦西里说："不要哭，面包会有的，牛奶也会有的，一切都会有的。"这几句话挺耳熟，算是口头语录了，原来出自这里。故事往下走，克里姆林宫卫队长马特维耶夫打入敌人内部，当听到对方马上要刺杀列宁时，他奋勇地从楼上窗户跳下，口中大喊一声："瓦西里！"守在那里的瓦西里冲过去护住中弹的马特维耶夫，马特维耶夫让瓦西里赶紧去救列宁。情节到这儿有点意思了，属于剧情叙事中的拐点。我恍惚一下，记起姜文在《阳光灿烂的日子》里玩过一个镜头，几个青春少年高喊着"瓦西里"从高墙上跳下。嘿嘿，其源头原来也在这里。

　　看完电影已是深夜，我还想做思考状，脑子一暗很快睡去。第二天醒来有些迟，匆匆吃过早餐上了车，才知道是去参观冬宫。胖男导游先提示大家今天要备足体力，因为进门前要排很长的队，再用三四个小时走马观花。一位大叔说："走马观花也得用三四个小时，冬宫很大吗？"胖男导游说："冬宫号称世界四大博物馆之一，有1050个房间。"一位大妈立即表示不服："1050个房间算什么，冬宫房间再多，有故宫那么多吗？"胖男导游呵呵笑了。我掏出手机塞上耳机，开始看《列宁在十月》。影片中列宁很忙碌，瓦西里也很忙碌，武装起义的准备工作在危险中展开。片子进行到一半时，旅游车到达冬宫广场，我们下车排队。队伍的长度的确可观，估计得排上好一阵子。我拿着手机继续看。瓦西里到工厂车间发动工人，与敌方官员周旋；列宁让瓦西里必须睡上两小时，瓦西里悄悄溜掉了；瓦西里在街上用高大身子挡住列宁，骗过敌方士兵的眼睛。影片的尾部形成高潮，"阿芙乐尔"号巡洋舰开炮了，之后起义人群潮水似的拥向冬宫，打开铁门冲进去。临时政府的部长们正在议事厅开会，面对一拥而入的工人与士兵，他们目瞪口呆。

电影结束得恰是时候，因为此刻排队也接近了入口。在随后的时间里，我一直裹在人流里往前走。这儿的艺术品确实霸气，我看到了达·芬奇《戴花的圣母》、拉斐尔《没有胡须的神圣家族》、伦勃朗《达娜厄》，我还跟石像《伏尔泰坐像》合了影。不过在眼睛忙碌的同时，我脑子里仍留存着影片的余味。我很想找到那个有着政权交替象征的议事厅，但冬宫真的太大了，晕头转向中一时不可能找到。

这天晚上，我又来到那家咖啡馆。我的运气不坏，中国老头儿果然坐在那儿，而且是昨晚的同一张小桌。

我走过去直接坐到他的对面。他没有惊讶，先瞧我一眼，又低头写完纸上的一行字，说："什么情况？觉得这儿的咖啡不错？"我说："我猜您今晚还在这儿，我想跟您聊聊。"他说："我为什么要跟你聊？"我说："您是个怕寂寞的人，不然不会在咖啡馆里写字儿。"他说："我怕的不是寂寞，这个理由不成立。"我说："昨晚听了您的话，我把《列宁在十月》和《列宁在1918》看完了。"他微微一愣，把笔撂在桌子上，说："那你想跟我聊什么？瓦西里吗？"我说："我知道我没资格谈瓦西里，所以只想听您说。"他说："听也是一种能力，你觉得你有吗？"我说："我至少有好奇……跟着旅游团挺无趣的，白天跑景点晚上睡大觉，我不想只是这样。"他说："这句话及格了，和旅游团混在一起是有点傻，我就乐意一个人跑来跑去。"我说："您看上去不像是来旅游的，您像是在旅行。"他说："旅游和旅行有什么区别？"我说："旅游没故事，游行有故事。"他说："在圣彼得堡待七天了，我没有故事只有回忆。"我说："回忆本身就是一种故事。"他说："毕竟是写剧本的，想着的就是故事。"我说："一个写剧本的，连瓦西里都不知道，怎么能写好剧本。"他松一松脸笑了："嗯，这句话又及格了。"

顺着气氛，我唤来侍应生又点了两杯咖啡和一些糕点。他说："咱们俩这么说着话，像老熟人似的，可我还不知道你是谁。"我说："我姓吴，您叫我小吴好了。我是南方人，现在北京漂着，是个半拉子编剧，还处于替别人打工的阶段。"他说："好吧，你'无'我'有'。我姓尤，你叫我老尤好了。"我赶紧说："我不能叫您老尤，瞧您这气度，得叫您尤老。"他说："这话不及格，我七十还不到，叫尤老起码得八十以上。"我说："我猜您是大学老师，还是一位不轻易让学生及格的老师。"他点点头："以前是大学教授，现在是退休老头儿，一位无所事事的退休老头儿。"

新的咖啡杯子上来了。这位自称是退休老头儿的前大学教授端起杯子吹一吹气又放下来，开始了关于瓦西里的讲述。

事情得从两个月前说起。那一天，无所事事的尤教授坐在杭州家中的书房里，自己跟自己玩一个游戏。他在一张纸上写下"一生最遗憾的事"，然后在脑子里挑挑拣拣，拣到了就记上一笔。到了这个年纪，谁的岁月中不散落着一些憾事，很快白纸上写满了提示词句，有近二十条之多。他对着白纸沉默一会儿，开始做减法——想一想，画去一条，再想一想，又画去一条。画到最后，剩下了两条，一条是"王小语初恋"，另一条是"瓦西里论文"。这两条是连在一起的，没法再画了，但他又明白，若一定往"最"字上靠，还得是瓦西里论文。

许多年前，当尤教授还是县城青年小尤时，中苏关系早已不好。不过关系不好并不意味着马上丢开俄语，小尤在中学时代便学过一年半俄语，而且比班上其他同学学得好。中学毕业后，他进了一家机修厂一干就是好几年，日子过得无味不惊。好在这时他喜欢上了电影，尤其是苏联电影。看的苏联电影虽然是中国译制片配音，却有异国情调。当然啦，那会儿的苏联电影主要是指《列宁在十月》和《列宁在1918》。在相当一段时间里，小尤追着这两部电影看，有时在电影院内，有时在城郊某个晒谷场上，有时甚至在某个山腰村子里。银幕上有咖啡、兵舰、芭蕾舞，还有打着手势说话好听的列宁、勇敢又爱笑的瓦西里、老用梳子梳头的马特维耶夫，这一切加起来，让一双县城青年的眼睛充满了迷恋。

迷恋能让人产生激情。有时他在车间里干活儿，脑子里会闪回电影里的一些镜头。这时他多么期待瓦西里突然走进车间，拍拍他的肩膀并发给他一支步枪，告诉说明天就攻打冬宫。有时他跟工友们说着话，嘴巴里会卷着舌头蹦出几句亢奋的俄语。工友问你的舌头发烧了吗？他嘿嘿一笑，说这是瓦西里的台词，他翻译回去的。

有一天他遇到了一位叫王小语的姑娘。她是绣品厂的工人，不仅长得端正，还喜欢看苏联小说。两个人在工厂联谊会上认识，搭过几句话后，都觉得对方懂自己。每次约会时，他聊苏联电影《列宁在十月》《列宁在1918》，她聊苏联小说《在人间》《钢铁是怎样炼成的》。当她说到高尔基时，他会按照电影中的样子描述这位作家的外貌。当他讲到瓦西里和妻子时，她会拐个弯儿引出保尔·柯察金与冬妮娅的爱情故事。因为他们俩的嘴巴，遥远的苏联人物经常会在星月晚上拜访这个县城。此外，电影和小说是可以攀亲的，没有多久，她也喜欢上了这两部苏联电影，他则去图书馆借苏联小说看。

那段时间，县城青年小尤还生长出一个决心，就是自己也要弄一些重要的文字。之所以敢说"重要"两字，是因为瓦西里的分量压得住纸张——电影中列宁说话挺风趣、做事有气势，但他是个大人物，不容易下笔，所以小尤想写一写瓦西里。开始他试着以小说笔法讲一讲瓦西里的故事，却怎么也抻拉不开。在撕掉好些草稿纸后，他找到了叙事方式，就是用几个角度前后左右地去说，像是一群人围在一起细议一个人。一些年之后，他明白这种文字叫深度影评。但当时他并不自知，只觉着好多想法在脑子里集合，手中的笔写得洋洋洒洒。当然了，洋洋洒洒这种成语只能暗中赠给自己，不能在小语跟前提早使用。

直到文章写好后，小尤才用有点豪迈的口气告诉了小语。小语问，是什么东西呀，是小说吗？他说，不是，比小说要高级一些。小语说，比小说还高级，吹牛吧？在不少时候，有一种兴奋叫淡定，可那会儿他还不懂得这一点。他自得地一笑说，我可以让你看，但必须答应我一个条件。小语问，什么条件？他说，你看完了不能只是口头表扬，你得帮我抄一份稿子。

这篇文章的草稿纸涂改得太丑，已经撕掉了，需要再抄一份以做备用，他想把这件累手的事儿交给小语。小语一抿嘴说，我的手是用来绣花的，不是替别人抄字的，除非你写得真的好。这句话里放着一半同意一半撒娇的态度呢，他提一提身子，用秋高气爽般的微笑回应了她。

第二天晚上，小尤带着稿子骑自行车前往城西郊外，那里的大樟树下是俩人经常相会的地方。正是秋日之夜晚，一路上鼻子不时能遇到花香。到达樟树下，小语已等在那里，她的样子比较好看。他刚说一句调皮的夸语，就被她堵了回来。她说别光讲好听的，把稿纸赶紧拿出来。他嘿嘿一笑将手伸进裤兜，一摸没摸着，转而前往另一只裤兜，也抓了个空。他愣了一下，两只手急切起来，在上下各只衣兜里进进出出，同时眼睛望向自行车后座、轮胎以及周围地上。待再次抬起头，他的脸上已有了茫然的吃惊。小语说，不见了？怎么会不见了呢？他说，是呀，怎么会不见了呢？小语说，你安静一分钟想想，到底是怎么回事。他就让自己脑子静下来，去回想路上的情况。想了一分钟，又想了一分钟，空空荡荡的什么也捕捉不住。小语说，要是丢路上了，得赶紧往回找。他省悟过来，马上跳上车，带着小语往原路骑。这一路有绿草地、石板小道、桥面和铺砖街道，虽然夜色不浅，但白纸们躺在地上是躲不掉两个人四只眼睛的，何况是如饥似渴的眼睛。

随后时间里，两个人骑着自行车在城西郊外的路道上搜寻，一遍两遍三遍。到第四遍的时候，小语突然从后座上跳下来，站在那儿仰起头闭上眼。小尤刹住车用脚点地，问怎么啦。小语说，我闻到了花香。他说，为什么插进来说这个？小语说，谢谢今天晚上的花香，花香让我的脑子醒了过来。他说，小语你到底想说什么？小语说，你没有写文章，今天晚上也没有丢稿纸。他说，我没听懂，你是说我在开一个玩笑？小语说，你不是在开一个玩笑，你是绣花似的绣了一个谎言。在那一刻，他有点蒙了。蒙了一会儿他说，我可以告诉你，我的文章题目叫"瓦西里的面包"。小语说，我也可以告诉你，面包会有的，牛奶也会有的，但不是一切都会有的。他说，你的意思是瓦西里讲错了？她说，瓦西里没有错，我的意思是你错了！这么讲过，她转过身走了，消失在仍飘着花香的夜色里。

就这样，在那个秋日晚上，县城青年小尤不仅丢掉了稿纸，还丢掉了女友。这是一件多么不及格的事情。此刻，前大学教授老尤坐在咖啡馆里，远远望着许多年前的自己，脸上仍渗出遗憾的神色。我从倾听中回过神来，问："那个晚上……你们就算掰了？"他点点头："是的，以后再没有见面了。"我说："多大的事呀，丢了东西着急一下就应该过去了。"他说："后来我寻思过，小语读过一些小说，心气不低，可能早有些瞧不上我，我那会儿心里也有傲气。一个心高一个气傲，丢开爱情就不觉得特别可惜，因为我们还有别的向往。"我说："那个年代，您说的向往是什么呢？"他说："看书看电影，发现县城之外有趣的东西。这种向往帮助了我，让我有能力在两年后考上大学。"我说："您考上大学之后的事我不用多想就能猜出七八分，先当学生后做老师，写一堆论文教一堆学生，反正跟我大学里的导师差不多。"他说："活了这么多年，我经历的事你哪能猜想得出。不过往大里说，人的一辈子还真是差不多。"我嘿嘿笑了。他又说："譬如一上年纪就喜欢回忆，好像谁都一样。"我说："那天坐在书房里，您是回忆初恋女友多一些还是回忆瓦西里多一些？"他沉默一下说："今晚坐在这里，我跟你讲的可不仅是爱情故事。"我说："我懂了。"他说："正是那天坐在书房里，我心念一动，决定来圣彼得堡看一看。我以前去过不少国家，也到过莫斯科，可圣彼得堡从没来过。"我说："来了之后挺有感觉，就每天写点日记什么的？"他摇摇头说："不是日记，我在补写当年那篇文章。"我暗吃一惊，扫一眼桌上的稿纸，果然看到了"瓦西里的面包"几个字。他端起咖啡杯喝了一口，说："当年丢了文章心劲也没了，不肯再去重写，时间一长，脑子里早留不住任何痕迹。奇怪的是到圣彼得堡后，头一天夜里便做了一个梦，随后几日那些遥远的文字竟从记忆角落里慢慢现身，排着队走到我跟前。这是一种提醒，让我在圣彼得堡做一次复习。"我说："与这些文字重新相遇，得有一些感慨吧？"他说："陌生又熟悉呀……陌生是因为有四十多个年头夹在文字里，熟悉是因为瓦西里还是那个瓦西里。"我吸一吸鼻子，说："可是四十多年过去，你真没觉得瓦西里也已老去，早到了退休的年龄？"他没应答，眼睛抬起来盯住我的眼睛。过了片刻，他收回目光，嘴里轻轻叹出一口气。

接下来是沉默时间。今天晚上，老尤已经说得够多，似乎需要让嘴巴休息了。但我又觉得，也许是我的话扫兴了他的嘴巴。他不喜欢让瓦西里老去。

为了去掉沉默，我拿起手机加他的微信。他同意了。一分钟后，他的头像出现在我的手机里，是一张大学校园的图片。他的昵称是"已老小尤"。

下一天上午的游程，是坐游船体会涅瓦河。因为内容单纯，出发时间后延一些，到达码头已是十时。上了游船，才知道与另一个旅游团组合一起，一加一之后的人数刚好占满船舱座位。船舱里已布置成临时娱乐厅，据说有歌舞表演以及伏特加和鱼子酱，不过得少安毋躁。

于是一大群人散到船舷边看河水和岸景，同时不忘摆出各种拍照姿势。涅瓦河的好，是既开阔又能收住两岸，一路上能望见"阿芙乐尔"号巡洋舰、彼得保罗要塞、冬宫、罗斯特拉灯塔柱等等。见到"阿芙乐尔"号巡洋舰的时候，我眼睛吃了一惊，这艘历史战舰没有披着沧桑，而是漆刷一新地泊在岸边成了游览点，像化过装的特型演员。也不知为啥，它光鲜体面的样子，反而让我觉出有些落魄。我举起手机远远拍下一张。

娱乐的时间到了，男女们抢着身子进入船舱占了座位。桌子上果然搁着不少吃物，包括伏特加、鱼子酱和面包。大家欢着嘴巴吃起来，同时让眼睛瞧向舱首，那里站着几位胖瘦不一的俄罗斯演员。

表演开始，演员们又是唱歌又是跳舞的，其间不停地拉一些中国游客临时加入节目。一位小伙子演员唱起一首耳熟的俄罗斯情歌，边唱边坐到一位中国大妈旁边，中国大妈奋勇地跟唱两句，马上让歌曲走了调。一位苗条女演员邀请一位中国小伙子上去坐在一张椅子上，然后绕着椅子跳踢踏舞，弄得中国小伙子只好转着脖子扮鬼脸。演出的间隙，另一位肥硕女演员喜欢走来走去地敬酒，一不留神就在男游客脸部送上一只鲜红唇印。

肥硕女演员端着杯子站到我跟前时，我及时躲开了她的红唇袭击。她用生硬的中国话说："你狡猾，那你喝伏特加。"我说：

"呀，你会讲中国话？"她说："一点点。"我说："那我上去玩一个节目，你配合我。"她说："什么叫配合？"我说："就是一起演出。"她说："一起演出，好的好的。"我又说："你知道瓦西里吗？"她说："知道知道，瓦西里大教堂。"我说："不是那个瓦西里，是电影中的瓦西里。"她说："你要电影演出吗？配合我可以。"说着她拽了我往前边走，一下子把全场的目光招引了过来。走到那张椅子前，我做个手势让她坐下。她隆重地把肥胖身子摆好，抬起脸好奇又调皮地看着我。我说："娜塔莎，我们的孩子睡着了，他瘦了。"她惊讶地说："我叫娜塔莎？孩子我们有？"现场出现一些笑声。我说："不要难过，不要哭，面包会有的，牛奶也会有的，一切都会有的。"她入戏地说："我没有哭，我有高兴。你要面包吗？拿给你，我可以。"她起身从旁边桌子上取了一个面包，塞到我手里。我不知道怎么往下走戏，有点发愣。她把我手上面包撕了一块，挑逗似的塞到我嘴里，又突然探头在我脸上印了一记红唇。船舱里爆起一阵笑喊声，我崩溃地捂住脸，乱着脚步逃下了场。

游船在河上走了两个小时，回到码头已是午饭时间。在中餐馆吃团餐时，有人提起我的演出节目，一桌人重新被引出了笑。又有人往我手机发了一段视频，正是我两分多钟的表演场面。我看了一遍，也忍不住乐了。

用过午餐，旅游大巴又拉大家去参观一个教堂。坐在车上，我念头一跳，在手机微信里找出"已老小尤"，先将那张"阿芙乐尔"号巡洋舰的照片发过去。过一会儿，老尤回复：关于这条舰，现在好像添了一些说法，时间在改变历史。我有点明白他的意思，想一想，又似乎不明白。我不乐意在此纠缠，手指一摁把那段表演视频又送出去。没有太久，老尤送回五个字：荒诞的加倍！我赶紧写一句：我只想告诉您，即使在圣彼得堡，瓦西里也不存在了。老尤好像沉默了一会儿，回应道：谁说瓦西里不存在了，此刻他就在街上。我傻了一下，问：什么意思？我不懂！老尤没有再搭理我。

下了车，参观的是滴血大教堂。"滴血"两字听起来颇有杀气，但那只与历史有关。眼下的教堂外观好看而且和气，搭积木似的叠了一堆"洋葱头"，看上去像一座华丽的城堡。不过因为刚好在整修，无法进入内部，只能在外围转一圈。转完了时间有些早，胖男导游看一眼手表，让大家自由活动。有人就问，这儿有什么好玩的？胖男导游手一指说，那边就是涅瓦大街，可以逛商场买东西。我对购物不感兴趣，拜访一下手机里的百度兄，附近有一家好玩的文学咖啡馆。百度兄说，这家咖啡馆是文青聚集的地方，当年普希金就是在该馆子喝完最后一杯咖啡，然后出门直奔决斗地点的。

旅友里也有两位男女文青，听我这么一说，有兴致一起去领略一下。我们沿着一条小河岸边往前走，走了不长一段路，前方渐渐热闹起来，原来出现了一条步行文化街。这种文化街混杂着前卫艺术和地方风情，容易收集人气，好像哪个旅游城市都会有一条。此刻，我们的目光划来划去，遇到了礼品店铺、小书摊、现场画像师、饮品推车等等。再往前走，是一位安静坐着的手风琴老人、一张摆着画的长形售台。忽然，我眼睛一愣，看到了站在路旁的一位中国老头儿——嘿嘿，一头银发金边眼镜，那不是老尤是谁！

这会儿的老尤不是游客。他手里拿着一张杂志大小的肖像图片，不时截住路人说点儿什么。路人看着肖像要么摇摇头要么耸耸肩，然后转了身子走开。我紧上几步走过去，唤了一声尤老。他看我一眼，说："不是尤老是老尤。"我说："您这是干吗呢？"他晃一晃手中的图片说："陪着瓦西里在这儿玩哩。"我脑子一跳去瞧图片上的人儿，果真是瓦西里——他脸部挂着微笑，眼眸又有点严肃，像是黑白银幕上的一个定格。我扭头问身后跟上来的两位男女文青："这就是瓦西里，你们知道吗？"男文青说："不是你提示，我们哪里知道呀。"女文青说："这瓦西里，长得还挺帅嘛。"我想一想，对老尤说："我明白了，您在问圣彼得堡人，他们认不认识瓦西里。"老尤点点头说："我这是街头调查。"我说："调查的结果呢？"他默了脸，似乎不想回应我，又忍不住一指旁边抱着手风琴的老头儿："他认识。"那俄罗斯老头儿一动不动，仿佛睁着眼睛睡着了。

我注意到两位文青好奇的神情，便把老尤简单介绍了一下。男文青冲老尤说："老先生，您这么喜欢瓦西里，我很想知道他到底有什么能耐？"不等老尤答话，女文青说："他拿面包牛奶哄女人，肯定是个情场高手。"男文青说："不要这么说好吗？我觉得这哥们儿是条汉子，已经摆脱了低级趣味。"女文青说："情场高手怎么就低级趣味啦？普希金说，生命诚可贵，爱情价更高。"男文青说："哇塞，这句话是普希金说的吗？"女文青还想接腔，我猛喝一声："够了！"因为我瞧见老尤似乎要做什么动作。

老尤把图片卷起握在手里，脚一抬踩在旁边凳子上，又一抬站到了卖画的售台上。卖画女人仰头看一眼这位中国老头儿，把画往一旁挪了挪。老尤沉默一下，开始用俄语说话。他先说得有些生涩，渐渐顺起来，一句一句地往前走。旁边的手风琴老人似乎醒过神儿，双臂一动将手风琴拉出了声响。琴声有点抒情又有点伤感，像老友帮个手似的，扶住了老尤的声音。

男文青悄声问："他这算是发表演讲吗？"女文青也不解："他演讲的内容是什么？"我有把握地说："不是演讲是背台词，他在背电影中瓦西里的台词。"这时不少路人停下脚步，围成了松散的一圈。在文化街上，这种突然冒出来的艺术行为也许并不让人稀奇。

老尤这时候的声音已经比较生动，一会儿低沉，一会儿高亢，很有点进入角色的意思。即使中间有点磕绊，也能自我修补地跳将过去——背诵中的忘词或破绽，在场的耳朵们压根儿听不出来。

差不多过去一刻钟，老尤才收起嘴巴，让自己安静下来。作为结束情节，他用手理了理头发，似乎要变换角色，成了卫队长马特维耶夫。又停顿一下，他身子一跃跳离台子，在空中喊了一声"瓦西里"，然后笨拙地摔到地上。我吓了一跳，扑到他跟前，两位文青也凑了上来。还好，他似乎没什么大碍。我们扶住他的身子。他抬起脑袋，慢慢地说："我想让你们知道，瓦西里是谁。"

似乎可以这样说，在圣彼得堡与老尤的相遇，是一种没有伏笔的缘分。我到圣彼得堡是看风景的，一不留神却看到了风景外的剧情，这也算是不大不小的趣事。内心有点堵的我，至少在这几天里开心了一些。

如此一想，我觉得自己这一趟旅行挺值的。

离开圣彼得堡的前一个晚上，我收拾好行李，没忘了给老尤发一句客套话：这次认识您很高兴，明天一早我就撤了。过了大约半小时，老尤回复一句：你现在有空吗？来一下咖啡馆。我写：呵呵，您比我还咖啡控呀。老尤答：不是喝咖啡，你陪我走走。我的手指停顿几秒钟，摁出OK的图标。这时候不答应他，显得我有些不够意思。

我穿好衣服下楼，不一会儿就到了咖啡馆。老尤没坐店内，而是倚着一辆自行车等在门口。我走近了说："嘿嘿，您真有能耐，还能弄到自行车。"他说："向咖啡馆老板借的，好几天待下来跟他混熟啦。"我说："那篇文章补写好了吗？"他拍拍衣兜说："补写好了，所以想在街上放个风。"我笑了说："骑车拉风？"他说："先走走吧，可以说会儿话。"

老尤推了车往前走，我伴在旁边。夜色已浓，街上相当安静，路灯将两人的身影时而拉长时而缩短。老尤说："有件事不公平，这几天你知道了我不少，我对你知道得还不多。"我说："我呀，个人历史浅薄，没什么值得特别一说的。"他说："不能吧？一个漂在北京的编剧，又是可以熬夜的年纪，怎么也得出手几部电视剧。"我一时语塞，有些事老尤还真不一定能弄懂。在这个春天，我依着老大提供的分集提纲，日夜兼程地扑腾脑子，终于码完了四十集电视剧中的四分之一剧本。按照一集一万元的稿酬，我本该得到十万元票子的，但老大拍拍我的肩膀，说先拿五万吧，剩下的一半以后再给。说实在的，对此我并不沮丧，日子虽摇晃却趴不下去。我沮丧的是老挣不到名分，虽有作品却不能署名，不能署名就等于没有作品。每当电视上播出一部眼熟的好剧或烂剧，我便知道自己又多了一个无法相认的私生子。

　　我朝空气中呼出一口气，说："告诉您吧尤老，我现在还是个卖文为生的所谓枪手，熬夜熬出来的文字只是变成了小钱。"他说："说多少次了，不是尤老是老尤。"我嘿嘿笑了一声。他又说："为什么要这么玩？"我说："我们是漂着的人，漂着的人哪有资格按自己的性子玩。"他说："那老婆孩子呢？你不会说你还没成家吧？"我说："还真没成家……这可不能怪我。"他说："不怪你怪谁？"我说："我使劲伸手了，可够不着愿意嫁给我的女人。"他说："怪不得你昨天的表演很不像样，一开口说'娜塔莎，我们的孩子睡着了'，那口气就不对。"我一耸肩说："那娜塔莎太胖了，我找不到那种感觉。"他说："要这么说，让你找不到感觉的不是那位娜塔莎，而是那种船舱的氛围……那种氛围不是瓦西里出场的时候。"我说："可您昨天不也站到台桌上了吗？我觉得那也不是瓦西里出场的氛围。"他慢一慢脚步，叹口气说："看来你我都一样，想逃出眼下的日子去找些新的感觉，可这种感觉不容易让我们找到。"我说："呵呵，您这句话有点哲学呀。"他不吭声了。

不知不觉俩人已到了涅瓦河边。夜晚中的涅瓦河真是好看，两岸的建筑物披上了金黄或冰蓝的灯光，通体晶亮。河上的桥显出了透明般的三维效果，河中的水则形成了一扇扇波光。老尤说："就在这儿吧，咱们骑一段。"我看一眼自行车："两个人一起，可以吗？"老尤说："俄罗斯的车子结实着呢，来吧，你带我。"我接过车把，抬腿跨上了车，老尤一跳也坐上了后座。

车子沿着岸道往前骑，路上清静无人，只有一阵阵凉风迎面吹来，让人激灵灵的痛快。我一摁车铃，打出一串明脆的声响。声响中，我能感觉到后面的老尤有话要说。果然，老尤大声说："小伙子，你现在有没有想到干点儿什么呢？"我想了想说："我要吹口哨，我好久没吹口哨了。"我嘴唇一撮，口中飘出长长的哨声，还带点儿声调的起伏。我有点得意，让哨声伴着车子跑了好一会儿。然后我说："老先生，你现在有没有也想到干点儿什么呢？"他说："我早想好了。"他从衣兜里掏出那几张补写的稿纸，撕了一下，又撕了一下。我吃惊着，差点要刹车停下。他说："不要停，一直往前骑。"我明白了，说："您这样做是乱丢东西。"他说："我已做好了被罚款的准备。"说着他的手往上一扬，几张纸片飘到了风里。骑出去一段，他的手又一扬，另几张纸片到达了空中。

我踩着车子向前奔跑。此刻，我的眼睛不能后望，但我能接收到老尤既畅快又伤感的心绪。不仅如此，我还能看见那些白色纸片随风飘在岸道上方和河面上方，久久不肯落下。

远 离 天 堂 的 日 子

在我十一岁那年，父亲已从挑夫变成一个出色的酒夫。每天上午，他携了扁担和绳子出门，在城北码头候着客船。客船到了，码头上突然出现各种各样的声音和货包。货包有大有小，大的甩给板车，小的上了父亲们的肩膀。这时太阳升起不久，热热地照在父亲的半边脸上。父亲怕阳光似的小了眼睛，拾起一天中还没使用的力气，向城南码头走去。

从城北码头到城南码头有半个钟头的路，中途要越过一条很长的坡街。板车上坡街时，要从路边唤一个人来助推，推到坡顶，又往后拽着向下滑。滑到平缓处，推车者便能得一角钱。父亲的担子不是板车，不用别人来助力，但父亲不准备省下这一角钱。他慢慢上了坡顶，把货包停在一家杂货小店门口。店主一见是他，马上松了脸，手脚很快地往柜台上放一杯白酒和一把花生。父亲不说话，把嘴和手一起伸向酒杯。他薄薄地抿一口，嘴巴久久不张开。张开时，便哈出一口很厚的气。这样喝过两三口，他的神色慢慢稳住，才腾出舌头和店主说几句话。话说完了，酒和花生也刚好吃完。父亲掏出一角钱放在柜台上，转身走向他的担子。

每天父亲要在两个码头间走上六七趟。走上六趟，便是喝六杯酒；走上七趟，便是喝七杯酒。这酒一杯杯地攒起来，让父亲的身子失了灵活。傍晚收工回来，父亲的脸上会出现一层硬硬的红色，红色里又有傻傻的腼腆。父亲把这样的模样带回家，母亲就要生气。母亲说："王才来，你脸上有一块煮熟的肉。"父亲摸一下脸，说没有。母亲说："有呀王才来，把你这块肉剁小了可以放到饭桌上。"父亲听懂了，愤怒一下，说："你他妈别把我当成……那个什么！"

但母亲不会把父亲的愤怒放在眼里，那时她在县城一家生产葡萄糖液的制药厂上班，有着与父亲不一样的身份。她上班的时候，穿着白大褂，戴着口罩，看上去像一个医生。下班回来，她有时会捎回几瓶报废的葡萄糖液。这葡萄糖液好喝，甜甜的，凉凉的，我一口气能喝掉一瓶，让肚子鼓起来像一只球。到了月底，母亲还会捎回一只工资袋，同时让饭桌上多出好几样菜。把这些加起来，足够让母亲气壮地把父亲的名字呼来唤去。

对母亲的神气，父亲心里是蔑视的。他蔑视的根据是他的过去。父亲原不是干力气活儿的人。他小的时候，竟然是个公子哥儿。那时祖父是位有钱人，开着一家工厂，外加两艘汽笛轮船。那轮船在河面上开来开去，比现在的客船还要气派。但轮船的汽笛声没有永远为王家鸣叫。王才来九岁的时候，快活的童年生活就结束了。后来，祖父被判刑去了新疆，一去就没有回来，只留下一口漆得亮黑的楠木棺材。这口棺材是祖父自己监造的寿棺，也是祖父窃喜的没被政府没收的珍贵东西。再后来，祖母也死了，死时把儿子叫到跟前，嘱咐儿子把寿棺保管好，等着父亲回来。但父亲不会再回来，王才来成了孤儿。成了孤儿的王才来勉强读完初中，便拿着扁担去了码头。这时候，旧时的汽笛轮船还在河道上忙碌。每当看见自家的轮船远远驶来，王才来就会让自己的眼睛噙满泪水。又过几年，王才来成了小伙子，身上有了块肉，也有了力气，但汽笛轮船消失了，剩下的只是那口楠木棺材。

现在，这口棺材就放在家里，时时向父亲提示着过去。有时父亲喝高兴了，会从棺材说起，向我回忆自己的童年。回忆了几句，便被母亲喝住。母亲不愿意父亲的童年侵害我的童年，同时也是乘机否定这口棺材的重要。我家房子小，一间灶屋两间正屋，其中一间正屋被棺材占去，成了杂物间。母亲常常念叨，说这黑咕隆咚的东西应该升到楼阁，把屋子腾出来做儿子的睡间。对此父亲总是先吐出一口酒气，再吐出一句话。父亲说："有本事你搬搬看。"

每次父母吵过嘴，这天的晚上才会结束。随后他们进了自己睡屋，我一个人爬着竹梯上楼阁睡觉。自打我学会爬竹梯，父母就在楼阁上给我放了一张床。楼阁不大，有些暗，不是做梦的好地方。开始我害怕，睡过几回，也就不害怕了。我不高兴的是，每天夜里小便，我得摸索着从竹梯爬下，又从竹梯爬回，用劲得很。有一天半夜起床，我瞧见楼板一侧排着长队的葡萄糖液空瓶，心中一动，有了主意。我抓起一只瓶，掏出那玩意儿衔住瓶口，"哗哗"而出，像是灌酒一般。灌完了，用瓶塞一塞，放回原处。现在，我知道这瓶子对我非常合适。我的尿水有时多些，有时少些，但不会装不下。有一次我憋久了，撒出一泡很长的尿，但蹿到瓶脖子就打住了，让我一阵快活。以后日子里，这些装着高高矮矮液体的瓶子在地板上一长溜地站过去，很有阵势。

有时起夜早了，能看见地板上明着几个小亮点。这是楼下屋子冒上来的灯光，哪里有灯光，哪里就有小隙洞。有一次我起了好奇，想看看父母吵嘴后怎样待在一起。我翘起屁股把几个小洞看过一遍，其中一个洞口里出现了半截床。床上摆放着四条腿，两条黑些，两条白些，直直地静着。静久了，黑些的腿要往白些的腿上搁，搁了一下，便被推开，又静着。

母亲并不是总睡家里的。厂子忙时，要倒着上夜班。厂子闲了，白天生产，晚上也安排值班。轮到母亲值夜班，她有时会带我一块儿去。母亲的厂子在一个叫作河心屿的小岛上，四周环水，上下班不方便。这不方便却让我高兴。到了岸边，吆喝一声，对面的传达室会走出一个人，撑着小船过来，接了我们上船，又摇摇晃晃地撑回去。上了岛，我先喝一肚子葡萄糖水，然后在厂子里上上下下乱窜。厂子不大，空地上到处堆着瓶子。看见有这么多瓶子，我就想小便。我抓起一个瓶子，放在裤裆间灌满了，然后使劲一甩，让瓶子飞过围墙，在河面上砸出一个沉闷的声响。这样玩腻了，有一次我看上了码得最高的瓶山。我猫着腰要爬上瓶山，从"山顶"一览周围夜色。爬了一半，瓶山垮了，一大堆瓶子滑下来，把我整个身子埋住，只留出半只脑袋哇哇乱叫。母亲见我鼻青脸肿的样子，生了气，说再也不带我到厂子了。

到了暑假，日子抻长了，时间多得没地方花。一天傍晚，母亲匆匆吃过晚饭，要赶去厂里值班。我高高低低嚷了几句，让母亲明白我想跟着去，但没被允许。母亲走后，我坐在门槛上生闷气。这时我不想理别人，也不想别人理我。过一会儿，父亲理了。父亲说："她不带你去，你不会自己去？"我瞧一眼父亲，不吭声。父亲又说："要不我带你去？你妈的厂子我也想去哩。"我再瞧一眼父亲，不像醉傻的样子，就心动地站起身。

父亲锁上门，领着我走。一路上他埋着头不说话，步子却迈得很急，我差不多一溜小跑才能跟上。到了河边，父亲改了主意，不让我喊船。此刻天色微暗，河面上仍浮动着许多颗戏水的脑袋。父亲微眯眼睛看了一会儿，突然说："你能游到岛子上吗？"我暗暗丈量一下，心想我能，嘴里却说："游过去干吗？你又不会。"父亲说："我不上去了，我在这儿看着你能游多远。"我说："我这样上去我妈会不高兴的。"父亲的脸渗出一丝笑，说："你妈不会不高兴，没准儿还会夸你呢。"见我还在犹豫，父亲说："你游不了那么远就算了。"

父亲的话让我一阵冲动。我想跟父亲说，你别小看了我，两年前我就学会了在水中钻来钻去。但我马上又想，说的不如做的。我脱掉背心扔给父亲，双手一伸扑入水中。为了让父亲的脸上出现佩服的表情，我尽量把手脚动作打得好看些。不一会儿，父亲离我越来越远。他的身子在我眼里变成了一个小孩。

游到岛子，我钻出水面，顺着台阶往上走。传达室的瘦伯早已候在厂子门口，警惕地盯着水中钻上来的每一个入侵者。见我走近，瘦伯突然凶了脸说："不许进来。"我说："我找我妈。"我水淋淋的样子看上去跟平常不一样，但瘦伯还是认出来了。瘦伯说："你是方桂琴的儿子？"我高兴地"嗯"了一声。瘦伯说："你妈不在。"我说："我妈在。"瘦伯摇头说："你妈不在。"我说："我妈在。"瘦伯生气地说："你妈不在就是不在。"未等他说完，我左右晃了一下，闪进大门，在瘦伯眼里不见了。

我奔进母亲的清洗车间。车间里堆着太多的瓶子，构成了迷宫似的玻璃方阵。我在方阵里前前后后跑了一遍，找不到一点声音。我站住了，让自己嘴里发出声音："妈妈……妈妈……"我的声音在瓶子的世界里撞来撞去，嗡嗡作响，好半天才消失。这时，我想起了集体休息室。跑过去一看，门上挂着锁。贴着门缝往里瞄，瞧见了一排空床和几张板凳，一张板凳上还搁着一只饭盒。这只饭盒提醒了我，我转身向厨房跑去。厨房的门未上锁，我轻轻一推，门开了，里边有一男一女在吃喝——那女人不是母亲。那男人一边喝着什么，一边把脚搁在女人怀里。那女人面对门口，见了我，大吃一惊，一把甩开怀里的脚。男人糊涂一下，猛地转过身。他盯视我半响儿，突然用那只闲下来的脚在空气中踢了一下，吼道："滚蛋！"

我跑出厨房，又在周围找了找，然后出厂子，游回对面。上了岸，父亲笑嘻嘻地迎上来，瞧着我的肚子说："葡萄糖水喝够了吧？"我懊丧地说："我没找到我妈。"父亲的脸紧了紧，说："厂子里没人？"我说："倒是有人，有男的还有女的，可那女的不是我妈。"父亲想一想说："你都细找了？"我说："我找了还喊了呢。"父亲不再说话，脸上有了怪异。他的喉结缓缓提上去，僵了许久，忽地一松，滑了下来。他转过身，勾着头慢慢往回走。我跟在后面，心里慌慌的。

第二天上午母亲回来，父亲已经出工。我想问母亲昨晚怎么回事，又觉得有些神秘，忍住了不说。傍晚父亲回家，脸上照样涂着硬硬的酒红。我坐在门槛上，等着他们斗嘴。但他们变了样，不斗嘴了。父亲说："今天晚上还值班吗？"母亲说："不值了。"父亲就说："不值了好。"说着嘿嘿地笑。

吃过晚饭，天还大亮，我出门找同学玩。我先往西去，找李加军玩。我走了好一会儿，到李加军家，他不在。家里人说他刚出去，找人玩去了。我有些失望，掉头朝北门的吴一生家走去。到达吴一生家门口，天已暗下去，他家的灯却省着不亮。凑近一看，门上悬着锁。我不高兴了，抬起脚朝门踢了一下，想一想，又提脚踢了一下。踢过以后，我转而想到不远处的沈阳光。我一边朝沈阳光家走去，一边在心里打赌他在不在。到沈阳光家，我喊了一声，二楼窗口探出一只脑袋，是沈阳光。我向沈阳光招招手，沈阳光脸上出现一团愁苦，手指往里指着。他是在告诉我，他的父亲不让他出去。我大声说："你怎么会怕你爸？"沈阳光不好意思地说："他会打我。"我说："你爸喝酒吗？他是不是喝了酒就打你？"沈阳光说："我爸不喝酒，我爸不喝酒也打我。"我有些同情沈阳光。我说："我爸不打我，我爸喝酒了也不打我。"正说着，沈阳光身后响起了声音，这声音使沈阳光像一段阳光缩了回去。我在窗户下站了半晌儿，见再无动静，便反身往回走。我边走边跟自己生气。这个晚上我在小城里走了一圈，可什么也没干成。

回到家中，觉得有些乏，就上楼阁睡了。睡得正熟，忽然有声音把我从梦中拽出来。细听那声音，像是唱歌唱高了噎住似的，一截一截地从楼下冒上来。我弹开眼睛，见地板上亮着光点，忙下床去看。我的脑袋刚贴近小洞，眼里便出现一团白。定了神再看，竟是父亲的精白屁股，精白屁股下面长出母亲的两截大腿。我的心一下跳猛了，脑里想他们要干什么要干什么。这时唱歌噎住似的声音止住了，而母亲的双腿分明在痛苦地往上顶，顶了一会儿，把父亲的屁股弹开了。父亲的屁股消失一秒钟，又回到母亲的腿上。母亲的双腿又拼命挺挣，与父亲的屁股挤成一团。屁股和双腿这样忙着，就生了汗，看上去闪闪发亮。但这次双腿没能掀翻屁股，反而撇向了两边。唱歌噎住似的声音再次响起，比先前更尖了，像是要把空气撕成一条一条。现在我知道，这声音听上去不属于母亲，但它确实来自母亲的喉咙。

第二天起床，父母亲没什么不一样，只是相互不说话了。父亲仍旧拿着扁担出门，母亲则待在家里。待到傍晚，母亲不做饭，跟我说她要去厂里值班了。母亲的谎话让我一阵心慌，但我没有说出来。过一会儿，父亲回来。他弄清母亲的去向脸上就乱了，跟着手脚也乱了。他把锅盖捡起又扔下，把橱柜门打开又甩回，使冷清的灶屋有了动静。一阵忙乱之后，他找到了白酒，找到白酒就找到了安定。他开始静着身子喝酒，一杯接着一杯。不一会儿，他本来通红的脸又刷上一层红，几乎成了一块变大的糖果。他的样子让我看到了愚钝，也看到了危险。

危险出现在次日的中午。我在外玩过了回家，远远看见自家窗户外聚着一群人，兴奋地说着什么。我慌忙奔入门，进了父母的睡屋。我看见母亲被父亲弄到窗户上，身上穿着汗衫裤衩，手脚张开让麻绳绑在铁条栏上。她的姿势仿佛扑在窗户上，在上边写了一个"大"字。窗户下面，争斗的痕迹乱了一地。一只暖瓶躺倒，淌出的水流跑进一堆衣服。衣服旁边，父亲坐在小竹椅上，一边攥着酒瓶，一边声音很大地喘气。

我被眼前的情景吓住，愣了半晌儿，"呜呜"哭了起来。父亲看我一眼，没有吭声。我突然抓起一只拖鞋，向父亲扔去。拖鞋击中父亲胸部，跌落在膝盖上。父亲提起拖鞋看了看，朝我说："这只鞋还没破，可你妈破了。"我大声喊道："把我妈放下！"父亲"哼"一声说："你妈是只破鞋。"顿了顿，又直着脖子吼道："你妈是只破鞋！"

我跑出房间，在灶房里转一圈，伤心地坐在凳子上。我不知道眼下自己能做些什么。这时屋外的杂声大了，有人嚷一句什么，许多人跟着笑起来。我起身凑到窗边，揭开窗纸一角。从这里能侧面望见人群和人群上方的母亲。此时母亲已停止手脚的挣扎，垂着脑袋，让头发挂下来遮住脸。这样她即使不闭上眼睛，也看不清窗前的人们了。但人们能看清母亲。他们只要稍稍抬头，就能看见窗台上母亲可笑的身体造型。她的手脚张得那么开，又有些硬，仿佛纸伞打开收不拢似的。她的乳房刚好从两根铁条间挤出来，显得特别饱肿，随着喘气慌乱地颤动。她光溜溜的大腿被铁条分成一段一段，看着比平常要粗。

窗下人群里很少有人这样看过女人。他们边看边相互打听，都舍不得走，场面便越来越大。阳光直射下来，照在一片高高低低的脑袋上。许多脑袋出了大汗，冒起一道道烟气。一些孩子却不怕热，在人群里钻来钻去。慢慢地，母亲的静态让大家觉出了单调。大家一定在想接下来还会发生点什么，可他们等了半天，什么也没发生。这时一个年轻的瘦高男人捉住一个胖男孩，勾着身子在他耳边说着什么。那个小胖子比我还小，声音却那么响亮。他大声说："你是说十颗糖？你不许骗人。"瘦高男人笑嘻嘻地点头。

不一会儿，小胖子手里多出一根树枝。他身子贴着墙，双脚蹬了几下，想爬上窗台。因为太胖，试了两次都滑下来。第三次，他爬上去了。他坐在窗台上，抬头看看母亲布满头发的脸，似乎有些害怕，但十颗糖的诱惑马上让他变得勇敢。他探出树枝碰碰母亲，母亲明显抖了一下。接着那树枝挑起母亲的布衫，露出一截雪白的肚皮。胖子回头看一眼人群。人群里静悄悄的，全是睁大的眼睛。胖子得意起来，手里的树枝更忙碌了。他挑开一截，就抽回树枝伸到上一格铁条，像爬竹梯似的。母亲的布衫渐渐被撩开，雪白的肚皮在扩大。当扩大成一片时，布衫突然掉了下来。人群里发出惋惜的声响。

胖子没有灰心，他被自己的勇敢迷住了。他把树枝折掉一截，树枝短了，用起来更应手了。母亲的布衫再次被一截截地往上撩开。撩到胸部时，胖子遇到了困难，母亲丰满的乳房卡住了布衫。胖子不得不站起来，用树枝顶那布衫。顶了几下，布衫滑上去，一只乳房抖动着跌出来。差不多同时，胖子的脑袋上方响起尖厉的喊叫，那是母亲喉咙里发出的吼声。

胖子大吃一惊，手一松树枝掉在地上，身体也蹲了下去。瘦高男人捡起树枝，塞到胖子手里，又在他耳边轻声说了些什么。胖子看看人群，迟疑一会儿，慢慢将树枝伸向母亲的花布裤衩。

我跳起来，奔进父母睡房。父亲正把脑袋挂在胸前甩来甩去，一副想睡的样子。我叫了一声父亲。父亲抬起头，找了半天找到我，说："你嚷嚷什么！"我不再理他，跑出门上了楼阁。我在床头床尾找一遍，找到了一副弹弓和几颗石子，然后下楼推开灶房的窗子。窗外有那么多人，但没一个人注意我，他们把目光都给了胖子手中的树枝。我拉开弹弓，把一颗小石子打出去。这颗小石子没有击中胖子，撞在一根铁条上，发出一声脆响。胖子停住手，奇怪地盯着铁条看，但紧接着下一颗石子打中了他的后脑勺。胖子身子僵了僵，伸手去摸脑袋，摸一会儿，突然"哇哇"哭了起来。

在这个有着热烈阳光的中午，父亲凭着力气让母亲丢尽了脸。他把母亲弄上窗台后，就用白酒让自己变成了一摊泥。他睡了很长时间才醒来，醒来后，发现母亲已经出走了。

没有了母亲，日子过得有些陌生。那些天，父亲明显变得寡言。他本来话就不多，现在更少了，一天中说的话都能数得过来。下午收工比以前早了，脸上也淡了酒红。收工回来，就干些洗衣服一类的杂事，再烧些简单的饭菜。吃饭的时候，他常常失神，眼珠子半天卧着不动。但门外响起一点儿声音，他的脸马上醒了，并且很快地转向门口。看得出来，父亲在等着母亲回来。

随着日子的消失，父亲的耐心也在一点点丢失。没有多久，父亲就明白母亲不会再回来。弄懂这一点，父亲的精神就泄了。他让白酒重新回到饭桌上，一杯杯地喝下去。脸大红后，他的话也开了，拥拥挤挤的，好像要把这些天的沉默补回来。这样，我就不得不一边吃饭一边听父亲说很多的话。

父亲说："你妈走了，撇下我们不管了。这事迟早要来的。往远的说，当初她就瞧不上我，瞧上我的是她妈——你的外婆。那时你外婆还不是你的外婆，方桂琴也不是你的妈，她们只是我的邻居。有一天，你外婆双腿突然麻了，跟着就瘫了。她吃了一麻袋的草药，又吃了一麻袋的草药，还是没站起来。她就让女儿每天背着去针灸，往腿上戳针。方桂琴背了几天背不动了，她看中我的力气，求我接着背。我看她们孤女寡母的，就起了善心，每天把你外婆背过去又背回来。这一背背了两年，再没有歇下。后来你外婆不行了，躺在床上不用我背了。死前她指着我对女儿说，这就是你男人了。方桂琴说为什么。她妈说，我病了两年，王才来背了我两年，这样的男人你哪里去找？这样方桂琴就不吭声了。现在想想，方桂琴是我用力气娶来的。"

父亲说："你外婆死后，方桂琴看中了我父亲的棺材。她想把她妈装入我父亲的棺材。她说这棺材搁那么久，反正空着也是空着，就用了吧。你瞧瞧，那会儿她还没嫁过来，就说这种话。这次我可没答应。我想这口棺材是我父亲留下来的，我还不知道他死没死呢。你用我的力气可以，用我家的房子可以，用这口棺材可不行。为了这事，方桂琴以后没少怨我。她总喜欢把这种事存起来，得空儿就拿出来埋汰我。"

父亲说："方桂琴怨我这个那个没关系，但她不能晚上到别的男人床上去值班。值一次班不够，还值第二次。值第二次不够，还值第三次。这么些年，你什么时候见我穿过新衣裳？我把新衣裳都留给方桂琴了。她一年中里里外外的能做好几件新衣裳。做了新衣裳不穿给我看，光穿给别的男人看。别的男人看过她外边的新衣裳，就想看里边的新衣裳。看过里边的新衣裳，就会看更里边的身子。"

　　说着说着，父亲"呜呜"哭了起来。他说："我留住了一口棺材，可没留住一个女人。棺材黑的是外面，方桂琴却在心里刷上了黑。黑了心的女人怎么留得住……"

　　往后日子里，我有两个不一样的父亲。每天上午出门，父亲紧着脸，不言语，沉默得像一根扁担。路上有熟人打招呼，他"嗯嗯"应着，一副怯生生的样子。到了下午，他的脸渐渐亮堂起来，思想也飘飘忽忽的像要铺开。这时再添两杯酒，他的许多想法就破土而出，很想找人诉说了。回家路上，上午的熟人遇见他，又打招呼，不想这次陷入父亲的泥潭。父亲堵住熟人，纷乱地说着一些离谱的话题，他沾着酒味的话语像一群嗡嗡作响的蜜蜂在熟人面前飞来飞去。说了一会儿，父亲的话势慢慢弱下去，熟人以为接近尾声，就收场地搭一句话。谁知这句话马上引出父亲新的想法，成为另一个话题的开始。熟人不耐烦了，截住父亲说："王才来，你快回家去，家里老婆孩子等着你呢。"父亲说："我没有老婆，方桂琴撇下我们走了。"熟人说："她也许已经回来，你回家就能见到她呢。"父亲把手一挥说："方桂琴回来我也不见她。当初我背她妈背了两年，每天背过去又背回来，比走一趟城南码头还远，到头来方桂琴还是瞧不上我。她瞧不上我却瞧上我家的棺材，她妈死后，她想把她妈装入我父亲的棺材。她说这棺材搁那么久，反正空着也是空着，就用了吧。你瞧瞧，那会儿她还没嫁过来，就说这种话……"

这些话熟人至少已经听过五遍，他无法忍受听第六遍，闪了闪身子想溜走。父亲说："你要走吗？你要到哪里去？"熟人说："我要回家。"父亲说："回家有什么好，干这个干那个的，还不如找个地方去值班……"熟人不再犹豫，拔腿快走。走了一段路，回头一看，见父亲还在远远地冲自己说话。

以后熟人见父亲红光满面地走来，就绕开了走路。与父亲搭话的人越来越少。兴致勃勃的父亲一路走着，见街上有那么多人，可没一个人愿意停下来跟自己说话，不禁迷茫和生气。他觉得应该把这事说一说，就停住脚步，对着过往行人说了起来。父亲的努力没能吸引大人，但很快招来了几个小孩。小孩们围着父亲听一会儿，认为没意思，就喊道："王才来，说些别的。"父亲甩甩手说："小孩子懂什么，去去去。"小孩们不仅不去，还想让父亲唱歌。他们又喊："王才来，唱首歌让我们听听！"

父亲看看孩子们真的想听，腼腆一下，就拉开嗓子唱了起来：

手执扁担街上踩，

不杀豺狼我不回……

唱过两句，父亲自认为唱得不好，停了下来。看看周围，竟多出几个小孩，脸上还嘻嘻地笑。父亲就得意起来。以后父亲往街上一走，身后总能随着一群尾巴。

这一天，一位华侨女儿来到小城街上。许多年前，她的父亲从小城出发，一路卖着雕石卖到了法兰西，并且在那里成家立业，生下了女儿。现在华侨老了，就带女儿回家乡看看。一到家乡，女儿被这里的风情吸引了，满眼都是新奇。她撇下父亲，独自跑到街上，看着街边的小店铺走走停停。她不一样的打扮立即引起街人的注意。大家从来没见过如此稀罕的衣裳：那上衣几乎像透明的肚兜，只在双肩用细绳吊着；那裤子上半截把屁股包得极紧，下半截扩开来像大喇叭，差点拖着地了。所有人把眼睛瞪大，糊涂着。很快有话传过来说："她是从法兰西来的。"大家点着头，慢慢明白了："原来是法兰西……"

可孩子们不明白，想冲华侨女儿起哄又不太敢，就在后面跟着走。不一会儿，华侨女儿身后多出一群小孩。华侨女儿对这种情况非常陌生，一时不知怎么应付，只好接着往前走。走过半条街，忽然见前面站着一位壮实男子，手提一条木棒，身后也随着一群小孩。华侨女儿心里彻底慌了。

父亲站在傍晚的夕阳里，见对面一个怪异女子率一群小孩走来，心里十分不懂。他直直望着对方，想看出对方要的什么花招儿。

两边的小孩很快会合一起，将两个大人围在中央。父亲说："你是什么人？"华侨女儿听不懂，使劲摇头。父亲说："你摇什么头，你最好不要摇头。"华侨女儿还是使劲摇头。父亲就有些气愤，气愤中他突然想到了两句唱词。他手一指，高声唱了起来："手执扁担街上踩，不杀豺狼我不回……"

华侨女儿的脸白成一张纸。她乱了脚步，从包围中挤出一条路，跌跌撞撞而去。孩子们咯咯大笑。周围一笑，父亲也嘿嘿笑了。

秋天开学，父亲的影响来到了学校。

在班上，我和李加军、吴一生、沈阳光最好。沈阳光胆小，吴一生精灵，李加军憨蛮。四人伙在一起，进进出出的像一串穿着绳子的蚱蜢。那时候，沈阳光着迷于收集糖果纸。他很用功，经常放学后在电影院门口或烟糖商店前低着头走来走去。他收集的糖果纸夹满了书包里的课本。有一天课间在操场上玩，沈阳光得意地将一张孙悟空腾云的糖纸展示给我看。给我看了又给吴一生看，给吴一生看了又给李加军看。李加军看一会儿舍不得丢手，说："这张比'红缨枪'好吗？"沈阳光说："有人给我三张'红缨枪'，我没跟他换。"李加军把"孙悟空"隐在身后，说："我拿弹弓跟你换。"沈阳光说："我不换。"李加军说："只跟你换三天。"沈阳光说："三天我也不换。"李加军说："只跟你换一天。"沈阳光说："一天我也不换。"李加军掏出弹弓丢在地上，大声说："我就是要跟你换！"沈阳光的眼睛淡了一下，望向吴一生和我。我说："沈阳光不会玩弹弓，李加军你拿其他东西跟他换。"李加军想了一下，又想了一下，想不起自己有什么其他东西。吴一生说："李加军你唱一首歌好了。

你唱一首歌沈阳光就让'孙悟空'跟你玩一天。"吴一生这样一说，我们几个嘻嘻笑了。我们都知道李加军最不会唱歌。李加军看看我们，举着头把眼珠移来移去。突然他提起一脚，做了一个孙悟空紧捏金箍棒的动作，嘴中怪怪地唱道："手执扁担街上踩，不杀豺狼我不回……"

我扑上去，与李加军扭成一团。我们俩在地上滚来滚去，一会儿他骑在我身上，一会儿我把他压在身下。正打着，上课铃声响了，吴一生和沈阳光奋力把我们拉开。我爬起来，见自己手背有几道抓痕，摸摸右脸，好像胖了许多。李加军也丑多了，眼角肿起一块，把眼睛比得很小。我们生气地不看对方，慢慢走回教室。

我们一进门，教室一下静了，又哄地笑起来。班主任汤春芳正在低头看教本，听见笑声抬起头，一看我们就火了。汤春芳说："你们给我站住！"我们站住了。汤春芳说："你们这是怎么回事？"我和李加军勾了头，都不作声。汤春芳厉声说："你们这是怎么回事？"我轻声说："李加军骂了我。"李加军马上说："我没有骂他。"我说："你骂了我！"李加军说："我没有骂你！"汤春芳说："我不管你们谁骂谁，骂人骂不痛，也不会把脸骂肿。这次你们是谁先动的手？"李加军指着我说："是他。"汤春芳说："是你吗？"我点点头说："是我。"汤春芳说："那你给我站到黑板跟前去！"

我转过身，把脸抵到黑板上。我的屁股后面，汤春芳开始领读课文。起先挺乱，总有几个声音掉队，慢慢整齐了。汤春芳顺着走道踱过去，又踱回来，好像把我给忘了。我头上慢慢有了汗，鼻子出的气让黑板湿了一块，乌亮亮的。这乌亮的一块缓缓张大，像在黑板上画了一个图。

我贴着黑板站了一节课。

第二天我不跟李加军说话了。我们俩不同桌，座位却挨着。上课时他的胳膊一过我的桌子，就被我狠狠顶回去。顶了两次，他已警觉，僵着姿势不再越过。到第三节，又是汤春芳的语文课。汤春芳讲完课文段落大意，点名叫李加军复述一遍。李加军站起来磕磕绊绊刚回答一半，教室门外伸进一只脑袋，把汤春芳叫走了。汤春芳一走，教室立即乱了，一片兴奋的闹嚷声。李加军瞧着门口，慢慢坐下。不料板凳被抽走，他的屁股直坠地上，砸出一个声响。周围爆起一团嬉笑声。

李加军爬起身，不假思索地揪住我。我们俩又扭打起来，手不够用，又添进脚，将桌子撞得乒乓作响。有同学上来拉架，挨了几下乱拳，忙退回去。又有同学慌着身子跑出教室去叫老师。

汤春芳奔进教室时，我们已停住手。我看不见自己的模样，但能看见李加军鼻子里爬出一条血虫，又吸不回去，用手一擦，花了半张脸。汤春芳脸色铁青，用力瞪着我，不吭声。我连忙说："不是我抽的板凳。"我又说："是他先动手的。"我接着说："要站黑板两个人一块儿站。"汤春芳说："不用站黑板了，明天你把你妈叫来。"我说："我妈不在家。"汤春芳说："那把你爸叫来。"我慌了一

171

下，说："我要站黑板。"汤春芳说："你不用站黑板了。"我坚持说："我要站黑板！"汤春芳说："站黑板了也要把你爸叫来！"

为了见老师，父亲换了一身干净衣裳，又穿上一双新解放鞋，走亲戚似的来到学校。刚进校门，上课铃声响了，一大群学生在他身边跑来跑去，很快跑没了，把一块空地留给他。父亲有些发愣，四周张望一下，见到写着"教务处"的屋子，便进去打听。屋子里的老师说，汤老师正在上课，你等着吧。父亲就出来等着，等一会儿，不安定起来，慢慢沿着走道找过去，竟然找到了我们教室。他从窗框上面往里看，看到了一排排的学生脑袋，又看到了在黑板上写字的汤春芳的背影。他眨了眨眼睛，不敢张声，一直看着汤春芳写字。

同学们见窗外停着一颗脑袋，有些分心。有人认出是我的父亲，赶紧说给别人。教室里响起交头接耳的声音。汤春芳听到动静，转身看了看，瞥见我的父亲。她皱一下眉，捏着粉笔走出门，跟父亲说几句什么。父亲便离开窗口，缓缓走到远处空地上，孤零零地立着。

好不容易下课铃声响了，汤春芳夹着教本出了教室。大家快活起来，抻长脖子望向窗外。几个胆大的同学尾着老师，走近我的父亲。父亲正茫然等着，见汤春芳来了，匆忙露出一个腼腆的笑。汤春芳冲父亲点点头，径自往前走，父亲在后面慌慌地跟着，两只手臂垂下来，几乎不摆动。两人一前一后进了教师办公室。办公室的窗外很快聚了几个同学。

我离开同学，不安地走到场子一角，蹲下取一颗石子在地上画来画去。不久，沈阳光急急地跑来，说："汤老师说你爸光给你力气不给你脑子，得改教育方法呢。"说完，便拔腿跑回去。过一会儿，李加军又匆匆跑来。他差不多已忘记了是他把我父亲招来的。李加军说："汤老师还说你时常不交作业，也不交作文。你爸站着不吱声，光嘿嘿笑着听老师说话呢。"李加军跑回去后，吴一生又跑过来，说："汤老师跟你爸握手，你爸伸出左手去握，握反了呢。"他们就这样跑来跑去，跟我说着那间屋子里的事。一直到下节课铃声响起，他们才停止奔跑。这时父亲从屋子里出来，转着身子认准方位，朝校门口走去。他脸上的表情我没看见。

　　这天晚上，父亲没有多喝酒。他把我叫进他的睡房，说："本来我想饶了你，可汤老师说你不写作文，不交作业，就爱打架，她要我教育你呢。"他又说："汤老师是老师，跟你妈不一样，她的话不能不听。"我说："你怎么教育我？"父亲说："我想不出其他办法，只好揍你的屁股。"我吓得叫起来："你不要这样教育我，你从来不打我的。"父亲点点头说："我以前是没打过你，但现在我不打你，你就会打别人。"我说："要是你不打我，我就不打别人了。你打了我，我还会打别人的……"未等我说完，父亲一把抓住我往床上一扔，扯下裤子，"啪啪"打了起来。他的手掌又糙又硬，拍下来却不很痛。过一会儿，我"呜呜"哭了，泪珠掉在床单上。父亲停了手，说："你哭了，就是说我教育对了。"我抽泣着说："爸，你往后别喝酒了，你不喝酒每天打我一顿吧。"父亲傻了一下，一巴掌狠狠打下来，说："他妈的你敢这样说话！汤老师都没这样说话。"又说："汤老师跟我说话与你妈不一样哩。"

老师找学生家长谈话原是平常事儿，却被父亲看大了，时时回味着。过了两天，父亲又有找汤春芳谈话的欲望。不过这一次是在下午，父亲已经醉了酒。他晃着脚步走进校门，站在场子上有些迷瞪。他记不起哪间教室是汤老师上课的教室。他狠狠想了想，没想明白，就拖着扁担在场子上转了半圈，扁担在地上画出一道弧圈。最后，他决定挨个儿教室去找。

他敲开一间教室的门，出来一位男教师，手里拿着一本书。父亲问："你是汤老师吗？"男教师说："不是，汤老师是女的。"父亲点点头："是女的。你是男的，就不是汤老师。"男老师奇怪地看看父亲，把门关上。父亲走向下一个教室，敲出一个女老师。父亲哈哈腰，尊敬地叫了一声汤老师。女老师吃惊地说："我不是汤春芳。"父亲说："你是又像又不像，要说像，怎么突然年轻了好几岁？"女教师笑起来说："本来我就不是汤春芳。"父亲又说："要说不像，你怎么待在汤老师的教室里？"女教师硬起口气说："这哪里是汤老师的教室，汤老师的教室在那边。"她用手指了指。

父亲走近我们教室，在窗框上抬起脑袋，看到了两天前看过的女人背影。他稍稍有点激动，不等汤老师出来就推门进来了。教室里静一下，哄地闹了。汤春芳正捏着教鞭在黑板上点点戳戳，扭头一看，吃一惊教鞭滑落在地。父亲弓着身子说："汤老师，我来向你报告，我把孩子教育了。"汤春芳糊涂着说不出话。父亲说："这孩子不好教育，我脱下他裤子打了屁股。"同学们嘻嘻笑了，许多眼睛看向我。父亲又说："打了屁股容易长记性，下回就不会忘了作业还有作文……"汤春芳反应过来，做个手势说："请你先出去，下课了再说。"父亲说："我就不出去了，你再教育我几句，你的话好听哩。"汤春芳的脸红一下，马上沉下来，说："你给我出去！"父亲摇头说："我不出去，我要听你说话。"汤春芳走到我桌前，说："你把他领走！"我默默站起来，走到父亲跟前，拽他一下。父亲一把将我拎开，我从父亲身前一下子到了父亲身后。父亲说："你这孩子不懂事，我跟你老师说话哩。"汤春芳气急地说："我不跟你说话！"一个同学叫道："王才来，我们老师不跟你说话。"父亲指着地上的教鞭说："这棒棒太短，你用我的扁担。"汤春芳愤怒地说："我不用你的扁担！"那个同学又叫道："王才来，我们老师不用你的扁担！"跟着其他同学也嚷起来："王才来你醉了！""王才来，我们不用你的扁担！""王才来你出去！""王才来……"

教室里乱了，我脑子也乱了。我撇下父亲，低头走出教室。我走过学校的场子和大门，走过挨着小河的石板路，走过一座石桥，来到了街上。我在街上站一会儿，不知道自己要干什么，就继续走。我从西门走到东门，从东门走到北门，又从北门走回西门。天色慢慢暗下来，街上行人的身子也慢慢暗下来。我把自己走累了。

回到家中，父亲已在屋里。他没有开灯，就坐在竹椅上睡着了，呼噜声在昏暗中浪一样响着。我拉开灯，站在父亲跟前，看着他脑袋吃力地歪向一边，收回来，又歪向一边。我鼻子一酸，差点流下眼泪。但我想了想，马上忍住了。我爬上楼阁，在一排尿瓶中取过一瓶，看一看，又放回去，捡起一只更满的瓶子抱在怀里，慢慢走下竹梯。这时父亲已扳正脑袋，正缓缓向一边歪去。我没有犹豫，拉开瓶塞将瓶子举到父亲头上一斜，尿水哗哗流下。因为受到水流冲击，他的脑袋一下子歪快了。

父亲闹过课堂后，他的影子像鼻涕一样在教室里到处可见。一个同学向另一个同学借铅笔，另一个同学会说："我的棒棒太短，你用我的扁担。"原先的同学就说："我不用你的扁担，我还是用你的棒棒。"几个女同学在踢毽子，见我走来，突然忘了半空中的毽子，低了头咪咪地笑。课间休息过后，黑板上会出现一个鞋底样的脑袋，一点儿也不像我的父亲，旁边却歪歪扭扭写着：王才来。

现在我不能处处生气。我只能等着班里出些新鲜事儿，把父亲冲淡。过一些天，真的等来一件事情，学校要办演出。我们班分到一个节目——合唱《智取威虎山》里一段"我们是工农子弟兵"。每天下午放学，我们就留下来跟着汤春芳一句一句吼唱。唱了三天，学会了，然后点名站队。汤春芳点一个名字，名字的主人便起来站到黑板前。汤春芳点着点着，差不多把座位点空了，也没点到我的名字。

剩下的几个人都慌了。一个小个子同学突然大声说："为什么不让我唱？"汤春芳说："你个子矮了。"我说："我个子不矮。"汤春芳看看我说："你不像个工农子弟兵。"

演出这天上午，唱歌的同学穿着新新旧旧的小军服来上学，装了一教室的绿。上课起立时，教室里乒乒乓乓立起一大群"解放军"，引出一片笑声，半天静不下来。吃过午饭，汤春芳让大家待在教室里，她挨个儿给上台的每张脸涂上两抹红。不一会儿，我的周围到处都是红扑扑的脸，相互看着笑。他们一笑，就一点儿也不像原来的脸。

下午演出前，天突然下起雨，把场子里的临时舞台浇透了。化过装的同学纷纷拥出教室，在走道里抬头望雨。雨紧紧松松，却没有停住的意思。这样等了一会儿，终于传来通知，今天的演出改为明天。同学们收了头失望一阵，想想明天，很快又高兴起来。他们跑回教室，又练了几遍合唱，等着雨停。

雨停了，我与吴一生、李加军、沈阳光一道回家。他们穿着军装，腿上便长了力气，走得很快。我在后面随着，见他们的样子并不好看。李加军裤子太短，露出一截脚腿。沈阳光的衣服太大，盖住了整个屁股。但他们正在兴头上，见有人走来，李加军突然唱了一句，吴一生接了一句，沈阳光也跟了一句，轮流着把演出的歌唱完。我的脚步渐渐慢下来，看着他们越走越小。沈阳光发觉了，回身向我招手。我不理他，仍然慢慢地走。

第二天下午，我没留在学校看演出。我不知道怎么打发这块时间，只好一路踢着石子回家。走到石桥时，我突然看见桥洞里钻出一条小船，把河水晃了几下。这时我记起了母亲。我不想踢石子了，我应该去找母亲。这个想法让我的心使劲跳了一下。

我来到对着母亲厂子的河边，等渡船过来。可这时不是下班时间，渡船的影子不会轻易出现。我坐下来，静伏了心慢慢等着。天气已凉，河面上吹来一阵冷风，把我的衣裳撑大，还让我身子抖了几下。我竖起双腿，把书包抱在怀里，这样觉得风小了一些。我开始去想母亲。我想了今年夏天的母亲，又想了去年的母亲，还想了去年的去年的母亲。我一年一年往前想，把母亲想得很远。

不知待了多久，河面上渐渐暗淡，估摸已过下班时间。我站起来，把手括在嘴边，可着嗓子喊了几声妈妈。我的声音喊出去，立即被风吹了回来，像盐被水化了似的。我泄了气，心想再等一碗饭工夫，我就回家。我在心里把一碗饭刚吃掉一半，渡船竟然出现了，只是渡船上没有身影，像是空的。我吃了一惊，眨眼再看，船上还是有一个瘦的影子，原来是传达室的瘦伯。

瘦伯迈上岸来，见了我，有些奇怪。他说："你好像是方桂琴的儿子？"我使劲点头："我要找我妈。"瘦伯说："你妈不在厂子里。"我想一想说："那我明天来。"瘦伯说："明天你妈也不在。"我说："那我后天来。"瘦伯说："后天你妈也不在。"我不明白地看着瘦伯。瘦伯说："你替我去买包烟，回来我就告诉你怎么回事。"他掏出钱，未递到我手里又缩了回去，叹口气说："算了，你不替我买烟我也告诉你——厂子停工了，大家都不用来上班了，你妈也不用来上班了。"

在那个秋天，我学会了逃学。当觉得没意思了，或被汤春芳罚了站黑板，我就让自己别去学校。我把多出的时间花在其他事情上，譬如看大人钓鱼。每次在河边，总有几个沉着的男人，他们的手和手中的钓竿一动不动。风吹来了，他们的身子不抖一下，太阳斜了，他们也不抬头看一下。当我以为他们永远不动的时候，其中一个人却突然活了，鱼竿被提起来，一条大鱼在空中弹来弹去，甩出许多水珠。这种情景把我迷住了，我常常不声响地在旁边待上一下午。

那些日子，我回家就是为了吃饭和睡觉。每天上午，父亲趁着清醒做一锅饭，再做一锅菜。中午，我把饭菜热一遍，吃下。到了晚上，我又把饭菜热一遍，吃下。父亲的饭老在干稀之间，像粥又不像粥。父亲的菜一猜就准，不是冬瓜就是豆腐。有一阵子，我在课文里找来找去，想找出一个难听的词用在父亲的饭菜上，可没找到。

晚饭以后，父亲会喷着粗气对我说这说那。等他说走了神，我抽身就上了楼阁。这时，床铺成了我喜欢的地方。别人害怕黑暗，我不害怕。躲在黑暗中，我可以想些有趣的事让自己高兴，想着想着就睡着了，于是把高兴也带进梦里。

秋天深了，深得很透时，就变成了冬天。慢慢地，我梦里的高兴越来越少，我在被子里的身子也越缩越小。终于有一天，一股冷意进入我的梦乡，把梦中的东西变成了冰块。第二天起床，我一眼看到床头窗户多出一个破口。原来这窗户像一个"田"字，有四个口，其中一个口玻璃没了，用纸糊上，眼下这层纸被风吹开了。要是以前，父亲会很快买回一块玻璃，然后搬出工具箱，把玻璃钉好。那只工具箱能变出许多东西，也能修好许多东西。可现在父亲已很久不用它了。这天晚上，我用饭粒粘了纸，把窗户重新贴好。想一想，又在外面糊上一张。可两张纸也没能让我踏实。我躺在床上，不去想有趣的事儿，而是支起耳朵去听窗纸被风吹动的声音。窗纸抖着，噼噼啪啪，好像破收音机里的杂音。杂音虽然很轻，可慢一阵快一阵，拎着我的神儿。正困得挺不住，杂音里像是响起一声咳嗽，窗纸裂开了。冷风团团围住了我。

我抱起被子，下了楼梯，走进父亲的睡屋。屋子里灯亮着，父亲已歪着身子睡熟。我熄了灯，在父亲旁边躺下。黑暗中一股酒的酸味明显起来，同时呼噜声变大了，蹿上去，滑下来，又蹿上去。我睁着眼睛，以为睡不着，却慢慢睡着了。只是睡中老有声音响着，像是班里同学在合唱。

第二天，我在楼阁对着窗户重新看一遍，又下楼在灶间瞅了瞅，然后推开杂物间的门。屋子里挺亮堂，四周靠墙堆了些杂物，中间地上摆放着祖父的寿棺。棺材又大又黑，一头写着"福"字。因披着灰尘，看上去有些暗，用指尖一划，亮出一道漆光来。棺盖虚盖着，使劲一推，露出一个口子，能看见里面朱红的板壁。我绕着寿棺走了一圈，不觉胆大起来。我在心里对自己说："这屋子放着棺材，还是比楼阁好。"接着我说："我说得对。"

晚上，我把褥被搬到杂物间，铺在寿棺的旁边。现在，屋外的风会很大，发出"呜呜呜"的声音，但跟我没有关系了。父亲的呼噜声会更大，发出"噗噗噗"的声音，也跟我没有关系了。想到这些，我在被窝里高兴起来。有了高兴，就顾不上害怕了。没了害怕，我很快沉沉睡去。半夜醒来一次，看着棺材，也没有惊怕，只是心里有些异样。

这样睡了些日子，天越来越冷。被子盖在身上，像是越盖越薄。有时在被子里待了很久，两只手还是冰凉的。用手去摸摸脚，更加冰凉。后来我想出一个方法，进被子前不脱掉衣服。这个方法在前半夜挺好，到下半夜就不管用了。下半夜我会不情愿地醒来，在被窝里一阵乱抖。尽管我在心里说些高兴的话，劝自己别抖，但我的身子真不容易劝住。这时，我睁开眼睛看见了棺材。看见棺材我又想起一个方法。我站起身，把棺盖推开，将被子和褥子抱进棺材，然后把自己的身子也扔进棺材。现在我躺在被窝里，感到暖和多了。

父亲一天中的清醒时间越来越短，糊涂时间越来越长。一日，父亲感到腰部有点痛，就站在衣柜镜前，撩起衣服往屁股上方打上一张黑乎乎的膏药。第二天醒来，他找遍全身找不到膏药。他难过地想，我还没喝酒就找不到东西了。到了晚上，他经过镜子时看见了上面的膏药——膏药昨天打在了镜子里的父亲身上。父亲思考半晌儿，自然想不明白，就愤怒起来，一拳砸在镜子上。镜子立即变成四块，好在有膏药粘着，没有掉下来。从此父亲往镜子前一站，就看见里边的人被切成一块一块，一点儿也不像自己了。

这一天，父亲把更大的差错犯在了码头上。他挑着两只麻袋，从城北码头走到坡顶喝过一杯酒，又从坡顶走到城南码头。这时轮船早已候在那里，船舱里像是装着许多声音。父亲不敢耽误，赶紧把一只麻袋送上甲板，接着又把另一只麻袋送上甲板。他刚走下来，轮船就长叫一声启动了。父亲站在码头上，一边提袖擦汗，一边看着渐渐离去的轮船，心里充塞着满足感。这是父亲一天中最踏实的时刻。就在这时，父亲猛地记起，货主还没给钱，整整五角的挑货钱。父亲泄一下气，马上又提起来，拔腿向轮船追去。这个突然的举动让码头上的其他人大吃一惊。他们看着父亲笨拙的身子没头没脑地在河岸上奔跑。

父亲开始跑得很快，眼看着追近了，他的脚步慢下来。慢了一会儿，见轮船渐渐变远，又使劲加快脚步。父亲就这样快快慢慢，把自己跑得气喘吁吁。船舱一侧的方窗里挤出许多脑袋，奇怪地看着岸上跑步的男人。他们不明白这个男人要干什么。那个货主坐在甲板上，屁股下面垫着两只麻袋，他也不明白父亲要干什么。这时父亲跑得太急，打了个趔趄，差点摔倒。船上的人哈哈笑起来，那个货主也跟着哈哈笑起来。

父亲远远瞧见那个货主稳着身子看自己跑，还哈哈大笑，心里非常生气。他边跑边喊："停下来，停下来，你他妈还没给钱呢！"他的声音在风中扑出去两米，马上落到身后去了。那个货主仍定定坐着，脸上的肉笑得挪来挪去。父亲又喊："你他妈别笑，你他妈笑了也得给钱呀！"父亲边跑边喊，脚步更慢了，气喘得更快了。他跑步的样子越来越难看，最后腿一软，跪在了地上。他一边喘气一边撑起脑袋去看轮船。轮船在他眼里渐渐变小，不一会儿就变没了。

父亲花了很长时间走回码头，捡起扔在地上的扁担和绳子，心里感到憋屈。本来五角钱不算什么，但该给的不给，还让他跑得满头大汗，还看着他笑得满脸抖动，这放在以前，只有资本家才干得出来。一提资本家，父亲又想到小时候的自己，想到一去不回来的父亲。这样父亲更难过了，觉得身上的力气全跟着汗水跑走了。

太阳已经偏西，大船不会来了，偶尔有小船运来一些货物。码头上的人慢慢散去，父亲也硬着脚步往回走。现在，他身上的汗水变得冰凉，冰凉被围在棉衣里出不去，就顺着皮肤上上下下地窜动。好在这时他已走上坡街，望见了坡顶的杂货小店。

店主见父亲走来，忙在柜台放上酒杯和花生。父亲抓起酒杯，抿了一口，又抿了一口。抿过三口以后，他没有跟店主说话，这似乎与往常不同。店主正在纳闷，父亲说话了。父亲说："再给我舀一杯。"店主马上知道这次确实不一样了，他从酒坛里给父亲又舀了一杯。父亲很快将酒喝下，又说："再给我舀一杯！"店主眨了眨眼睛，身子不动。父亲大了声音说："再给我舀一杯！"店主转身又舀了一杯。父亲喝酒的时候，常常忘了花生。他喝掉三杯酒，只吃掉一把花生。完了，父亲掏出三角钱放在台面上。店主说："还得给你两把花生……"父亲将手一挥，让店主不明白什么意思，随后父亲涨红了脸走出小店。虽然多花了钱，但现在他心里舒坦了，身上也有了热气。

父亲顺着坡街往下走。一阵风吹来，把他的身子吹得晃了晃。在晃动中，父亲心里生出一些想法。父亲很想说话，只是一时找不到由头。这时他腹中一股东西顶上来，有了紧迫感。父亲就笑嘻嘻地对自己说："你流了那么多汗水，可你还留着尿水。"他走到路旁一棵树下，哗哗撒了起来，尿水有力地溅到解放鞋上。尿尽，他舒服地提提裤子，却忘了把东西塞回去。一条肉挂在了裤裆外边。

天已淡下来。父亲走在暗色中，不断有人同他迎面而过，但谁也没发现什么。直到走过一盏昏暗的街灯，才忽然有人惊叫了一声。父亲转动脑袋，找到那个声音，原来是位细高的姑娘。父亲就问："你喊什么？"但细高姑娘一声不吭躲开了。接着父亲听到了第二声惊叫，那是一个很胖的女人发出的。父亲又问："刚才有人喊了一声，你也跟着喊了一声，你们到底喊的什么？"胖女人不搭理他，却跟旁边的男人说句什么，立即有笑声尖亮地响起来。父亲站住了。他看见前面凑近许多人，先是瞪大眼睛，然后哈哈大笑，把眼睛都笑没了。不一会儿，他的周围全是扭着身子大笑的人，一些人边笑边蹲在地上，大口地喘气。

父亲见那么多人看着自己高兴，也跟着高兴起来。他刚想说什么，有人走过来说："王才来，你行行好，把东西收起来吧。"又有人走过来说："王才来，天这么冷，别把东西冻坏了。"接着有人说："王才来，你又不是狗，怎么能这样把东西甩来甩去呢？"

我是在放学路上听到父亲出丑消息的。那天我一路踢着石子，走得很慢。走到街上，过来几个人，脸上笑吟吟的。他们中有人认出我是王才来的儿子，就上来堵住我说："喂，你爸王才来……"话没说完，笑成了一团球。旁边的人也绷不住，边笑边嚷嚷。我听明白了，不理他们，照旧玩着石子慢慢地走。待他们离开，我才一脚踢飞石子，撒腿往家跑。

我喘着气推开门，父亲还没回来。我拉开灯，像只受伤的野兽在屋子里转了一圈，目光停留在门闩上。我不想见到父亲，我再也不想见到父亲了。这样想着，我伸手把木闩"啪嗒"闩上，然后懊丧地坐在竹椅上。昏淡的灯泡挂在屋顶，把我的影子定在地上，一动不动。

过了一些时候，屋外响起父亲杂乱的脚步声和喘息声，接着响起重重的拍门声。拍过两下，父亲"噢"了一声说："原来屋里没人。"但屋内灯光经过一条门缝泄出去，在父亲脸上劈了一条线。父亲顺着这条线凑到门缝前，一下子瞧见了我。他马上叫起来："原来屋里有人。"跟着他叫道："小兔崽子你快开门！"

我身子轻轻动了一下，却没打算站起来。我在等着门上的声音。果然，门上很快热闹起来，先是拍门声，再是捶门声，然后是踢门声。这些声音伴着父亲嘴里嘟嘟囔囔的声音，杂成一片。过一会儿，父亲像是累了，把手脚停下，嘴巴却不停下。他叫道："他妈的我口渴了，我要喝水！"

　　我站起身，取过水瓢从水缸里舀了水，举到门前。我说："你看看，我给你拿水来了。"门缝暗下一段，显然父亲把眼睛贴在了上面。我手一抬，将水泼向门缝。父亲呀了一声，跳开身子，门缝又亮成长长一条。

　　愤怒的父亲开始用身体撞门。他退后几步，像一只球抛向门板。门颤了颤，球弹了回去。父亲定定神，给身上添了力气，这次他像一只麻袋扔向门板。门"咔嚓"一声，被猛地甩开，斜挂在地。一股冷风涌了进来，跟着父亲喘着粗气走了进来。

　　门这样容易撞开，让我乱了方寸。我拿着水瓢的手垂下来，不安地站在那里。父亲瞪着眼睛看我，慢慢从我眼中看出了惊慌。我扔掉水瓢转身想逃，却被竹椅钩住，一块儿摔倒在地。

　　父亲一手拿着绳子，一手拎着我的衣领，气冲冲地走向睡屋。他把我扔到床上，很快绑了我的手脚，然后把我身子架在窗户上。不一会儿，我的手脚被打开，像母亲那样贴在铁栏上，在上面写了一个"大"字。父亲干这些时，像在码头上对付货物一样麻利。干完了，他得意地拍拍手，坐到床上，眯着眼睛看我。看着看着，他的脑袋慢慢垂下，嘴里爬出一线涎水，同时呼噜声使劲地响起来。

父亲一睡去就很难醒来，我不害怕了。我使劲挣儿下，弄痛了手脚，没松动绳子。天已彻底黑了，我前面是暗透的巷子，背后是昏黄的灯光。我的样子像是撑开身体，硬将黑暗与灯光隔开似的。巷子里时不时有人走过，好奇地瞧瞧我，知道是父亲干的好事，便摇摇头走开。他们没有像上次看母亲那样停下来瞧热闹，他们也忘了用手帮帮我。这样过了一会儿，两个跟我一般大的男孩出现了。他们先是仰头不明白地看我，看了半晌儿，像是看明白了，就嘻嘻地笑起来。我赶紧说："你们爬上来，把我的绳子解开。"他们刚要摇头，我又说："我可以给你们糖。"一个男孩说："你先给糖，我们就把你的绳子解开。"我说："不把绳子解开，我的手脚就动不了，手脚动不了怎么给你们取糖。"两个男孩互望一下，心动了。他们中的一个蹲下身，将另一个顶上窗台。爬上来的男孩探头往屋内看，看见了靠在床上的父亲，又嘻嘻笑起来。我说："别笑！"男孩不笑了，伸手解我的绳子。解了半天，解开了。我的一只手脱出来，去帮另一只手，接着两只手一起去帮两只脚。

我跳到地上，在父亲衣兜里摸出一只钢镚儿，递给窗台上的男孩。男孩跳下窗台，与另一个男孩欢喜着去了。我关上窗户，回到父亲跟前。现在该我来对付父亲了。我站在那里，脑子还没怎么想，就跳出一个主意。我把这个主意琢磨一遍，觉得挺合适的。

我走到门口，拔掉门闩，那被撞坏的门直直跌倒在地。我抓住门角，将门板拖进睡屋，摆在床的旁边。这时父亲身体搁在床上，双脚伸出床外。我轻轻一推，父亲滑出床铺，横在门板上弹跳了一下。我看看父亲，呼噜声似乎更卖力了。我沉沉气，双手攥住门板顶部一掀，父亲一骨碌滚出一米多远，却没有醒来的意思。我把门板拖到父亲一侧，把父亲身子拱上去，再一掀，父亲又滚出一米多远。这样一米又一米，父亲的身子滚出睡屋，滚过灶屋，进了杂物间，在寿棺旁边停下来。

我的力气比我想象的要大。

我在寿棺边放一张凳子，把门板的一头搭上去，形成一个斜坡，然后把父亲推上去。父亲在斜坡上不安分，刚放好，滑下来，再放好，又滑下来。试过几次，终于定住。我吸一口气，缓缓抬起门板的另一头，这样门板就像一副担架挨近敞开的棺口。我用劲往棺口一倾，父亲的脑袋和半个身子滑进棺内，两条腿则搭在棺外。我一拨拉，两条腿也进去了。现在，父亲躺在我的被子上，手脚顺了，呼噜声也更壮了。呼噜声中，一只苍蝇飞进棺内又慌乱飞了出去。

我把棺盖搬上棺口，挪动几下，弄贴合了。父亲的呼噜声立即小下去。接下来要做的是钉棺。我四处找了找，找到工具箱。工具箱内有我所需要的榔头和钉子。我拣出最长的钉子，比画一下，定住位置，"砰砰"敲下去。我的力气比自己想象的要大，一下一下能敲出均匀好听的声音。只是身子出了大汗，每敲一下，脑袋上会飞出许多细珠，溅在钉子周围。我在棺盖两边各钉三枚钉子，其中一枚走歪了，在沿边探出头，我又补钉了一枚。

干完这些，我想了想，还得在棺肚上弄些小孔。我对自己说："我还需要一把凿子。"一边说着，一边在工具箱里翻几下，真的找到一把细长的凿子。我高兴了，很快在挨近父亲脑袋的棺板上凿出几个洞孔。不用说，父亲的呼噜声马上从洞孔里挤了出来。

现在我累了，好像比什么时候都累。身上的汗收了，有些冷。我走出杂物间，进了父亲睡房，未脱衣服就在床上躺下。父亲的床有股异味，激得我清醒了一下，马上又被倦意盖住。倦意是从脚部开始一截一截往上走的，先是小腿，然后大腿，然后肚子。到达胸膛的时候，我突然记起，灶间没有了门，杂物间却多出一块门。我爬起来走回杂物间，把门板拖出来，横在灶间的门框内。这样虽不算关上门，但也不能算开着门了。然后我回到床上，很快沉沉睡去。

半夜，一阵激烈的声音跑进我的睡梦，把我摇醒了。我弹开眼睛，立即听出是父亲的叫骂声和对棺板的撞击声。这两种声音加起来不算响亮，可在梦中显得特别扰耳。我静了一会儿，慢慢闭上眼睛。一闭上眼睛，声音立即又大了。

我爬起来，走进杂物间拉亮电灯。棺材里的撞击声马上停了，父亲的说话声继续嗡嗡响着。父亲说："小兔崽子，你终于醒了，醒了就赶紧把我弄出来。这地方太小了，刚才我醒过来，我还以为我已经死了。我的手脚伸不开来，我的身子坐不起来，我的气也喘不过来，我明明活着，你却让我睡在死人待的地方，你他妈真干得出来。"父亲又说："你还愣着干什么？我知道你在上面钉了钉子，现在你用榔头的羊角卡住钉子，一撬就出来了。你有力气把钉子敲进去，就有力气把钉子拔出来。我在里边躺着，我什么也帮不了你。"停了停，父亲又说："你为什么还不动手？我难受极了！我口渴得厉害，我想喝水，我肚子也胀得厉害，我想撒尿……"

父亲一提撒尿，我就把睡觉前的事全记起来了。我说："王才来，你把尿撒在裤裆里吧！"我这么一说，父亲就不说话了。他开始用拳头捶打棺板。他先捶了左壁，又捶了右壁，然后两只手一起去捶棺盖。棺盖一下一下颤着，蹿起一批灰尘。我回过神来，忙取了工具箱，拣出榔头和钉子，在棺盖两边又加几枚钉子。我敲钉子的时候，父亲把手停住，但嘴里喊道："小兔崽子，我非宰了你不可……"

加过钉子，我回到床上。第二天醒来，太阳已经白了。我起床走到杂物间门口，往里看了看。棺材黑黑地静着，跟往常一样。几只苍蝇在棺盖上起起落落，也是光有动作没有声音。

我背起书包，跨过横着的门板，朝学校走去。到了学校，已经迟到，同学们都拥在场子上做广播操。我站在教室里，透过窗户看同学们。他们举了手，踢了腿，又跳几下身子，然后哗地四下散开。我走回课桌坐下，等着哪位同学提起昨天父亲出丑的事。我想无论谁一开口，我会跳起身狼一样扑上去。脚步声和说话声拥进教室，分散在各个座位。一些同学继续着操场上的纠纷，在课桌间乒乒乓乓地追打。

谁也没注意我，谁也没冲我做怪脸什么的。我知道，有关父亲的故事也许在下午，也许在明天才能传到学校。

上课铃声响了。前两节是算术课。老师把两只手撑在教台上，嘴巴一动一动地讲着作业题。他的话没有逗号，也没有句号，像是说着一句很长很长的话，赶着我走神儿。后来老师在黑板上写了几道算术题，让同学上去做。很快我听到自己的名字，就站起身走到黑板跟前。可我什么也没有干，傻了一会儿转身走回座位。老师不满意地看我一眼，叫了另一个同学。那个同学上去在等号后面写上一个数字。

第三节是语文课，汤春芳先评讲作文。她读了一篇作文，说这一篇好。又读了一篇作文，说这一篇不好。接着她叫出我的名字，说："这一次你又没交作文。你爸打了你屁股，还是打不出一篇作文。"周围响起一些笑声，我把头低下。汤春芳提起声音说："现在我再布置一篇作文，题目就叫'一件小事'。一件小事大家都遇上过，因此谁也不许赖着不写。"

说完作文，汤春芳开始讲课文。这一次她要讲一个烧炭的故事。她说有一个叫张思德的战士上山烧炭，烧了很多炭支援前线。有一次烧炭的山洞塌土，把他埋住，再没有出来。他死了，毛主席给他开追悼会。毛主席说，有些人死了重于泰山，有些人死了轻于鸿毛，张思德死了就重于泰山。汤春芳把教室看了一圈，问："张思德死了重于泰山，哪些人死了轻于鸿毛？"

一个同学站起来回答："地主死了轻于鸿毛。"沈阳光站起来补充说："资本家死了也轻于鸿毛。"其他人纷纷嚷起来。吴一生说："不小心掉进井里淹死也轻于鸿毛。"李加军说："喝酒喝死了也轻于鸿毛。"

我的心怦怦跳快了。我突然想起早上父亲躺在棺材里没有一丝动静，要么他睡着还没醒来，要么他想醒来却醒不过来，像张思德那样。这么一想，我的身子就硬了。汤春芳再说些什么，我一点儿没听进去。我的耳朵只注意一个声音，就是下课的铃声。

铃声终于响起。汤春芳正要接着说下去，见我已搂着书包离开课桌。汤春芳喝一声"站住"，没拦下我的脚步。我跑出教室，跑出校门，跑过石板桥，跑过一段街道，拐进了小巷。小巷里正并肩走着两个人，我径自往他们中间撞去。他们都吃惊地往旁边闪了闪。我跑近家门，把横着的门板往里一推，发出倒地的声响。我踩着门板奔入杂物间，在棺材跟前猛地停住。我的喘气声大得可怕，听起来像是在呼呼刮风。

我一边听自己刮风，一边想怎样才能弄明白棺材里的情景。正迟疑着，父亲说话了。父亲一说话，我就知道自己白跑了。他不但活着，还活得挺精神。

父亲说："小兔崽子，这会儿该是中午了吧？我黑乎乎地待着，不算计还以为是在夜里。现在我的力气是越来越小了，你让我喝不上水，吃不上饭，也喝不上酒，你就给我一点点空气。你光给空气，不给酒饭，就是给我加倍的难受。你真他妈出息呀！还想得出在棺材上

192

挖小洞，你干脆憋死我算了！"父亲又说："现在我满肚子都是悔心的事。我不该背方桂琴她妈去治病呀，不背她她就不会把方桂琴嫁给我，方桂琴不嫁给我就不会生下你，不生下你我也不会躺在棺材里。我也不该留着这口棺材。我知道父亲不会回来了，我留着它干吗？我留着留着就留给了自己……"

父亲还在嗡嗡嗡地说着，我转身去了灶屋。现在我饿了，我的肚子欠着早饭和中饭。本来我可以上街买些吃的，但昨天把父亲兜里的钱也钉进了棺内，所以我只能自己做饭。我把米和水放在锅里，点着煤油炉，然后在一旁静静等着。等一些时候，饭熟了，揭开锅盖，腾出一团蒸汽。我把米饭盛在碗里，又添上猪油和酱油，这样米饭看上去就又亮又红。我大口吃起来，吃得满嘴酱红。我边吃边对自己说："我吃着酱油饭，可王才来什么也吃不上。"

吃过饭，我不想待在家里，也不愿意去学校，就到了河边。天冷了，河边钓鱼的人也没有了。我无趣地蹲在河边，把手伸向水里，冰凉让我的手立即缩了回来。我站起身，把水珠擦在衣服上。这时我看见远处坐着一个人，瞧过去像是河边放着一只绿色的球。我慢慢走过去，绿球变成一件军大衣，披在一位胖老头身上。胖老头木木地坐着，脚下向河里伸出一根很长的鱼竿。他的身后放着一只网住的脸盆，里头一条鱼也没有。我不想跟胖老头搭腔，就拣一个稍远的地方坐下。

不知过了多久，我站起来把发麻的腿弄活，走向脸盆。脸盆里现在游着几条鲫鱼，眼睛瞪得很圆，嘴巴一张一合。我看一会儿，正想走开，胖老头背对着我突然说："你随我坐了那么久，就拿一条鱼去吧。"我吃了一惊。先前我经常看钓鱼，可谁也没有送过我鱼，再说我还没学会把鱼做成好吃的菜呢。胖老头又说："天这么冷，不要来河边看鱼了。你拿回家自己养着看吧。"胖老头这么一说，我心动了。我往脸盆里看看大的，又看看小的，然后捉了一条不大不小的。我把鱼兜在衣摆上，撒腿往家里跑。我一边跑一边顾着怀里的鱼，样子有些难看。几个路人停住脚步，奇怪地瞧我。

我跑进屋，把鱼放在脸盆里，加入清水。鱼一挺身子，活过来了。盆底印着红黄两朵花，鱼在花瓣上游来游去，很自在的样子。我摸摸鱼的脑袋，它一甩尾巴，拨我几粒水珠。我把脸盆端进睡屋，搁在板凳上，然后坐在旁边静静地看。看着看着，我的心慢慢亮了。

晚上没事可干，我把自己早早塞进被窝。灯泡暗暗地亮着，周围静透了，静得屋子大了许多，我的身子小了许多。这时，我能觉出我的心窝处爬出一条虫一般的东西，它缓缓地在我身体上爬行。它爬向我的左臂，我的左臂酥了。它爬向我的右臂，我的右臂酥了。我知道，这爬着的东西叫惊慌。

忽然，仿佛要证实我的惊慌似的，寂静中响起父亲的号叫。那是一种非常古怪的声音，先是又尖又哑，一声一声地砸在空气中，接着变得凄长，像是在风中吊嗓子似的。我从来没听过这样难听的声音。它从隔壁传过来，音不大，却很撕人。

我爬出被窝，披上衣服，走到杂物间门口往里看了看，黑暗中冒出的声音让我有些害怕。我想对父亲连说三句"你别叫了""你别叫了""你别叫了"，可我一句也说不出来。我走回睡房，不安地在屋子里转了一圈，屋子的每一个角落都挤满了父亲的声音。这时凳子上的脸盆发出搅水的声响。我凑近一看，那条鲫鱼在脸盆里不停地兜着圈子，还时不时慌乱地拍打一下清水。过一会儿，父亲的声音停住，鱼儿也歇了。再过一会儿，父亲的声音又响起，鱼儿又拼命地游动。原来鱼儿也怕难听的声音。

　　父亲的号叫停停响响。我回到床上，用被子蒙住脑袋，可父亲的声音顽强地钻进来，没完没了，我只能在声音间歇时松一口气。父亲每一次打住，我都以为他累了，不会再叫了。但我刚要蒙眬睡去，声音又突兀地响起，把我的睡意扯碎。

　　不知过去多久，父亲的声音彻底停下，可我已睡不安生。我的脑子里全是梦。在梦中我站在路旁，看着一支出殡队伍经过。队伍很长，一眼望不到尾。很快棺材过来了，由四位抬夫吃力地抬着。棺材旁边随着几位身着丧服的男女，一路哭哭啼啼。我见他们这样伤心，就跟着走。走着走着，我也哭了，哭得比谁都响。周围的人都有些奇怪。一个女人止住哭，不满地对我说："你是谁？我们都不认识你，你为什么也跟着哭？"我不知道自己为什么哭，就把哭声收了，但心里还是伤心。队伍到达坟山脚下，慢下来。人们四散开来，看抬夫们往山上抬棺。山坡很陡，抬夫们在一条红泥小道上拼命把棺材往上

195

拱，腿脚挣得很直。抬到山腰的时候，抬夫们的腿脚渐渐吃不住劲，后面的抬夫突然跪在地上。棺材滑落在地，撞开抬夫们的手脚，顺着山坡碰碰跳跳地向下滚去。所有的人都张大了眼睛或者嘴巴。大家看着棺材越滚越急、越滚越远，最后变成几块四溅的碎片……

梦醒了，我僵在床上半天不能动弹。天还黑着，可我不敢睡过去，我怕自己再次掉入恶梦里。我睁着眼睛，等着窗户一点点地变白。

天亮了，我慢慢起床。经过脸盆时，我身子一紧。我看见鲫鱼露着肚白漂在水面——它被父亲夜里的声音惊死了。

我走进杂物间，站在棺材旁边。经过一夜的叫唤，父亲的嗓子静下来了。棺材里没有一点儿声音。阳光穿过窗户闯进幽暗的屋子，恰好在棺肚上形成一块光斑。这块光斑缓缓移动，最后照在棺板的洞孔上。我把眼睛凑近洞孔，想看看里边的动静。但我脑袋靠上去时，光斑留在我的后脑勺上，我的眼睛什么也看不见。我把脑袋收回来，光斑又出现在洞孔上。我站在那里，看着那块光斑走过洞孔。

这样站一会儿，我不放心走开，又不知道干些什么好。后来我记起了作文，我觉得自己应该写一些字。我到睡屋取来书包，又搬来凳子和竹椅，然后坐在那儿写起来。我先在本子上写下题目"一件小事"，再慢慢写着：

那一天，父亲又喝醉了，他打了我，我很生气，我把他关进了棺材里。现在，父亲在棺材里已经待了两天，他没吃上饭也没喝上水。我很害怕，我知道这样不好，但我不敢把他放出来，放出来他一定又会打我，打我不算要紧，他还会干出别的丢脸的事。这些天，父亲一天到头喝酒，脑子没有醒过，他老干一些让人脸红的事。因为他，别人都来笑话我，同学们也来笑话我。我替父亲难过，很难过很难过。

以前父亲不是这样的，以前他对我好。记得小时候，父亲每天傍晚要花时间跟我在一起。他喜欢背着我走许多路去看田里的东西，教我认那些花花草草。他还喜欢带我去看操场电影。看电影时，我骑在父亲脖子上，一会儿看看银幕上的人，一会儿看看周围比我矮的人，心里很快乐。有一次，我们在看一部好看的电影，我瞧见父亲偷偷擦了眼睛，我发现，父亲流泪了。父亲还指着电影里一个人影对我说："这个人好，我要学着他做人，你以后也要学着他做人。"那时，我相信父亲的话。那时，父亲满身上下的肉都是硬的，很结实，说话也有劲。那时，我多么喜欢说话有劲又会偷偷掉泪的父亲……

这么写着，我眼睛里温温的。我一眨眼，泪水就掉了下来。

他 人 的 房 间

一

冬日的午后阳光薄薄的，一点儿不闹。即使是腊月二十七，这个小区也瞧不出准备过年的张扬样子。郭家希拖着一只有点老去的行李箱，坐电梯上了九楼，敲开江溢新房子的木门。

江溢和妻子用饱满的笑容欢迎他，他们两岁的儿子则用好奇的目光研究他。寒暄几句后，江溢便引着他看房间，主卧、次卧、书房、客厅、餐厅。转过脚步，两个人来到了小客房，这里有一张收起便是沙发的小床。江溢说："往后几天，你就睡在这儿吧。"郭家希点点头。

随后，他们的身子移到阳台上。从这里往下看，能看到一大片草坪和一小片喷泉。江溢没有点评草坪、喷泉，而是派给郭家希一支烟，说："按夫人的意见，我在家里尽量少抽烟，要抽就到屋外抽几口。"郭家希说："行，我也会记着嫂夫人的指示。"江溢说："除夕、初一是年尾年头，把各个屋子的灯全部打开，弄出点热闹来。"郭家希说："没问题，你不心疼电费我就让灯光一直亮着。"江溢又说："我买了些'福'字，过一两天你贴每个房间的门上，不许偷懒噢。"郭家希说："老江，这些操作都是你温州老妈亲自指点的吧？"江溢吐出一口烟，咧嘴笑了。

半小时后，江溢觉得嘱托妥当了，便携着妻儿和行李出门下楼。他将开着那辆银色奥迪驶出杭州一路向南，在四个小时后抵达温州，刚好赶上父母准备的晚餐。当然啦，这只是一家人集体快活的开始，在接下来的几天里，他们还要在一起吃许多顿的大鱼大肉。

现在，整个房子静下来了。郭家希一个人又把各个房间巡视一遍，然后给自己倒一杯水，在客厅沙发上坐下。眼前的一切都是新净的，包括空气中的一丝异味也是新鲜的，形成了一种陌生的气派。按照口头计划安排，他将独自在这套新房子里待上八九天，直到初五下午江溢和妻儿返回交接。

对郭家希来说，进入如此安排好像有点突兀或荒诞，因为在两天之前，事情还不是这样的轨道。当时他恰在出租房里生闷气，不知道要否买一张高铁票回昆城过年。这些日子小菲跟他玩冷漠，把彼此的心情都玩冷了。他回去面对焦虑的父母，显然无法回答丢过来的关于恋爱成家一类的问题。一个三十出头的单身男生，别指望拥有和平的春节日子。正这么纠结着，手机铃声响起，屏幕上跳出江溢的名字。江溢是他的大学同室兼温州同乡，但平时联系不算热络。他有点稀奇，问对方这时候打电话是什么情况。江溢说："有困难找classmate，我打了一圈，想知道哪位同学留在杭州过年。"郭家希说："你过年能有什么困难？是麻将三缺一还是喝酒太孤单？"江溢嘿嘿地笑，说："你不会把这个年交给杭州吧？"郭家希说："我不知道，还没定呢。"江溢声音一振，在电话里说了一堆话。原来他前不久刚搬入新居，按老家温州的习俗，迁居后的第一个年得在新房子里过，这样才能积攒人气让以后的日子沾着红火。而他又特别想回温州过年，老家那边亲友扎堆、海鲜汹涌，在脑子里想象一下就能让人激动。郭家希说："你激动就回去呗，反正这房子在杭州，不享受温州的风俗习惯。"江溢说："我妈不乐意呀，她又想让我回去又不想让新房子空着。挣扎了几天，我拿出一个办法，就是找个人替我在这儿守年。"郭家希说："守年这种事儿也可以让人代替？"江溢说："没什么不可以的，只要新房子里扎着人、亮着灯就行。当然啦，找的人得合适，要比较的靠谱儿。"郭家希说："你觉得我是合适的人？"江溢说："Of course."郭家希说："我还是想回去，我老家那边也亲友扎堆、海鲜汹涌。"郭家希的小镇昆城离江溢的温州市区差着五十公里，但离海边只有六七公里。江溢嘿嘿笑了两声，说："如果你真想回去，不会耐着性子听我讲这么多废话。"郭家希说："我就是不回去，也愿意待在出租房里，你那豪宅我可住不习惯。"江溢说："靠，你要是不回去，我不相信你不帮这个忙！"又说："我冰箱里塞着一堆东西，你只要花点小力气，就可以大吃大喝。"又说："也算不上什么豪宅，你当作找个宾馆度假呗。八九天时间，刷刷手机、睡睡懒觉很快就过去了。"江溢还想说什么，被郭家希截住："你先暂停你的嘴巴，给我半天的考虑时间。"

不用半天，一小时后郭家希便给江溢打去电话："好吧，就算找家宾馆免费度假，不过除了冰箱多存些吃的，你还得给我备点儿酒。"

傍晚时分，郭家希给自己做第一顿晚餐。他先查看一下冰箱，有冷冻的带鱼块、排骨块、豆腐块等，冷藏的有鸡蛋、虾干、熟牛肉等，格板上还放着一只肥胖的大白菜。打开旁边的橱门，则瞧见了一袋大米和几筒面条。情况比较扎实，没什么让人不放心的。他想一想，决定做一碗虾干鸡蛋面。作为寄居生活的开篇之餐，应该简单扼要，不能弄得一有资源就挥霍的样子。

他转身干了起来。锅灶是锃亮的，碗碟是漂亮的，让人有点怯意，不过用起来基本称手。一刻钟后，面条做好了。又过一刻钟，面条全进了嘴巴，连汤水都没剩下。他摸一下肚子，摸到了满意。

收拾好厨间，窗外已暗下来了，但看一眼手表，晚上的时间还有太多。他推一推眼镜，决定去楼下的小区院子走一走。

坐电梯下楼，先见到一片草坪，草坪上有几只铜质的动物造型。绕着草坪走大半圈，过渡到一块休闲区，地上铺着平整的木板，两旁设有小憩的撑伞和桌椅。往前穿进一条树木小径，向左向右移步一段路，眼睛忽然开朗，原来是又一片空旷地。这里有一个安静的游泳池，池内贴着蓝色瓷片，于是一池水也是蓝的。郭家希站在那里举着目光转一圈身子，估算出该小区有十几幢房子，江溢这幢楼矗在中央位置，算是楼王了。从窗口的灯光看，入住的人不多也不少。江溢说过，小区交房刚八个月，许多住家并不着急，待过了年拣个春日才会搬进来。

郭家希踱到池边休息区，在一张藤椅上坐下。冬日的夜晚有些冷，不过因为院子里收不到风，这种冷不冻身子。郭家希掏出手机划了几下，找到小菲的微信。算一下时间，离上次搭话已一天又十小时，这一截时段足够她收尾公司的活儿，从杭州返回嘉兴老家了。不过他还是没把握，因为现在的小菲已不愿意把生活细节分享给他，他写了几个字撅出：到家了吧？停一停，又补上一行字：我现在住进别人的房子了，要待到初五。

坐了一会儿，没等到小菲的回复。对他的文字反应迟钝，这已是她眼下的常态。他刚要站起身，铃声抢先响起，却是妈妈的电话。昨天他已让父母知道这个春节报社要加班，自己没法回去过年了。所以此时一接上话，妈妈就着急地告诉他已备好一大包年货，可今天竟找不到快递公司接单啦。他赶紧安慰妈妈，自己住在大学同学家，有吃有喝亏不了嘴巴。妈妈说："你……没跟小菲在一起？"郭家希说："没呢，她回嘉兴过年了。"妈妈迟疑一下说："这个年一过，你和小菲都添了一岁。"郭家希笑了说："你和爸不也添了一岁吗？"妈妈说："我们添一岁没关系，你们往上添就让人堵心了。"郭家希说："马上过年了，不提'堵心'这两个字啦。"妈妈说："我知道房子的事是个坎儿，但不能一时没房子就不成家了，当年我和你爸结婚也是租房子的……"郭家希说："打住打住……妈，这些话你先留

205

着，下次打个包跟年货一块儿寄过来。"妈妈气了说："又这样了，我一认真你就贫嘴。"郭家希嘿嘿笑着挂了电话——这种话题实在太无趣了，他只能躲开。

其实他和小菲关系的转冷，妈妈隐约是知道的。他不明说，妈妈也就不便细问。日子沉浮，唯有自知。事实上，他没有明着告诉妈妈的事还有不少，譬如丢了工作。

八个月前，他从报社辞职了。辞职的直接导火线，是"3·15"前夕的一篇打假报道。那天上午，半秃头的部主任递给他一篇已成文的稿件，嘱他做些补充采访。他一看内容，是抖搂一家电商平台售卖假冒洋酒的，就提起精神向监管部门和法律专家讨取意见，把抨击部分弄结实了。第二天将稿子呈送主任交差，不料主任花十分钟看完文字，又嘱他打个电话给那家电商平台的主办公司，告之这篇新闻报道马上见报的消息。他不太明白，犹豫一下还是照办了。到了"3·15"，打假的稿子没有出来。又过几天，主任过来拍拍他的肩膀，说那家公司同意在报纸上投放一年的广告，让他做一份双方合作的合同。

细算起来，他已在这家都市报干了六年加三个月。纸媒的退潮，他年年在经历；工资的递减，他月月在体验。可以说，不利的消息时时埋伏在报社的大楼里。但不管怎样，他还暗撑着对这份职业的自尊。当初报社召唤人，他就是携着一脑子热爱使劲挤进来的。现在，最后留存的尊意也被拿走了，他还有什么可恋栈的。经过一些日子的内心苦斗，他写了两份文字，一份是假扮潇洒的辞职书，一份是投到网上的求职简历。

一周后，他去一家房地产经纪公司做所谓的新媒体总监，工资涨了一些，但活儿也给得不少，从创意策划到推广营销再到数据分析，反正整天在忙碌里泡着，算是真正过上了996的生活。有时晚上下班走出公司，他看一眼街灯再看一眼天空，会觉得有些恍惚，不知道自己的日子沾着什么意义。

伴着这种疲累又茫然的心境，他在几个月里连换了三家公司。没有一份活儿让他觉得有趣，逗起哪怕二分之一的斗志。七八天前，他离开了后一家公司，然后拎着一堆食物和一瓶白酒回到出租房。吃喝一两个小时，他把自己弄醉了。沉睡一两个小时，他又醒了。在无声的灯光中，他感到了一些苍茫。他拿起手机，给小菲发了微信：你现在在哪里？停一停，又摁出几个字：今天我把公司又开了。

那天晚上跟今天晚上一样，小菲迟迟没有回复。

第二天上午郭家希拖了觉，起来已经九点多。吃过迟到的早餐，开始往门上贴"福"字。江溢留下的福纸一套十张，似乎有点多，但仔细一数点，四房两厅加上卫生间、储藏室，还真有九个门。他用双面胶带粘住福纸四角，在每扇门上端正贴好，剩下的一张，贴在了客厅大玻璃门上。

他拿起手机拍了两张门贴照片，送入江溢的微信，很快江溢回复一个"好"字，加两个感叹号。

完了他坐到沙发上，用遥控器摁开电视。临近春节的时间，霸屏的多是些慰问和春运的消息。不过转过画面，是武汉新冠疫情的报道。前两天他也留意着这方面的消息，但待在出租房有一搭没一搭地看手机，不觉得那是多大的事儿。现在清晰的大尺寸屏幕，像是把远在武汉的疫情放大了。屏幕上说，新冠肺炎确诊病例已升至440例，而病毒源头还未找到；有大牌专家认为已出现人传人现象，并可能已开始社区传播。屏幕上又说，武汉市组团外出旅游刹住了，市内剧院的春节演出叫停了，各大学给学生们发口罩，机场车站一进门就得量体温。

有这样一拨操作，看来武汉人过不好这个年了。不过武汉有些远，也没有需要问候的朋友，倒不用挂啥心的。他站起身离开电视上的新闻播报，踱到阳台上抽一支烟。抽烟的时候，他念头一闪，决定列一张一周生活活动表。一个人在杭州过年也不能亏待自己，何况住着这样的新房子。他打开手机备忘录，记下脑子里的粗略安排：

看电影5~6部（电影院2部，电视或手机3~4部，也可随心所欲）。

大吃大喝5次（外出就餐2次，在家豪餐3次以上，将冰箱吃物干掉）。

短途游走2次（西湖边1次，良渚古城遗址1次）。

看书一本（看完手头的《篮史通鉴》上下部，不惧80万字的厚度）。

室内运动7次（每天1次，约半小时，达到气喘吁吁）。

看NBA球赛7场（黑白直播吧每天1场，首选直播，回放也可）。

另：注意春节晚会、手机拜年、小菲联系等。

如此一罗列，他心里踏实了一些，觉得这段日子不会松散得把握不住了。作为计划的落实，他又马上同意自己在手机上先看一场NBA。今天有好几场兵刃相接的战役，其中一役是火箭vs掘金。作为火箭队恨铁不成钢的忠粉，他虽然有些气急败坏，可还得选择这场比赛。

二

郭家希没有想到，自己的纸上计划很快就得调整，因为形势变化实在有点快。

下一日上午，武汉封城了。封城这事儿别说经历，以前听都没听说过。再打开电视，湖北确诊人数在跑步上涨，浙江也开始闹出动静，作为一直比较机灵的省份，浙江省率先启动了一个动作，叫重大公共突发卫生事件一级响应。

情况听起来相当糟糕，郭家希心里有了一些警惕，警惕中又有一些好奇。作为曾经跑过几年新闻现场的前报人，他更喜欢抓捕事件中的一些细节。细节之一：在武汉的街头，一位姑娘拎着一只行李箱在拦出租车，被拦下的出租车司机大声告诉她，火车十点钟停运，怎么也赶不上了。姑娘嘴里含着哭泣，仍不停地请求司机把自己带到火车站去。细节之二：一家杂货店里，戴着口罩的店主不知表情地坐在柜台内，一个戴着口罩的男人进来买东西，付完钱也不知表情地走了。他们的身体动作没有紧张。有意思的是，一只黑猫也始终安静地蹲在杂货店前面的地上。

两个细节表达着两种可能：也许局面有些坏，但也坏不到哪儿去；也许现在的小安定只是大混乱前的短暂景象。郭家希对武汉有点吃不准。

第二天是除夕，空气中的节庆气味壮大起来，似乎压住了疫情消息。郭家希按自己的节奏看了一场湖人对尼克斯的回放录像，这是昨天的比赛，冲着詹姆斯也得补上。随后他依着计划做了半小时的室内运动，让身上渗出一层微汗。这所谓的室内运动，是他独创的一套篮球跳投术。当初他在报社干活儿，天天早出晚返，没有练汗的时间，学生时代球场奔跑的景象似乎越来越远。有一天他灵机一动，让自己在出租房里锻炼身体。锻炼的动作取之篮球：先是凭空运球，蹲着身子做各种运球动作，包括身后运球、胯下运球等；然后是晃动双脚过人，两步半切入篮下进球；最后是原地起跳做投篮练习，两分球跳三十个，三分球再跳三十个。一系列动作做下来，虽然手中无球，也玩得满脸豪迈，只是出租房太小，总归不够痛快。现在到了这新房子，从客厅跑到餐厅，从卧室窜到客厅，手脚动作流畅多了。收尾阶段做三分球练习，因为目光中有足够的空间距离，投篮时也多了几分真实感。

半下午的时候，他从冰箱取出排骨带鱼鸡蛋白菜，洗洗烧烧做出四样菜。平常他没条件下厨，手艺自然生疏，能炮制出四个菜已经挺自喜了。把碗碟摆好，拍了一张照片给母亲发去，表示自己没有受苦。又把所有房间的灯打开，拍了一段视频让江溢看，证明自己没有偷懒。想一想，又摁开电视，让屋子里响起兴高采烈的声音。把这些弄好准备开吃，才想起得有一瓶酒来壮色。起身打开旁边的壁柜，见到几瓶红酒和几瓶白酒，比较醒目的是躲在里侧的两瓶茅台。当然啦，茅台是压根儿不用搭理的，可以选择的是站在外边的红酒或白酒。他取了一瓶白酒，是泸州老窖。

吃喝到一半，他感到脑袋热了，打开手机镜子一照，果然脸上已红了七八分。酒红的脸面，灿亮的灯光，再加上电视里热闹的声响，的确有些过年的样子了。他把一口酒倒入嘴里，然后划开微信给几位亲近的人提前拜了年。稍停一下，又点开小菲的头像送上一张贺年的图片，再写一句话：在别人家过年，一个人的热闹。

在接下来的时间里，他坐到了电视机前。春节联欢晚会场面光鲜，节目没有特别的好，也没有特别的不好，不出意料的鸡肋。在新年钟声敲响前，他控制不住地睡着了。随后一个时段里，屏幕上的歌舞声和窗户外的鞭炮声加起来，也没有把他吵醒。

初一上午醒来，他的身子已到了客间的小床上。从沙发到小床，或者说从旧岁到新年，大概只需要梦睡中的一次行走吧。

打开手机，微信上有点拥挤，大多是口吻相似的新年贺语。小菲没有动静，连一张例行的问候图片都没有。他是乐意看到小菲回复的，哪怕一句怼他的话，譬如"过年了还好意思赖在别人的房子里"什么的。她很忙吗？再忙也是过年的忙，不是上班的忙，怎么好意思不搭点儿话。

不过小菲若说出那样的嘲语，他也是不会反驳的，毕竟房子的事是自己的软肋，他在这个话题上做不到理直气壮。往回想一想，他也不是没机会买房子的。一两年前，他手里攒了一笔缩头缩脑的钱，远在老家昆城的父母也愿意卖掉现住的房子来帮助儿子，这样凑起来再加上允许的贷款，是可以买一套公寓房或LOFT的。可想到父母上了岁数还要租房子住，他实在有些不忍心。犹豫了一段时间，房价不知不觉蹿上来，房贷也变脸收紧了。有同事劝他参加新房摇号，说摇到就是赚到，但他用计算器按各种可能算了几次，才知道什么叫信心崩塌。在杭州这样的城市混得好，不仅要有智商，还得有财商，但智商和财商加起来，一时也抵不上家庭输送现金的重要。都说温州人有钱，可温州人中的甲与乙是不一样的，譬如他与江溢。

跟江溢一比，他觉得自己就是一只城市里的丧家狗。他答应来此住上几天，一个重要原因便是想体味一下有家和丧家的区别。这种体味重要吗？也许不重要，也许挺重要。

初二初三这两天，武汉的形势确凿地走向了紧张。与此同时，温州一不留神也成为疫情的醒目配角。在这些纷杂信息的缝隙中，还嵌入一个惊骇噩耗：曾经的NBA老大科比·布莱恩特在一起直升机事件中丧生，同机坠亡的还有他十三岁的二女儿和其他七名人员。这消息太叫人难过了，而且似乎不真实。郭家希几乎认为此是假新闻，但没过多少时间，这一点希望被进一步的报道浇灭了。

在那个中午，郭家希紧着脸在屋子里跑来跑去，运球过人，晃步上篮，原地跳投，每一个动作都带着对科比的回想。由于比平日用力更猛些，时间也更长些，他出了大汗，整只脑袋冒起气烟。待疲累上了身，他才收住脚步，一边喘气一边取来毛巾擦汗。就在这时，敲门声响起，先是两下，又跟上来三下。

郭家希以为是物业人员，开门一看，是一位五十多岁的微胖妇人，模样像是街道干部。妇人见了他，至少打量两秒钟，说："小伙子，你是这901的房主吗？"郭家希一时记不准房号，嘴巴便有些迟钝。妇人说："瞧你满头大汗的，在做啥事体？练习广场舞吗？"郭家希有点不高兴了，说："你有什么事吗？"妇人说："我是楼下801的，这几天墙顶上老是咚咚咚地响，耳朵简直受不了啦！"郭家希明白了，说："这房子看着挺厚实的，还能这么不隔音？"妇人说："房子再厚实也禁不住又是音乐又是舞蹈的！"郭家希本想着怎么道歉，一听这话便一拐舌头说："我可没放音乐也没跳舞蹈，阿姨你听错了。"妇人说："不是舞蹈难道是摔跤？小伙子不许抵赖，现在你一脑袋的汗就是证据！"郭家希退守地说："好吧好吧我道歉……我又没说声音不是我制造出来的。"妇人说："光一句道歉还不行，你得说清楚这声音是怎么制造出来的，听了几天我没听明白。"郭家希有点想笑，说："阿姨我改了就是，又不是犯罪活动，干吗要坦白清楚呀！"妇人说："小伙子你别耍滑头，我是采了证据的。"说着划开手机找东西，摁摁戳戳的一时没找到，就打了一个简单的电话。

不一会儿，楼梯间响起一阵脚步声——对了，这里电梯像高档宾馆，每一楼层刷卡才能打开——走上来的是一位还算年轻的姑娘，应该是妇人的女儿。姑娘看一眼郭家希，接过妇人手中的手机点几下，找出一段录音开始播放：连续的脚步咚咚声，有时在一个点，有时满屋子移动，像是几个人，又像是一个人。妇人说："小伙子你说说，你到底是怎么回事？"郭家希说："阿姨你没听出来这是在锻炼身体？"妇人说："这声音呀在哪个房间都躲不开，我倒想听听你怎么锻炼身体的。"郭家希说："这是个人隐私，不告诉你可以吗？"妇人说："小伙子你又想耍滑头了。"这时旁边的姑娘接上一句："这几天大过年的，我妈却老支着耳朵琢磨头顶的声音，你不给点解释她心里还真不踏实。"郭家希努一下嘴角，心想我空手运球、切篮投篮什么的还真没法跟你们说明白。他扫一眼一左一右的母女，问："十多个小时前，发生了一件大事知道吗？"妇人说："你是说武汉的事吧？我一直盯着呢。"郭家希说："不是武汉，是科比，科比死了。"妇人愣了愣。姑娘说："科比我知道，篮球明星，长得很黑，笑起来一口白牙……他死啦？"郭家希点点头："我在房间做些运动就是为了悼念他。"妇人说："不对呀小伙子，十多个小时前才死了人，难道你几天前就开始悼念啦？"郭家希一时语塞，只好让自己耸了耸肩。他的样子差点逗出姑娘脸上的笑，但她忍住了。郭家希说："不说了不说了阿姨，我已经知道不对，下次注意就是了。"

在一个楼里待着，要么不识脸，识了脸之后就容易遇到。

初四下午，郭家希发现藏烟不足了，便下楼出小区去买。不知是因为疫情还是过年，小街上只零零落落开张了几家店。买了几包烟后，他瞥见旁边有一家药店，便拐过去要了一包口罩。女售货员建议赶紧再买些板蓝根和酒精，说这些东西现在可是紧俏货。他不觉得对方的话有错，就一并买了下来。

拎着袋子回小区，在住楼电梯前遇到了昨天拌过嘴的姑娘，她穿着一身白色的运动服。他不能装着不认识，就点点头。姑娘看一眼他手里的袋子，说："都备上啦？反应挺快的嘛。"他说："不能在房间里跑跑跳跳了，就出去遛遛腿。"姑娘说："遛腿可以在小区里呀，刚才我就走了好几圈。"他说："在小区里或者在房间里，这本来应该是个人的选择。"姑娘抿嘴一笑说："看来你对我妈挺不满的。"他说："不敢不敢，只要你妈耳朵满意了就行。"

电梯门打开，俩人走进去。姑娘摁了8，他摁了9。姑娘侧过头说："你还别说，我妈对你倒挺有好感的。"他傻一下说："对我有好感？就因为昨天的斗嘴？"姑娘说："大概觉得你不是个狡猾的人吧……不过她看人哪有个准头！"他接上去想说什么，电梯门开了，姑娘一晃身子迈了出去。

他有点糊涂，不明白姑娘的话是什么意思。电梯升上去打开门，他愣了几秒钟才记起得走出去。

三

小区开始封闭管理了，只开放一个侧门，轻易不让出去，更轻易不让进来。每户人家被允许两天外出一人，出去了即使买一根葱回来，也得查口罩、量体温，并且还要握一支可疑的笔（因为被不少人握过）登记一长溜信息。快递和外卖小哥不让进小区了，他们接触的人比较多，是"危险分子"。休闲区的告示栏以前谁也不会看上一眼，现在那上面时不时会贴出一张醒目的通知。

江溢终于打来电话，传达了不好的消息：温州作为重点疫区，人员不能随意流动了。江溢沮丧地说："我回不去了，单位也告诉我先在温州待着，啥时上班等通知。"郭家希说："理直气壮地休个长假，这是好事呀，干吗还装出个不高兴。"江溢嘿嘿地笑了。一家人在一起吃吃喝喝，还有时间说些闲话，还真没啥不好的。江溢说："只好请你在我家继续守下去啦……我妈说，房子里的人气不能散掉。"停一停，江溢又说："反正是宅在家里，新房子总比出租房舒坦。"

行吧，瞧着这情势，只能再待下去了。若回出租房，开不了灶，外卖又叫不到，肚子会不高兴的。只是一个人在别人房子里宅着，心里总归有些不透畅。当然啦，不透畅的另一个原因是一时没法找工作了。按他的自我设想，过个年休整一下就投简历出去，再找家互联网或新媒体公司试试，总不能长时间断了收入吧。现在看来，公司招人会停摆一些时日。

这天下午，郭家希正有些郁闷地站在阳台上抽烟，眼睛望去捉住了楼下院子里快步走路的一个白色身影，是那位姑娘。在这个小区里，她是他唯一认识的邻居，噢，除了她妈之外。

他使劲吸了两口把烟头掐灭，然后回房间换上运动服，然后坐电梯下楼，然后开始快走。

走了半圈到游泳池边上时，他的步子追上那姑娘，那姑娘也注意到他，缓下了脚步。待两只身子凑近，她"嗨"了一声说："你也出来遛身子啦？"他说："老窝在屋子里憋得慌……你呢，每天都走几圈？"她说："也不是每天，有一搭没一搭的。"两个人边走边聊，他说："为什么不跑起来呀，可以马上出点汗？"她说："大冬天的才不要出汗呢，我走路也是觉得憋，得时不时地透透气儿。"他说："嗯呢，全民防疫这种历史景象叫咱们给赶上了。"她说："我觉得憋可不是因为疫情，是因为我妈。"他说："呀，你妈不是挺能说的吗？母女俩聊聊天不是可以解闷吗？"她说："何止母女俩，我们家有两组母女俩。"他说："什……什么意思？"她说："哈哈，我还有位外婆呗。这两组母女俩三个人最近老坐下来促膝长谈，主题是解决家里缺少阳气的问题。"他说："缺少氧气？疫情用语吗？"她说："阴阳的阳，缺少阳气。"他奇怪一下，侧过脑袋瞧她。她说："过完年我又长一岁，她们心里的慌又涨一分。"他明白了，咧嘴一笑说："你也没躲开这个呀？同情同情！"她看他一眼说："我怎么觉着你有点幸灾乐祸的样子。"他说："不是不是，应该是同病相怜的样子。"她说："你不会说自己没有girl friend吧？"他说："girl friend倒是有一位，但迟迟没有进展，所以也老是被父母训话。"

两个人这么说着话，脚步已越来越慢，又因为之后绕着游泳池走，就变得像在池边散步了。他想到什么似的，说："对了，我还不知道你的名字呢。"她说："加微信加微信。"两个人停下脚步加了微信，她给他发了"傅曼"两个字，他将自己的名字回送给她。她说："叫郭家希呀，家里的希望。"他说："这个希望正在慢慢淡灭。"她说："为什么这么说？"他说："丢了工作，还没有房子……我眼下住在你楼上，可房子不是我的。"她说："这个我知道，那一家三口在电梯里我见过几回。"他心里似乎松了口气，问："你是做什么的？你的名字有点艺术嘛。"她说："名字就算了，不过本小姐在一家美术杂志社做财务，工作算是靠着点艺术吧。"他说："曼，慢也。至少你没辜负名字，让你妈着急了。"她咯咯笑了，又轻下声音问："你视力怎么样？"他说："这话又是何种意思？"她调皮一笑，用嘴巴努向对面的楼上，说："如果你视力好，也许能看见我家窗口站着我妈，以及我妈的妈。"他赶紧扭头去看，看不见什么。她说："哈，我是说呀，要是我妈、我外婆瞧见咱们俩站在这儿窃窃私语，没准儿挺高兴的。"他说："我的理解能力比较差……这个话里是不是有点挑逗？"她乐了，说："要说挑逗也是我妈引起的，她今天上午又夸你了，说楼上的小伙子不错，这几天果然不弄出声响啦。"

　　加上微信后，两个人搭话多了起来。也没啥主题，经常东一榔头西一棒槌，从工作的累，到大学逸事，又到家庭内幕。郭家希问对方家里为什么缺少阳气，傅曼也不躲避，说自己十二岁时父母就分手了。郭家希追问：你妈后来没有再给你找个爸？傅曼回复：我这样的都还嫁不出去，带着个拖油瓶的女人就更不容易有人接手。有一次傅曼也打探郭家希女友的事，问在哪儿上班、长得漂亮吗。郭家希答：工作比你好一点儿，长得比你差一点儿。傅曼写：太含糊了吧，等于没有回答。郭家希回复：长得没你好看，你要的就是这个回答。傅曼给一个捂嘴偷笑的表情，又补上几个字：狡猾狡猾。

又过一天，傅曼发来一个邀请：我妈有指示，让你过来一起吃晚饭。郭家希吓了一小跳，问：什么情况？是鸿门宴吗？傅曼：今天我提起了你，她说你一个人禁在家里，怪可怜的。郭家希：不会是考察我吧？这样我会不自在的。傅曼：想得美，也就是一位老年妇女赐给你一顿饭。郭家希：第一次上门，得拎点儿见面礼吧？可我什么也没有。傅曼：是邻居吃饭又不是拜望领导，拎什么见面礼！郭家希：对我来说，你妈就是一位领导。傅曼：嘴挺贫的，那你把前几天的板蓝根和酒精拿来吧。郭家希：哈，这个主意好！

临近傍晚，郭家希拎着板蓝根和酒精下一层楼梯，敲开801的门。傅曼和她妈同时出现在门口，做欢迎状，郭家希唤了一声阿姨。傅曼妈瞧一眼他的手，微笑着说："楼上楼下的吃个便饭，还拿什么东西呀。"郭家希赶紧将袋子举到半空，让傅曼妈接过去。

傅曼引着郭家希到客厅坐下。郭家希一边打量四周摆设，一边等着傅曼泡茶，这时傅曼外婆出现了。她有些瘦小，迈着碎步移过来，坐到郭家希对面，说："嗯嗯，家里来客人啦。"郭家希说："外婆好外婆好！"外婆说："嗯嗯，也没那么好，过了年我八十八啦，身上的力气越来越少了。"郭家希暗笑一声，觉得这老人有点好玩。外婆说："你今年多大啦？"郭家希说："三十一啦。"外婆算了算说："比小曼大一岁，比我小五十七岁。"郭家希说："外婆，你算术很好。"外婆说:"也没那么好,当年我聪明着呢,现在脑子跟不上啦。"傅曼在旁边说:"当年我外婆是纺织厂会计,厂里多少台机器呀多少米布匹呀都在脑子里装着呢。"外婆腼腆一下说:"嗯嗯,先不要对客人说这些事,先不要。"

过了片刻,傅曼妈招呼用饭。餐桌上摆着盘盘碗碗的,有热气升起。傅曼妈说:"特别时期买菜不方便,只能少弄几样了。"郭家希搓一搓手说:"已经很多啦,我有些日子没吃到这么丰盛的饭了。"傅曼妈说:"对了,你叫郭家希是吧?"郭家希点点头。外婆说:"先不问名字,嗯嗯,先吃起来。"傅曼妈说:"小郭赶紧动手呀,赶紧动手。"郭家希便丢了拘谨积极地吃,筷子先伸向这个盘,马上又伸向那个盘。

吃一会儿,傅曼妈捡起话头说:"小郭是哪儿人呀?来杭州几年啦?"傅曼说:"才吃几口呀,开始查户口了。"郭家希一笑说:"老家在温州一个小镇,叫昆城。在杭州待了十一年,四年大学七年工作。"傅曼妈问:"干的什么工作呢?"郭家希说:"在报社里混几年干不下去了,就出来另找工作,眼下还没找到合适的。"实话实说,打消傅曼妈的暗中企图,这是他已备好的策略。傅曼妈说:"那……为什么不回家过年呢?春节放假,又不能找工作的。"傅曼说:"这位老同志,你问得有点多了。"外婆插嘴说:"小曼呀,在外人跟前不能管你妈叫老同志,不好听。"傅曼说:"外婆,既然把人家叫过来吃饭,就不能把人家当外人。"郭家希笑起来说:"我还是回答阿姨的问题吧……回去过年太闹了，我想安静几天，刚好又可以替别人看守新房子。"傅曼妈说："这么说，楼上这房子真不是你自己的？"郭家希说："不是不是，这房子是同学的，我现在是无房户，租房子住呢。"傅曼说："这位老同志，不当面这么问不行吗？我跟你讲过这位邻居是临时的。"外婆说："不能叫老同志，小曼你为啥不听呀？你妈是老同志，那我是什么？"傅曼说："那你是老老同志呗。怎么，外婆你不服气？"外婆说："你嘴巴这么皮，嗯嗯，嫁人嫁不出去的。"傅曼妈守住自己的话题说："无房户好呀，可以参加摇号。现在杭州哪儿都在盖房子，多摇几次总能摇上的。"郭家希说："还不敢摇号，摇上了就得到处借钱，我暂时没这个计划。"傅曼说："这位邻居，我也得说你一句了……你来吃顿饭，干吗提着劲儿在我妈跟前卖惨！"郭家希说："不卖惨不卖惨，我银行卡上的存款还真是个幼儿数字，得长大了以后才能买房。"傅曼说："哈，这么说你现在是三无产品，无房子无存款无工作。"外婆说："嗯嗯，小曼你不能这样说话，客人会不高兴的。"郭家希说："外婆，我没有不高兴，因为小曼说得基本没错。"

场面似乎冒出了尴尬。傅曼妈"哎呀"了一声，说："瞧我这糊涂，忘了拿酒出来。"郭家希说："我酒量不好，就不喝了。"傅曼说："难道三无之外，你还要加一个无酒量？"郭家希只好嘿嘿地笑。傅曼妈拿来一瓶白酒，又取了两只不大不小的杯子放在郭家希和傅曼跟前。这时外婆说："今天高兴，嗯嗯，我也要喝一杯。"傅曼说："咦，你高兴什么？"外婆说："这餐桌上呀，好久没男人坐上来吃饭了。"傅曼说："你们都听见了吧？这话儿哪像八十八岁的人说的，简直是八八年青春女子的口气。"大家都笑。外婆拿手拍一下傅曼："这孩子，说话就是不好听。"傅曼说："外婆，你没听懂吗？我这是夸你呢！"

在接下来的时间里，由于酒的帮助，餐桌上的气氛轻松一些。郭家希喝了两杯，傅曼酒量不差，也喝掉两杯。外婆没有胆怯，喝一口咂咂嘴，再喝一口又咂咂嘴，竟把杯中的酒真喝完了。

郭家希发现，这顿晚饭因为外婆的存在，自己的难堪减去了不少。

晚饭后回到楼上，郭家希冲了个澡，然后靠着床头与傅曼微信沟通。他告诉傅曼，无欲则刚，自己清空了任何念想，便无畏她妈的盘问。傅曼打一个嬉笑表情：我妈的盘问是有点冲。郭家希：你妈那点小心思，一开口就路人皆知了。傅曼：所以你故意搭起三无产品的人设。郭家希：不是故意是实情，我用大实话粉碎了你妈的图谋，让她大失所望。傅曼：可你的示弱表现也有副作用。郭家希：什么意思？傅曼：我妈认为你不错哦，诚实可靠，而且可以掌控。郭家希：哈，那我放心了，下次邀饭我还去。傅曼：你到底年轻呀，不懂老年妇女的套路。郭家希：唔？傅曼：你以为她失望，其实她暗喜。郭家希：不懂不懂。傅曼：我妈在试探，你有无可能做上门女婿，懂了吧？郭家希打一个吃惊表情：不会吧？傅曼：为什么不会？我妈机灵着呢，

223

此路不通再试一路，反正要让女儿找到一个男人。郭家希：老年妇女的水真深，看来这一顿饭还是鸿门宴。傅曼：不过你别担心，有我在呢。郭家希：又不懂了。傅曼：我的婚事我做主，我又没看上你。郭家希打一个捂嘴偷笑的表情：好险呀，我松了口气。傅曼：淡定淡定，你可以向女友汇报几句今晚的历险记，允许说我的坏话。郭家希：嗬，你妈那边你一定要顶住，允许说我的坏话。

放下手机，郭家希慢慢滑进被窝，眼睛看向天花板。天花板上有一只漂亮的三角吸顶灯，发着柔和的光。沉默一会儿，他又拿起手机，找到小菲的头像点开，慢慢写了一行字：好几天没回消息了，忙什么呢？我想你了！

四

武汉的确诊病例在不断上涨，数字让人不安。全国各省出征武汉的医疗队已达三位数，而且每天都在快速增加。日本民间救援物资到达武汉，上面写"岂曰无衣，与子同袍"。中国科学家已快速甄别病原体，对病毒进行基因测序。在这些气派的大消息之外，也有武汉市民推出空旷街景的小视频：树枝上已钻出小绿叶，寂寞草坪上有一座贝多芬的雕像。

杭州暂无重大战事，空闲中发展出不少防守细节。有人认为除了戴口罩、勤洗手，更重要的是多喝水，这样可促进自身黏膜组织液的分泌来抵抗病毒。有人强调出小区去菜市场，得用一次性鞋套套上鞋子，因为病毒感染者的一口痰便是一颗定时炸弹。又有一些人士在群里讨论电梯按键的问题，手指是不能直接摁了，得用牙签或者纸巾，有创新者建议用圆珠笔戳之，另有聪明者则推荐了简易打火机，捅一下后马上点火消毒，可做到万无一失。

郭家希比较偷懒，坐电梯下楼用手机一角碰之。真有什么病毒，站到光面上也会打滑的。到了院子里，他喜欢先走进绿荫小径，瞧瞧灌木们的色泽，看看树枝们的新况，然后穿出来绕着小区遛步。

有时傅曼也会约他一起遛步。下午时间，小区里几乎没有人，两个人也不多说话，一前一后地走。一般郭家希走在前面，傅曼随在后头，渐渐距离拉开，他就缓一缓步子，待她靠近一些。走了半个多小时，傅曼看一眼计步器，便叫停脚步。

这时俩人会搭些话，传递彼此一天内的远近消息。进了电梯，傅曼觉得话没聊完，就过家门而不入，跟着郭家希进屋继续聊。两个人斜靠在沙发上，有一搭没一搭地把对话进行下去。如果觉得没什么可聊了，就把电视打开，换着频道听各种声音。

这种情景并不有趣，但对傅曼来说，比在家听母亲外婆念叨要好一些。有几次到了饭点，傅曼干脆也不下楼，帮着郭家希做些饭菜，一块儿坐着吃了。向母亲请假的借口，是两个人需要单独相处，增添了解的时间。这个理由有点滑头，却正中母亲的下怀。

两个人吃饭有些冷清，郭家希就用酒来助兴。他告诉傅曼，这位房主同学备有不少酒，自己这些天已干掉两瓶白酒，现在俩人合作，可以加快去库存。傅曼便笑，此时她已知道郭家希的酒量只有二三两，属于在酒场上比较弱势、勉强也可挣扎一番的水准，所以心里并不怯退。两个人吃着肉菜，时不时地端起酒杯碰一下。有了酒的援助，郭家希的脸面会很快上色，嘴巴也变得积极。傅曼问他："你这位同学看样子混得不错，是做什么的？"郭家希说："他呀在教育局做公务员，有点小权力。"傅曼说："有点小权力就可以住这种新房子？"郭家希说："靠父母呗……他父母不知做什么生意的，家底厚实。"傅曼说："果然是受援族，大多数人都这个路数，他也不例外。"郭家希说："就这个路数，他现在也貌似牛B了，有房子有儿子有面子，属于三有人士。"傅曼说："嗬，有儿子得先有妻子……为什么不把妻子算上？"郭家希说："有妻子不算大事，只要一个愿意嫁一个愿意娶。"傅曼说："愿意嫁愿意娶，我觉得这种事挺难的，不然咱俩也不会都单着。"郭家希说："有句话我老想着要问，你为啥不脱单？真的吧？"傅曼说："废话！你呢？"郭家希说："我也不能是弯的。"两个人忍不住笑了，举起酒杯碰了一下。傅曼说："为啥不脱单？这个城市有成千上万跟咱俩一样未脱单的人，需要一一找出理由吗？"郭家希说："这倒也是，找这种理由很无趣，即使找出来，在别人看来压根儿不是理由。"傅曼说："对的，别人觉得你的理由就是个不讲逻辑的借口。"

郭家希脸上的酒红似乎越来越厚，思维也开始有点飘动。他说："其实呀不是咱们不讲逻辑，是生活不讲逻辑。对生活来说，逻辑只是假模假式的纸上教条，可以爱理不理。"傅曼说："你这话貌似有点深度，得举例说明之。"郭家希说："譬如在大学时代，这位房东同学不是睡大觉就是打游戏，考试成绩比我差，毕业论文险些通不过，但一出校门就显得生龙活虎，很快甩开了我。"傅曼说："要说堵心的事呀，我也举一例子。本小姐不喜欢数字不喜欢图表，但高考的时候老妈让我填财经大学，说是要传承前辈的优秀基因，我竟傻乎乎地从了。"郭家希说："是因为你外婆做过纺织厂会计？"傅曼说："是呀，在一个小纺织厂管管账本，那也算优秀基因？可惜本小姐的生活之路，刚开始就被自己给走歪了——现在想起来真是不合逻辑，我怎么会听了老妈的话。"郭家希说："那你本来应该读什么专业的？"傅曼嘿嘿一笑说："问题在于我不知道该读什么专业，好像有点喜欢文学或者教育什么的，但也无所谓。从小到大，我一直没有大的想法，是个缺少理想的人。"郭家希说："要这么说呀，那就怨不得你妈了，首先是你自己心智未开。"傅曼说："要这么说呀你也一样，跟同学对比只能捞到一点醋意，混得不好首先还得怪自己。"郭家希说："靠，这就回到一个重要问题，生活负我还是我负生活？"傅曼说："哇塞，这个问题一下子严肃了，有点哲学味儿了。"两个人又哈哈笑了，端起杯子喝下一口。

两张嘴巴如此地你来我往，终于把话聊出了一股嗨劲儿。看一看酒瓶子，已落下去一大半。

郭家希摸摸自己的脸，摸到一手的烫，同时脑子有些晃，像是一会儿明一会儿暗。他镇定一下，觉得自己还有不少话要说，于是撑住精神，不让舌头在讲话时打滑。

在聊话过程中，郭家希脑子里还跑过一个念头。这个念头有点醉态，似乎东倒西歪的，他使使劲才能扶住。这个念头就是：傅曼是个不错的女子，有的时候有的时候，她跟以前的小菲有点像。

第二天醒来已有些迟，打开手机见到傅曼的问语：昨天晚上睡得还好吧？郭家希惺忪着眼睛回忆一下，明白昨晚喝断片了，已记不得酒局如何收尾、傅曼何时回去。平时在酒桌上，他不是个放肆的人，很少让这种情况发生在自己身上的。他心里有点羞怯，指头仍然平淡：大睡一场，醒来酒气已无。过了几分钟，傅曼回过来一句：还记得昨晚酒后干了些什么吗？郭家希吃一惊，身子在床上坐直了。他打出嬉笑表情，故意以攻为守：难道我做了什么见不得人的事？傅曼：做倒没做，但你说了见不得人的话。他赶紧使劲回想，可此时哪里想得起来，只好问：酒后的嘴巴总是调皮的，我说什么啦？傅曼：见不得人的话，我怎么能挑明！郭家希送去道歉：若冒犯了你，务请包涵，我自掌嘴巴两下。傅曼终于乐了：哈哈，不是冒犯了我，而是你说出了自己的秘密。郭家希松了口气：我这么单纯的人，能有什么秘密？傅曼：秘密大了，但我不说。郭家希：你这种套话的伎俩，我不会上当。傅曼：好吧好吧，你什么也没说，我什么也没听见。郭家希：你真狡猾！傅曼：我就不挑明，我就狡猾了，难受死你！她补上一个调皮的表情。

郭家希想象不出自己酒喝大了是什么样子，能说出怎样的言语。难道仗着酒胆对傅曼讲了挑逗甚至示爱的话？不会不会，这种可能性很小，因为自己心里还没贮藏此类想法。没有想法就不会有表达。

不过傅曼的提示也不像是故弄玄虚的戏语，自己总归说了不得体的话。好在童言无忌酒语不拘，酒后的迷糊言论是作不得数的。再说了，哪个男人没在酒桌上讲过离谱的话呢。

郭家希白天按自己的节奏观球赛看新闻，下午还刷了一部电影。可空闲的时间到底太多，待天黑下来，他又无所事事地想起傅曼的提示。既然酒语不拘，自己倒是说了什么见不得人的话？自己心里若有秘密，又是什么东西呢？

这种好奇有些无聊，可似乎也有些好玩。更重要的是，自己的隐私自己不知道，的确有些小难受。

他打开手机给傅曼发了微信：明天晚上，我再请你喝酒。傅曼回复挺快，问：什么意思？是不是有阴谋呀？郭家希：我盯着酒柜里的茅台已经很久了，不干掉一瓶心里老不踏实。傅曼：你有点放肆了，想让房主同学破财呀。郭家希：嗬，劫富济贫，没有毛病！傅曼：你敢打劫，我就敢配合！

第二天傍晚傅曼上来，跟郭家希合作着做了几样菜。郭家希从酒柜里取出一瓶茅台酒，打开外壳细瞧一下，是2016年的。傅曼说："你确定不用给同学打个电话？"郭家希说："No，一打电话会给人家添堵，咱们喝着也没劲了。"说着已经打开瓶盖，一股酒香蹿了出来。

两只小号酒杯刚斟满，便被两只手举到了唇边，先用鼻子闻一闻，再缓缓倾入嘴中，然后哈出一口气。做完这开场仪式，饮酒的进展便顺畅起来。两个人一边无主题地说着话儿，一边让小酒杯一次次空掉。郭家希愉快地认为，相对于别的酒，茅台让自己的酒量变得更大一些。他把这个发现告诉傅曼，她咯咯笑了起来，说："我觉得我也是。"

在酒意渐渐上头的时候，郭家希瞅个空子悄悄摁下了录音键。随后他扯出昨天上午傅曼微信里说了一半的提示，深一脚浅一脚地往预备话题里走。为了达到效果，他还奋勇地连饮了三小杯酒。他知道这种做法有些傻，但无非是醉而一试。

"今天，我要把我的秘密讲给自己听。"在迷糊之前，他这样对傅曼说。

茅台酒就是好，喝多了也不蹂躏人。深夜三时多，他醒来了，既无头疼也没口渴。但他还是起来喝一口水，呷几下嘴巴醒醒神儿，然后划开手机屏幕。

手机上的录音还在走着，手一摁停住，转成了一条长达六个多小时的文件。点开文件，跳过无关紧要的部分，来到重点地带。手机里的他舌头摇晃，跟傅曼探讨人生秘密，说着说着话题到了小菲身上。傅曼说："这个我知道啦，你眼下手头没有女朋友。"他说："怎么……小菲难道不是我女朋友？"傅曼说："过去是现在不是，你们已经掰了。"他说："我想想……我想想，好像是已经掰了。"傅曼说："不是好像噢，她已经在手机里把你拉黑了。"他说："这个细节……你也知道？"傅曼笑起来说："你自己说过的，难道是假的？"他说："不是假的……三个月前她就把我拉黑了……你说她凭什么……她为什么这样对我……为什么？"傅曼说："你又来了，十万个为什么。"他说："我不就是暂时没有房子吗，我不就是存款不多吗，我不就是一怒之下辞了工作吗，我不就是辞了工作没跟她商量吗……这就是……为什么。"

原来是这事儿！原来他让傅曼知道了自己是虚假分子——女朋友已经丢开他，他却仍拿着女朋友撑面子。

郭家希关掉录音，不愿意马上再躺下，就踱到阳台上抽烟。楼下草坪围了一周微明的地埋灯，显得柔暗寂静，寂静中又有青蛙的鸣叫声一阵一阵响起。白天在院子里遛步，永远不会遇到一只青蛙，只有到了夜里，才知道小区内埋伏着众多这种小动物。

他对小菲的感觉也是这样。世事无序，可以一拍即合也可以一拍两散，分开就分开了，一个人照常可以往前过，可夜深人静的时候，对了，还有酒深情起的时候，躲在他内心角落里的一种疼痛感冷不丁地会鸣叫起来。

算起来，他和小菲处了三年，过程平平缓缓，小温小暖，没有失控吵闹，也没有大撒狗粮。到了一定年龄，遇到难以绕过的现实难题，只好和平分手。三个月前，小菲出手拉黑他时，他没有吃惊或不满，倒有一种久违的轻松感。

可是，他妈的可是，他心里终归潜伏了隐隐的痛点。

五

在狭窄又空旷的日子里待久了，会产生失重的感觉，仿佛时间缺少刻度，一个小时一个小时多得用不完。这种心境，就像一个暴发富翁觉得手里的钱用不完，恨不得变着法子挥霍一通。

郭家希也想挥霍掉时间，可惜法子不多。这天下午，他进了书房想找本书看。两架贴墙的书柜比较高大，但上面的书不算太多，巡视一遍，没有一本特别想看的。正有些不爽，脑袋一低看到了书柜下边的抽屉们。他来过书房好几次，没有探看别人私物的想法，现在既然起了念头，就不妨瞧上一眼。

他一下一下拉开抽屉，分别看到了文具杂物、音乐碟片、旧笔记本、荣誉证书、空白信笺和两个眼镜盒、一只望远镜。意外的东西没有出现——显然，房东同学无意在书房里存放什么隐私。

他闭上抽屉，无趣地离开书房。走到门口想一想，反身回去又打开底部抽屉，拿起了望远镜。这是一只小巧精致的望远镜，可以旅游时看风景或者剧院里看舞台，当然没事的时候，也可以瞧一瞧对面楼房窗口内的动静。

嘿嘿，现在他就没事。他走到窗户前拉开窗帘一角，将望远镜举到眼前。对面的楼房一下子拉近了，外墙颜色显着新鲜，阳台上的各种晒物变得相当清晰。但往窗口里看，由于光线的反差，看到的只是一团暗淡。

不用说，只有到了晚上，才能望见屋子里的内容。

吃过晚饭，夜色已攒得很厚。郭家希又站在书房窗边举起望远镜，这次对面窗口里因为有了灯光，也有了各种场景的呈现。一对夫妻坐在沙发上认真看电视。一位姑娘抱着一只花猫玩手机。一位老太太小着步子在房间里走来走去。一个房间静止无人，突然出现一个小男孩，手里拿着吃的东西。一个客厅站着一位穿燕尾服的胖男，两只手做着什么动作。

冬天的楼房窗口，是看不到有趣情景的。你不能指望镜头里冒出两只年轻脑袋，情真意切地打个kiss，或者两张怒气冲冲的汗脸挨在一起，嘴里发出抨击对方的骂声。

不过稍待片刻，郭家希禁不住又拿起了望远镜。场景暂无大的变化，新的内容没有出现。要说有点意思的，是那位燕尾服胖男的表现。他仍积极地划动双臂，幅度忽大忽小，脸上表情虽不清晰，大约也是生动的。郭家希猜想了几下，认为他在做什么健身动作，一转念又觉得不对，因为锻炼身体是不可能穿正装燕尾服的。

郭家希觉得好玩，就给傅曼发了微信，说自己遇到不明白的生活谜面。不一会儿傅曼上来了，拿过望远镜看了看，判断说："好像是在做指挥，指挥一个合唱团。"郭家希说："我也想到过做指挥，可一个人在房间里比画，太离谱了吧。"傅曼说："在家里憋久了，得做点让自己高兴的事儿，管他离谱不离谱呢。"郭家希说："那你再猜一猜，他指挥的是什么歌曲呢？"傅曼说："这可没法知道，望远镜里又没带耳朵。"郭家希说："应该是《风雨同舟》《让世界充满爱》什么的吧？"傅曼说："想知道是什么歌，得上门证实才行。"郭家希说："你是说咱们也干点儿离谱的事？"傅曼说："找个高兴呗，反正闲着也是闲着。"

两个人戴上口罩出门下楼，走到对面楼房，站在对讲屏跟前摁了房号。对方很快回应允许。俩人坐电梯上去，认准了房号敲门。房门拉开一截，可看到里边站着燕尾服胖男，他的身后歌声依稀可闻，不是《风雨同舟》也不是《让世界充满爱》，似是一首英文歌曲。郭家希说："不好意思，我们是邻居……"燕尾服胖男"砰"地关上门，在里面大声说："我还以为是物业呢，这时候邻居串门干什么！不知道危险吗？"郭家希说："我们听到了音乐，想知道是什么歌曲。"里面说："都听到了还问什么歌曲，你们的耳朵如此无知！"看来这位合唱指挥脾气挺大的，傅曼说："老师老师，我们就是无知青年，请指点一下。"里面说："困在这日子里，只有爱情才能驱散孤单，

234

我指挥的是*Right Here Waiting*，《此情可待》。"

噢，是这首歌呀！郭家希和傅曼相视一笑，有了揭开谜底后的小快乐。

两个人回到家中坐在客厅里，打开手机听《此情可待》。这首歌音乐挺耳熟，此时专门找出来欣赏，便觉得格外好听。男声歌手的嗓子略带沙哑却挺有磁性，一路投放着追忆和忧伤：

I wonder how we can survive this romance

（好想知道，我们如何让浪漫情爱持续下去）

But in the end if I'm with you（但如果有一天能回到你身边）

I'll take the chance（我会好好把握机会）

Oh can't you see it baby（哦，亲爱的，难道你不懂）

You've got me goin' crazy（你已使我发狂）

Where you go（无论你在何地）

Whatever you do（无论你做何事）

I will be right here waiting for you（我就在这里等候你）

傅曼查了查百度，说："原唱歌手叫理查德·马克斯，他妻子在外地拍电影老见不上面，有一天他动了思念，用二十分钟写成这首歌。"郭家希说："一般一首歌成功之后，总会编出一个好玩的背后故事。"傅曼说："为什么说编的？也许是真的呢？"郭家希说："那你相信有真爱吗，像歌中唱的那样？"傅曼说："也许有吧。"

郭家希说："又是也许……'也许'是一个可疑的词。"傅曼说："因为我还没遇到，我只能等待。"郭家希说："等待什么呢？"傅曼说："等待一种心动的感觉。"郭家希说："永远遇不到这种感觉呢？"傅曼说："那就永远等下去。"郭家希说："到了三十岁没遇上心动的感觉，你能指望四十岁的时候这种感觉跑过来找你吗？"

这句话有点狠，傅曼不吭声了。她站起来走到玻璃门前，默默望着外边。外边一片暗色，暗色中有零星的灯。傅曼把双臂打开，身子贴向玻璃上的红色"福"字，仿佛这样便能拥有福气似的。郭家希起身走过去，也打开双臂贴在她的身上。她微微颤动一下，挺直了脖子。郭家希翘起下巴，靠在她的头发上。傅曼说："你相信真爱吗？"郭家希说："你刚才的话，其实也是我的回答。"傅曼说："你是说你也在等待？"郭家希说："也许是……无望的等待。"傅曼轻轻点一点头："嗯，到了三十岁没遇上心动的感觉，你能指望四十岁的时候这种感觉跑过来找你吗？"

郭家希有点伤感了，两只手慢慢放下来，滑进傅曼的腰口，环住了她的腰肢。傅曼静着身子，鼻子里却有热气蹿出来，在"福"字上散开。郭家希觉得自己激动起来，身体快速有了力气。他一把扳过傅曼的身子，合在自己的身子上。他的躯体一下子接收到柔软起伏的紧贴感，她鼻子里的热气则喷到了他脸上。

郭家希的脑子还有些蒙，手脚已抢先行动了。他弯腰捞起傅曼的身子，快步穿过客厅撞开主卧的门，放在宽大暗黑的床上。这张床是主人的领地，铺着光滑的绸缎被子，现在只好暂时征用了。他镇定一下，摁开墙上的空调开关，又摁亮天花板的吸灯。

暖色的灯光里，傅曼侧卧在床上的姿势有些蜷缩。郭家希在她身后躺下，抬手搂住那弹性的肩膀。傅曼的身子抻开一些，翻转过来躺平了。郭家希的嘴巴凑过去，想压住傅曼的嘴巴。她的脑袋一别，躲开了。郭家希没有多想，试着脱她的衣服。她没有拒绝。

傅曼的衣服一件一件离开她的身体，丢到了床尾。当剩下三点内衣时，郭家希的手怯缩一下停住了。屋子里还没暖和起来，傅曼似乎感到了冷意，扯过被子搭在身上。郭家希转而脱自己的衣服，一件两件三件……每脱一件，他的身子则热了一分。很快，他裸露出并不结实的上身肌肉，肌肉上冒着一层热气。他掀开被子，让自己的躯体像另一条被子盖在傅曼身上。

就在这时，傅曼轻声说了一个词"condom"。郭家希傻一下马上明白了，爬起身去找那玩意儿。拉开床头柜第一个抽屉，没有。拉开第二个抽屉，也没有。那么应该在旁边的立柜里吧，蹿过去一一打开抽屉，眼睛一一扑空。有一只四方小盒子挺像的，拿起一看是日产明目液。郭家希心里骂了一声他妈的，有点恼怒又无措的样子。傅曼躺在那里看着他，忍不住轻笑起来。

郭家希说一声"你等一下"，披上衣服出门奔向次卧。过了几分钟，他欣然回来了，手里捏着一只所需之物，说："我这有出息的同学，看来狡兔二窟，轮回作战呀。"说着赶紧又掀开被子，这时他目光愣了一下，瞧见傅曼已经穿上衣服。他说："怎么啦，怕冷？"傅曼说："你躺下。"郭家希在傅曼身旁躺下。傅曼说："我改变主意了。"郭家希说："改变……主意，为什么？"傅曼说："因为我没爱上你。"郭家希不吭声了，把被子往身上拉一拉。傅曼说："你爱上我了吗？"郭家希慢慢地说："好像也没有。"

两个人静在了那里，无声地看着天花板。天花板上有一只圆盘吸灯，吸灯外围是漂亮的四方形灯池。过一会儿，傅曼说："我变来变去的，我对自己不满意。"郭家希牵动嘴角笑了一下。傅曼说："你挺沮丧的吧？"郭家希："好像也没有。"傅曼说："那么你反而松了口气？"郭家希："好像也不是。"傅曼说："你怎么老是好像好像的。"郭家希："因为我吃不准自己……当然啦，很多时候我也吃不准别人。"

傅曼沉默一下，叹口气说："我爱上一个人就好啦，譬如说是你。"郭家希说："你说的，其实也是我要说的。"傅曼说："如果我爱上你，你可以做上门女婿，也可以带着我到处流浪。"郭家希说："嗯，流浪是多么好的职业，何况两个人一起流浪。"傅曼没有笑，而是动一动身子，侧过脑袋。郭家希配合似的也转过脑袋。两个人的脸这么近，眼睛也这么近。郭家希瞧着傅曼，甚至从对方眼眸里见到了自己。过了一小会儿，对方眼眸里的自己浮动起来，一晃一晃的，像是漂在水上。噢，原来傅曼眼里起了一层泪花。

郭家希不知道怎么安慰傅曼，只好把目光别开。这时他记起手里还有一只套子，就举到眼前看了看，一甩手丢到地板上。不过很快，他又探身捡起套子，搁在自己额头上。又过片刻，他取了套子撕开包装，塞到唇间吹起来。套子是深粉色的，一点点变大，大成了一只气壮的长条气球。他把气球口子打了个结，一挥拳推向空中。

粉色的气球在空中蹿了一下，努力地停留一秒钟，然后一摆一摆跌落在傅曼的脚边。

六

媒体报道，有专家表示，根据流行病学规律，武汉如能在近期将每日新增确诊病例控制在两位数，则意味着真正拐点的出现。郭家希查了查数字，武汉最近一日新增病例为370例。情况在使劲好转，但拐点还不知道埋伏在哪一天。

杭州的情况也在转好，可正常上班的日子仍未到来。郭家希将个人简历投给两家公司，等来的都是无精打采的回复。在眼下的停摆时间里，不会有一份工作愿意来搭理他。

愿意搭理他的只有没话找话的傅曼。这一天傅曼在微信里问他，这几天是不是又恢复房间里的篮球训练啦？郭家希答复：我现在跟篮球的亲密关系，是看手机里的NBA球赛。傅曼：我妈说，楼上又有跑步声在作怪。郭家希：没有呀。傅曼：我妈是听她妈说的。郭家希：

也许是别的楼层传去的吧……你外婆的耳朵真尖。傅曼：我外婆这两天身体欠好，头晕无力，脸色像打了底粉，喜欢整天躺在床上。郭家希：怪不得，整天躺在床上听力会变强。傅曼：我有点担心外婆。郭家希：担心什么呀，你外婆一高兴还能喝一两杯白酒。傅曼打出一个沮丧的表情：家里一整天没高兴啦，现在不敢上医院，要是平时早去了。郭家希：对的，小病小痛眼下还是在家里养着为好。

这么聊着，郭家希以为只是一次平常的搭讪。几天前"身体未遂事件"之后，两个人并没存下别扭，心里反倒坦白了些，仿佛一次身体的裸露能拉近内心的距离。傅曼时不时地会闯入他的微信，把家里的枝枝叶叶变成排闷的谈资。

不过这一回郭家希判断有误，傅曼外婆遇上的不是小病小痛，当然也就不是日子里的小枝小叶。

当天晚上九时多，郭家希收到傅曼的微信：外婆心慌胸闷，还有体温高，我开车送她去医院。又一句：别发烧别发烧，还是发烧了。又一句：医院真恐怖！郭家希吃了一惊，马上回过去：需要我帮忙吗？傅曼：不用，已经在做血清和核酸检测了，现等着。又一句：一屋子发烧的人，个个像敌人。又一句：外婆要是阳性就完蛋了。郭家希赶紧逗话：想得美，这比彩票中奖还难。傅曼：不是阳性也麻烦，医生估计是心肌炎，得住院。又一句：现在住院等于关禁闭，不能陪护不能探视。又一句：我家三个女人此时心情很不好。

看来傅曼比较紧张，有仓皇之态。郭家希想给她打个电话，又不知现场情形，怕打扰了她。一时无计，只好发去搂抱的表情，以示安慰。

在不安中等了不短时间，终于接到傅曼的两条微信语音。一条说血清抗体结果出来了，是阴性，但核酸检测得大半天才能出结果，没法在医院傻等。另一条说外婆不乐意住院，而且态度坚决，医生也就不反对，给开了些药回家养着。

既然医生允许回家，外婆应该没啥大碍了。郭家希追问了一句，傅曼没有回复，估计正开着车呢。

郭家希不能让自己像个没事儿人。他算了算时间，坐电梯下到车库候着。几分钟后，一辆红色别克驶过来停在车位上，先下来的是傅曼——她戴着口罩，身披一件透明雨衣，脚上还穿了鞋套，一副警惕防备的模样。她见着郭家希，一推手掌说："你先别过来！"郭家希愣了愣，收住了脚步。

傅曼将外婆和母亲从后车门里扶出来——她们也是全副武装的样子。三个女人站在那儿，相互帮衬着脱下雨衣和鞋套，又摘下口罩，卷成貌似危险的一团，由傅曼跑去扔在垃圾桶里。这边傅曼母亲已弯身从车内取了新口罩，让三张脸再次戴上。

此时郭家希才有了献力的机会。傅曼把一个行李箱交给他，并让他在前面开路。他赶紧积极起来，拉行李箱、推过道门、摁电梯键，还用目光接应后面的三人组。

被搀扶着的外婆看上去的确很虚弱，如果不是执拗不从，她应该是要住院的——行李箱里的备物也证明了这一点。

　　下一日上午郭家希没忘了微信傅曼，表示自己也惦记外婆的病情。过了好一会儿，傅曼才回复说，核酸检测是阴性，终于没跟新冠扯上关系，但情况一点儿也不好。她没有多说，似乎兴致凑不起来。

　　可是到了晚上，傅曼忽然来了预约文字：待外婆入睡，陪我院子里坐坐吧。郭家希马上答应了，他觉得应该让傅曼开心起来。

　　约莫十点钟，两个人前后下了楼，先绕着院子走一圈，然后坐到游泳池旁边的小憩区。暗色中，仍能看出傅曼脸上的疲惫和沮丧。郭家希说："这两天很不快活吧？"傅曼点点头："昨天在医院胆战心惊，今天在家里提心吊胆。"郭家希故意说："怎么这么不淡定，到底年轻呀。"傅曼说："人家就是个年轻弱女子好不好？！"郭家希说："眼下的弱女子应该是外婆，她的病咋样了？"傅曼说："烧退下来了，但胸口仍然发闷，身上没有力气，握她的手凉凉的……应该就是心肌炎。"郭家希说："既是心肌炎，就该听医生的去住院。"傅曼说："医院出了规定，现在住院最多只有一位亲属可以陪护，这个名额只能给我妈。"郭家希说："那也没关系呀，过些日子一出院你们又可以天天见面啦。"傅曼说："外婆不这么想，她总觉得住进去就可能出不来了……这时候她眼前不能没有外孙女。"郭家希说："看来外婆挺宝贝你的。"傅曼说："人家就是外婆的宝贝外孙女好不好？！"

郭家希掏出一支烟插在唇间，想一想又掏出一支烟递给傅曼。傅曼竟接了，点上火后用劲抽一口，嘴里马上出来几声咳嗽，这让她把烟递还郭家希。郭家希只好两只手各夹一支烟，左手抽一口，右手又抽一口，样子有些伪潇洒。傅曼说："郭家希，你怎么一点儿不替我着急?!至少给几句安慰嘛。"郭家希笑了说："说的不如做的，我现在给你一个安慰的拥抱，可以吗?"傅曼说："你怎么这样呀郭家希，一天下来我心里烦着呢。"郭家希说："好吧，说说今天的烦心事，我听着。"傅曼说："其实不住院也行，医生说可以在家里静养，可外婆在床上躺着，一直很不安生，一看就知道心里装着事。"郭家希说："老人脑子里有什么念头吧?"傅曼说："我拐着弯跟她套了话才明白，原来她担心……在新房子里故去。"傅曼的舌头在"新房子"上加了重音，然后接着说："她怕自己坏了新房子的吉利，怕自己给新房子存下阴影……有了这些念头，身体怎么好得起来呢。"郭家希说："你外婆是个明白人，知道眼下这新房子的分量。"傅曼说："她当然知道。两年前为了买这房子，我们把家里角角落落的钱都掏出来了，包括外婆攒的养老费。那会儿还不兴摇号，得托关系打招呼，我妈费了洪荒之力才托到人。"郭家希说："那你得心理暗示外婆，既然她出了养老费，一定会多活几年把钱住回来。"傅曼说："暗示什么呀，我经常公开嚷嚷你长命百岁你长命百岁的。"郭家希说："长命百岁即使打个九折，也还有好几年吧，所以眼下她不用担心的。"傅曼说："好吧郭家希，你的嘴巴够贫的。"

　　郭家希将两只烟蒂掐灭，摆在小桌上。夜有点深了，游泳池的水卧在蓝色中，显着透明的安静。傅曼说："对了，昨晚你在地下车库接我们，表现不错，得表扬一句。"郭家希说："嘿嘿，我只是灵机一动。"傅曼说："老妈当时又生出感慨，说家里还是缺个男人。"郭家希说："让她再使出洪荒之力，给你找一个呗。"傅曼说："我嘴里没说，但暗中会给她加油的。"说着轻笑一声，这是今晚上她第一次开了颜。

　　傅曼的开颜是不可靠的，因为不好的情况并没有过去。

　　下一日晚上也是约十点钟，傅曼直接打来微信电话，说外婆感觉不好，认定自己快不行了。郭家希问："马上送医院吗？需要我做什么呢？"傅曼说："穿上厚实一些的衣服，马上下来到我家。"

　　郭家希赶紧套上羽绒服，将口罩裹到脸上，想一下又找出围巾绕了脖子，然后快步下了楼梯。801的门开着，进去一看，傅曼和妈妈一脸无措地站在那里，外婆则靠在床头闭目攒神儿。傅曼瞥他一眼，说："外婆力气少了挪不动步，你帮个手吧。"郭家希没有犹豫，上去两步将外婆抱起来。外婆的身子很轻，即使穿着厚衣服也没多少重量。进了电梯，外婆微微弹开眼睛，似乎认出了戴着口罩的他。她嘟嚷一句杭州话，郭家希没听明白。傅曼说："外婆说小伙子有力气，谢谢你。"

下到车库，他小心地将外婆放入车子，然后等待傅曼发话。傅曼挪开一步身子，轻声说："你来开车吧，但不是去医院。"郭家希愣一下说："不去医院去哪里？"傅曼说："随便哪里，在街上慢慢转也行。"郭家希说："什……什么意思？"傅曼说："外婆反对去医院，也不愿意待在新房子里。"郭家希明白了，明白得心里似乎溅开一个浪头。

郭家希坐入驾驶座，傅曼和妈妈坐进后排，护在外婆的左右。郭家希看一眼时间，是十时十八分。他发动车子，驶出地下层进入地面，开到院子侧门。保安的防疫态度照例认真，拿着笔进行登记。傅曼在后面递上了疫情时段车辆出入证。

因为没有目的地，车子先在一条小道上慢慢行驶。两边暗黑，不见行人，也很少有车子从对面开过来，或者从后面超过去。如此的冷清会让这辆别克感到孤单的，他把方向盘一打，先左拐后右拐，驶入了莫干山路。这是条主干道，路上的灯光和人车显得多了一些，但跟以前的平常日子比起来，街面看上去是空旷又收缩的。又因为不见了堵车，红绿灯突兀出来，一会儿遇到一个，一会儿又遇到一个。

后排座位上许久没有声响，像是不敢打扰外婆的安静养神。后来外婆终于说一句什么，傅母的声音便跟了上来，傅曼的声音也跟了上来。她们讲的是杭州话，郭家希基本听不懂，又觉得不能老当外人，就顺势问了一句。傅曼说："外婆提起我小时候的可爱，我们一块儿回忆那会儿的趣事呢。"

过了片刻，外婆又说一句什么，傅曼便搭腔，讲着讲着抽泣起来，傅母随即压着声音说傅曼的不是。郭家希忍不住又问了一句。傅曼带着哭腔说："外婆讲自己没了之后，小车要直接往殡仪馆开，衣服也已经备好了……哪有这么说话的呀！"傅母批评说："小曼你别哭哭啼啼，这样外婆会不高兴的。"

为了岔开话题，郭家希说："听点歌吧，我觉得现在听听歌比较好。"见后面没有反对，他拿起手机点开音乐库，播放近期听过的曲子。先是一首草原歌曲，再是一首校园歌曲，然后是那首英文歌曲《此情可待》。听一会儿，傅母开腔说："这首歌好听，不晓得唱的是什么？"郭家希说："阿姨，这是一首爱情歌曲。"傅母说："怪不得这男歌手嗓子里像塞着冰淇淋……小郭他具体说啥呢？"郭家希说："他说无论你在哪里你在干吗，我就在这里等候你。"傅母说："噢瞧瞧，人家外国人说话就是热情直白，不像咱中国人扭扭捏捏的太含蓄。"傅曼接话说："含蓄什么的是你们那一代人，别安到我们这拨人头上。"傅母说："你们这拨人热情直白不含蓄，那为啥不喜欢恋爱不喜欢结婚，还不喜欢生孩子……"傅曼说："妈，你又来啦……都什么时候了，说这些外婆会不高兴的。"傅母不吭声了，暂静中，倒是外婆说了一句杭州话。傅曼说："郭家希，你听懂外婆说什么了吗？"郭家希说："请现场翻译吧。"傅曼说："外婆说她没有不高兴，让你以后对我一定要好。"郭家希"哦"一声，想一想，又哑笑一声。他心想好在开着车，不用回头答话。

246

这么听着歌儿往前开，时间便过得快一些。待抬头细看，发现已近了西湖。过下一个红绿灯时，郭家希将车子拐进北山路，沿着湖畔徐徐移动。此时的西湖特别安静，打眼望去，远处的岸边灯光亮成一条长带，雷峰塔的顶部形成明亮的铜色，近处的断桥通体发光，岸上和水中抱成一团。

到达苏堤口子时，小车停了下来。此处是个不错的位置，车子可以在这儿歇一歇的。郭家希往后望一眼傅曼，傅曼点一点头，并递来一瓶矿泉水。郭家希打开瓶子喝了一口，听见傅曼又问："肚子饿吗？我这里有饼干。"郭家希摇摇头——今夜特别，不能又吃又喝的像一趟休闲旅游。

但经傅曼这么一提示，郭家希真觉得自己肚子饿了。他劝了劝自己没劝住，打开手机搜找一下，给傅曼发了一条微信：附近有肯德基还开着，可以买吗？傅曼回复了一个OK手势。

郭家希下了外卖单子，填的送址是苏堤北口。说实在的，在这个几乎全城禁闭的深夜，居然还有餐店肯送吃物，这让他有些惊讶。等了不多时，甚至比平时还快一些，送餐小哥打来电话，说自己到了。郭家希下了车，瞧见小哥靠着坐骑站在那里，全身捂得像赛车手。走过去未靠近，小哥用手在空气中一推，暂停了他的脚步，又从配送箱内拿出吃物搁在箱盖上，然后撤开几十米。郭家希这才前去取了吃物，往回走十几步转过身子，见小哥也已回到配送箱。他大声问了一句："兄弟，这个时候你怎么还敢出来赚钱呀？"小哥似乎嘿嘿一笑，也大声说："兄弟，眼下待在城市里不容易，有一份工作做着心里踏实。"又补一句："男人嘛，就应该对自己狠一点！"

这时傅曼也从车门里出来了，郭家希走过去将食品袋交给她，自己手里留了一个汉堡和一包薯条。傅曼说："郭家希，我看上去是不是很难过？"郭家希看了看她的眼睛，不吭声。傅曼说："不仅难过还有害怕，我心里慌慌的。"郭家希说："你戴着口罩真看不出来。"傅曼目光一愣，差点要笑了。郭家希说："多吃点东西吧，肚子填饱了心里就不害怕了。里头还有土豆泥，让外婆也吃几口……这一夜还长着呢。"傅曼说："你这口气挺懂事呀……我妈说得对，家里有时候是需要一个男人。"

傅曼进了车子，郭家希踱到湖边摘下口罩，先大口吞下汉堡，又将薯条慢慢吃了，然后点上一支烟。此刻的空气真是好，吐纳之间，似乎把胸腔疏通了一遍。这时他还发现这片湖面上布着荷花枯叶——荷叶在秋天便过气了吧，在湖水里竟坚持至今，还真是难得。他探出手摘了一枝，放在鼻前嗅一嗅，已没有什么气味儿，打开手机手电筒照一照，觉得枝叶的模样挺好看的。

郭家希回到车子，里边留有一丝肯德基特有的香味，但没有任何声音。外婆的脑袋靠在傅曼肩膀上，双脚则放在傅母的腿上。如果不是因为悲伤的背景，这样的相偎其实有些温馨的。郭家希抬手举起枯叶，又将电筒亮光打在枯叶上，说："你们看，这是什么？"傅曼说："是荷叶。"傅母说："枯了的荷叶。"郭家希说："这荷叶在秋天老去，过了冬天到了现在，得有一百岁了吧。"郭家希又说："一百岁的荷叶待在水里，仍是西湖的一部分，进入照片也还是好看的。"傅母说："小郭呀，你这是讲人生大道理吗？"郭家希说："阿姨，这只是一点小道理。"傅曼说："郭家希，汉堡、薯条你吃了吗？"郭家希说："吃啦。"傅曼说："吃饱了撑肚子，是不是就容易讲些小道理？"郭家希不敢拌嘴，赶紧将手电筒灯光打到自己脸上，嘴唇缩一缩表示自己不说话了。

车子内一下子又变安静了。

在暗色中，此刻的安静不是轻的，不是无内容的。换句话说，这种静默里像是放入什么有分量的古怪东西，因而显着不一样的重。郭家希想让自己想点儿什么，却不知道想点儿什么好。他要动一动身子，又怕发出不恰当的声响。

过了片刻，手机轻轻"嘟"的一声，将他从寂静中唤出来。拿起手机划开一看，是傅曼的文字：这样的夜晚，不习惯，受不了。郭家希的手指摁动几下，问：外婆怎么样了？傅曼回复：应该睡着了。又跟上来一句：她会这样睡过去吗？郭家希：不会，你别这么想。傅曼：我也觉得不会，可我心里还是慌。又一句：心里不仅慌，还觉得憋。郭家希：对付心里难受的办法是让自己睡着。傅曼：我睡不着，我想下车透口气。又一句：不仅想透口气，我还想喊一嗓子！郭家希还没应答，已听见后面有了声响：傅曼在调整外婆的身体睡姿，然后拉开门下了车。

郭家希轻着身子也下了车，见傅曼抬着脑袋做呼吸状，神情比较不好。他凑上两步，想找一句安慰的话。傅曼先开了腔："今天晚上，时间过得真慢。"他同意地说："不快活的时候，时间就过得慢。"傅曼说："郭家希，我不光不快乐，我还很不快乐！"不等他说话，傅曼又说："郭家希，我真的想喊一嗓子！"郭家希说："这不好吧……大半夜的，会吓着别人。"傅曼说："大半夜的，哪里有什么别人！"说着她一提身子，径直往苏堤方向走。郭家希瞥一眼车子，快了脚步也跟上去。

走了几分钟，俩人在湖边停下。夜色中湖面浩阔，展开一线线水波。又因为安静，水浪一拍一拍地发出轻微又清晰的声响。傅曼站在那儿朝着湖面，吸一口气说："我要喊了。"她扯一扯嗓子试了两下，然后放声叫了起来："我不要外婆死去！"停一下，又叫："我不要所有不高兴的事情！"她的声音尖亮气足，但在水面上没跑多远便散掉了。

郭家希点评说："喊的时候不要发话，一发话气势就不足了。"这么说着，他也想试一嗓子。他伸一伸脑袋，朝前方喊出长长的呼叫。这一声呼叫果然有力道，送出去远了不少。

不过旁观者清，傅曼也发现了其中的不足。她想一下说："我明白了，我们只是喊叫不是吼叫。"郭家希点点头："我们缺少声嘶力竭。"傅曼说："我们还缺少伤感！"郭家希说："我们还缺少愤怒！"傅曼说："我们一起吼一个吧！"郭家希说："好，一起吼一个！"

两个身子靠近一步，同时猛吸一口气，同时抻直脖子，同时从嗓子里蹿出持续的凶猛的声响。这股合而为一的声音，真的含着愤怒又含着伤感，形成了颇有气势的声嘶力竭的吼叫。当两张嘴巴合上时，那吼叫的余音似乎还在湖面上滑行。

两个人喘着气相互看一眼，都从对方脸上见到了痛快。傅曼说："这一嗓子不错，出了一口闷气！"郭家希晃一晃手机说："我录下来了。"傅曼说："你偷录呀，真狡猾。"郭家希点开屏幕，捏在手里听。刚才的长声吼叫重现在吼叫者的耳朵里，不但真切而且有穿透感，像是自己对着自己的内心发声。吼叫停止后，录音里还出现了几秒钟的浪水拍打声，轻轻地一哗一哗，听上去像是西湖的夜晚呢喃。

傅曼点一下头说："结尾的水声挺好，让咱们疯狂的声音带点韵味儿。"郭家希说："也不一定好，它让咱们的疯狂打了折。"傅曼说："不管它了，把声音转给我吧，我要发朋友圈。"郭家希说："这个也能发朋友圈？"傅曼说："为什么不能？"

说话间，傅曼已收下录音，并传上朋友圈，配套文字是：西湖边的吼叫。郭家希平常比较冷落朋友圈的，现在被傅曼带动，手指也有些按捺不住。他先给傅曼点了赞，然后又摁摁点点几下，把录音送到了朋友圈。他的说明文字为：今天，我吼了！

两个人收了情绪，在旁边的石头上坐下。此时似乎需要安静，彼此就不搭话。过了一会儿，郭家希掏出烟盒，递给傅曼一支。傅曼接了，点火后使劲抽一口。这一次她没有马上反应，但她抽第二口时，还是咳嗽了。这让她又将烟支递还郭家希。郭家希等着似的接过来，把这支烟继续往下抽。他每吸一口，暗黑中的红点就亮一下。

未等他的烟抽完，傅曼忍不住打开手机查看回应。显然，她得到了不少点赞——即使是这个时间，仍有一些不肯睡觉的人在朋友圈上游走。

郭家希摁灭烟蒂，也点开手机。他的朋友圈点赞区已集合了二三十个名字。这些名字属于熟悉或不太熟悉的人，他们路过时听了这二十秒钟的录音，心里也许只是奇怪一下或嬉笑一声。不过在评论区，放着几条有点意思的留言：

半夜一声狼嚎，什么情况？

这是你的声音吗？这女的又是谁？

好像在水边，小区不是还封着吗？跑哪儿浪着呢？

这算是玩情调，还是找痛快？

靠，这日子憋屈，我也要吼一嗓子！

如此用掉一把力气，心里似乎舒通了一些。两个人慢慢走回去，坐入车子。

郭家希在椅子上安定了身子，让脑子里的兴奋渐渐回落。他能感觉到，此时傅曼也收着气息，又变成不语又不安的外孙女。

夜往深里走，车子内彻底静下来。外婆无力地睡着，脑袋滑下去来到傅曼怀里，双腿仍被傅母抱着——她躺在女儿和孙女身上，像是成了一个有安全感的孩子。

这样的夜，是一种等待。

郭家希似乎没有睡意，或者说不敢睡。但睡眠到底是不讲道理的，一点钟或者两点钟的时候，他掉入了梦区。

醒来的时候，天色刚刚微亮，郭家希直起身子往后一瞥——外婆睁着眼睛安静地坐在中间，两边的傅母、傅曼则歪了脑袋一脸惺忪。郭家希以为自己还未梦醒，甩一下头，又甩一下头。

眼前的情景真实不虚，外婆好好的啥事也没有。

"现在几点啦？"傅母问了一声。郭家希看一眼手机："六点十八分。"真是巧呀，在车上已整整八个小时，像上了一个夜班。

傅曼动一动脑袋，问："外婆你怎么样了？"外婆说："嗯嗯，你不是看见了吗？我不肯死呢。"傅母说："大早上的，别说'死'字。"傅曼说："外婆，你是想做个死亡游戏逗我们玩儿吗？"傅母说："我讲了，大早上的别说'死'字。"外婆说："我的游戏在梦里呢……嗯嗯，我做梦啦，梦见参加小曼的婚礼。大家让我喝酒，我高兴，喝了两杯。"外婆又说："有小曼的婚礼在前头等着，还有那两杯酒也没喝掉，嗯嗯，我不能死呢。"外婆的声音挺轻，但不含糊。郭家希这才注意到，外婆说的是普通话。

郭家希摇下一小截窗户，清冽的空气游了进来。往远处看，绿山和湖水连接着，湖水上又浮动着一层薄薄的雾气，雾气中的三潭印月若隐若现。

这时手机叫了一声，他点开一看，是傅曼的微信文字：西湖的早上真好，就是还有点冷。又很快发来一句：真希望有位男人给我一个安慰的拥抱！他轻笑一声，用手指送去三个拥抱的表情。

七

小区的战时防御开始松动了。保安脸上没有了如临大敌的表情，你只要出示一下健康码，便能获得一个久违的请进手势。

江溢来了电话，说单位终于通知他来杭上班，不过为了避免意外失蹄，一家三口还得在屋内宅上一周。在手机里，江溢的声音有点兴奋，似乎带着一些逃离父母唠叨的解放感。

郭家希去了一趟商场，买回一堆吃物塞入冰箱，又简单清洁一下房间，让东窜西跑的东西尽量归位。那只有点老去的旅行箱被重新打开，他的衣服和杂物放了进去。做完这些，他给傅曼发了一条微信，说有空可到楼下走走。

过了片刻，傅曼仍没有回复。他决定自己先下楼，跟院子里的草坪和游泳池告个别。这会儿正是半下午时间，阳光还风韵犹存。他转了一圈，来到游泳池区域。池里的水依然蓝着，但不知怎么上面漂着几枚树叶。他找了找，在旁边见到一个长杆捞网。他没有迟疑，举着捞网探出身子，将树叶们捞了上来。

之后他坐到小憩区抽烟，抽了几口，手机轻叫一声，拿起一看是傅曼的回话。傅曼写：今天得令去上班啦，一堆事扑面而来，加倍的忙。又写：单位里分了不少口罩、洗手液，下班分你一些。

噢，原来上班了呀。他笑了笑，回复一行字：不用了，我的行李箱已收拾好，塞不下新东西啦。

傍晚时分，郭家希拖着行李箱回到出租房。推开门，一股霉味儿浪头般地打过来，让他后退了一步。才一个多月不见，屋子憔悴了许多，不仅地上长出一层尘灰，墙纸也像是泛黄了不少。

他进屋推开窗户，让新的空气进来，又用抹布过一遍那张仿皮沙发，安排自己的身子坐上去。不知怎么，这个时候他有点懒，不愿意马上提着劲儿擦擦洗洗，像一个勤奋的家务青年。

天色有些暗下来，他伸手摁下开关——上方的日光灯管亮了，但一晃一晃的似在挣扎。他只好起身找来扫把，用杆头去敲灯管，敲了几下，灯光居然稳住了，只是亮度不够痛快，仿佛戴了一层口罩似的。

他坐回沙发，掏出一支烟想点上。这时沙发扶手一侧探出一枚红底黑斑的小身子，一溜烟儿地近到跟前——原来是一只甲壳虫。这只甲壳虫懵懵懂懂又自信爆棚，竟抬起脑袋打量眼前的陌生人。他盯着它，眼睛一眨一眨的；它盯着他，前翅一摇一摇的。他尽量友好地

"噗"了一声,它一闪身子退后几步,似做思考状,然后掉转脑袋镇定而去。

他把烟点上,使劲吸了几口,心里透亮了一些。确实,大约因为视觉的落差,眼中的出租房更不堪了,但经过这一个多月的特别时段,他多少明白了生命可承受的轻与重,心里至少是不沮丧了。不管怎样,不轻松的日子得重新捡起来,洗洗刷刷后再过下去。一只甲壳虫尚且如此淡定,他没必要在生活中慌慌张张的。

这样想过,他掏出手机点开备忘录,思思索索,写下最近准备要干的事:

给求职简历化点妆,近日投送至少三家公司。

与房东联系续租1~2年,要求不提高或微提高租金(以疫情为理由)。

去polo店一次,买几件打折衬衫和T恤,马上转暖换季了。

头发太长了,拜访理发店一次。

半个月至少看一本书,减少使用电脑和手机时间(NBA球赛除外)。

不管价格如何恐怖,买茅台年份酒一瓶。

昆城暂时回不了,近日向父母报一次平安,并求寄鱼蟹海鲜若干。

写到这儿，他突然想，今日也属于近日，干吗不马上给妈妈打个电话呢?!他手指一动摁出号码，然后耳边响起妈妈的声音。妈妈说："怎么样了儿子?我不给你打电话，你就不记得给我打呀?"他说："我这不是记着给你打了嘛。"妈妈说："哦哦，这次是你打过来的……情况好了些，该上班了吧?"他说："是的，马上就上班了……我也从同学家搬回出租房住了。"妈妈说："儿子呀，房子的事你别太愁心，我跟你爸一直攒着力道，你那边也留意着。"他说："留意什么?"妈妈说："留意房价呀，万一哪天一不留神降下来了呢。"他说："今天不说房子好不好?今天的重点是，我的嘴巴有点馋海鲜了。"妈妈说："知道啦，你的心思我还能不知道……不用你提醒，海鲜年货今天上午就寄出去啦，快递现在已经正常了。"他嘿嘿一笑，想说句表扬的话，忍住了。

妈妈声音低下去，问："对了，小菲回杭州了吗?这几天你们俩在一起吗?"他咬一咬嘴唇，马上说："她回杭州了，马上被单位召去上班啦。"妈妈说："噢，好些天你没说她的消息了。"他说："她忙着呢，加倍的忙。这么多天攒下来，她说一堆事扑面而来。"他的口吻显然让妈妈放心了，她说："年轻人是该多干点事儿，古人说得好，天降大任于斯人也，什么什么，很长的一句。"

他呵呵笑了，终于送去一句表扬："不错嘛妈，这句话你也知道呀!"

补

11月上旬一个周末下午，郭家希上门造访江溢。他不是空手去的，手里拎着一瓶茅台酒。

这瓶茅台酒他花了两千多元买下，一直想找个机会还给江溢。住在别人家，不经过批准擅自干掉重要藏酒，这是不好的，必须补上。之前约过江溢两次，不是出差就是在饭局，便拖到了现在。

此时天空气色不错，有白云有阳光。进了小区大门，见院子里铺着长长的红地毯，一个花架子贴着"囍"字，上面系着一堆飘空气球。郭家希走过"囍"字和气球，进了电梯。

江溢嘴里对他的还酒行为进行了抨击，同时以轻描淡写的态度接过他手中的茅台。之后俩人在客厅聊了些闲话，便蹲到阳台上抽烟。江溢瞧着楼下的红地毯说："今天是个吉日，有人把茅台送出去，也有人把自己嫁出去。"郭家希笑了笑，"哦"了一声。江溢说："就是这楼下801的姑娘，不过我还认不准脸。"郭家希点点头，又"哦"了一声。江溢感叹着说："现在这年头呀，楼上楼下一辈子也不一定能成为熟人。"

江溢留同学用晚饭，不过声明因为夫人孩子不在家，只能弄一些简单的菜品。郭家希没有推辞，在客厅里等着。过了一些时间，楼下突然有了动静，郭家希急忙又走到阳台上去看。之前挺寂静的红地毯上，现在冒出许多穿戴漂亮的男女，走在前面的是双手相牵的新郎新娘。新娘今天穿着白色拖地婚纱，头戴一顶银色水晶发冠，脸上化了精致浓妆，远远望去，像是一位广告模特隆重地出场。待走到地毯中部，电子鞭炮声响起，各种颜色的气球得到解放，飘向了上空。郭家希的目光拨开新郎和伴郎伴娘们，只停留在新娘身上。因为是从后面望去，见到的只是新娘的背影。其间新娘回转过一次身子，但距离有些远，捉不住她脸上的细部表情。

三天之前，傅曼在微信里的表情也不是清晰的。当时她告诉他，自己到底把自己嫁出去了，婚礼定在周六。他吃了一惊：哇靠，终于遇到心动之人啦？赶紧说来听听。她没有被他的好奇缠住，而是绕开了说：今天联系你，既是送一个通知，也是讲一声sorry。他说：什么意思？她答：我的婚礼相当简约，邀请赴宴的人比较少，其中就不包括你。他手指停顿一下，回复：当然，我不是你的亲戚，也不是你的同学。她说：但我会想着把重大消息告诉你，只有重要的人才有这待遇哟。他给出一个调皮的表情：嘿嘿，看来我出息啦，终于成为一个重要的人。

晚饭启动时，江溢拿出从温州捎来的杨梅酒。两个人从小时候吃杨梅说起，聊了一些儿童记忆，又讲了大学岁月的一些趣事，完了算一算年头，觉得日子在流淌，时间过得不知不觉了。江溢还掉了书

259

袋，用庄子一句话表达自己的感叹："人生天地之间，若白驹过隙，忽然而已。"

郭家希记起大半年前，也是在这张餐桌前，他跟傅曼面对而坐，端起"盗"来的茅台酒，为疫情解闷，为寂寞干杯。彼时的情景在脑子里即使鲜明，可丢在时间里，也是"忽然而已"。这么想着，他心里像打了一个结，又很慢地叹了一声。

饭后饮过一杯茶，便告辞出来。到了楼下，他不想马上离开，便在院子里走一圈。走到草坪旁边，突然发现一棵桂树的枝叶上卡着一只粉色气球，应该是傍晚气球们升空时它掉了队。

郭家希脚尖一蹬爬上树杈，伸手取下那只气球跳回地面。他走到开阔处，把气球拿在眼前看了看，友好地往上面吹一口气，然后手指一放。气球晃晃悠悠地上升，不多一会儿，隐在了夜空中。

他望着夜空的时候，突然想到了什么。他划开手机往"收藏"里找东西，很快找到了，是一段录音。他点了一下，把手机近到耳边，一段男女合音的吼叫从远方穿空而来，那么愤怒又那么伤感，像是一颗石头挣脱手掌后的激动飞行。

当然啦，长长吼叫的结尾处，是轻柔的湖水拍岸声。此刻听在耳里，这湖水拍岸声挺有韵味儿。没错儿，真的含着韵味儿。

宇 宙 里 的 昆 城

一、需要一说的缘起

我知道，是时候了，是讲出这个真实故事的时候了。

两年前的一天，一位旅居美国的中学女同学回国期间，想购回在老家昆城的一所旧宅，一时却没法得手。无奈之中，她求助于我。为了办成此事，我从杭州回了两次昆城，拿着面子费掉不少口舌。

撇开房子交易事务，我在此过程中捉到了一块文学大料。这件事切入点挺窄，但穿过窄门，或许能见到大的世相。之所以这么说，是因为此事有时间和空间的跨度，又关涉从昆城走出去的两位赴美留学者。中美，留学，爱情，婚变，隐秘，失败，这些词语含在嘴里嚼一嚼，能让人生出激动。

随后一年多中，我一直惦记着这件事，除了做一些科普功课，也主动与美国的两位同学进行联络——没错，是收集故事式的联络。我很想找机会跟他们相处几日，以便更深入地聊话。但他们已经离婚，偶尔回国，也是各自行动且行迹匆忙。好不容易见了面，他和她也不会轻易开放自己内心的秘密。好在我们当年的同学关系比较扎实，也好在我有足够的诚心和耐心。

对我来说，这真是一次特别的经历，因为其中的人和事有着超出日常经验的异样。每当事情获得进展时，我心里难以避免地受到震动，甚至会显出一种不老练的兴奋。

时间过得快，现在已是初秋了。好几个晚上，我安静坐在客厅沙发上，回想着脑子里存放的一件件事。这些事按时间衔接在一起，差不多已组合成完整的故事形状。我得承认，这里边有着真切的生活演出，远比小说的周密虚构更加文学。也正因为这样，我准备放弃精致的讲述——是的，只有朴素的语言才配得上这个故事。

夜深的时候，我走出房间来到阳台上。城市的天空竟布着几颗星子，孤独而高远。我举头望着，思想不免飘游。不知怎么，我觉得天地突然变大，地球上的人与宇宙连在了一起。

二、我与两位同学的交往片段

在展开故事之前，我先说出两位主角的名号，男士叫张午界，女士为徐从岚。在中学时代，他们的名字和我写在一个班的花名册上。

那会儿的高中还是两年制，我们是1978年秋天入校，1980年夏天毕业。此时高考恢复不久，社会上攒了许多届学生，都奋勇地想挤进大学，但大学的胃口还比较小，招不了太多的人。所以要说拼高考，那年头比眼下惨烈多了。一个班级一般只有几个同学冲顶，其余人都得牺牲，一将功成众人枯。

不过开始的时候战火未燃，也没分文科理科，我和张午界、徐从岚都坐在一个教室里。在班上，若论志向，好汉不少，若说成绩，好汉不多。张午界成绩坚挺且不缺志向，在班上成了天花板式的存在，但同时他也是个异类，因为又狂又傻。

先举一个例子吧，那会儿我们大部分同学都住校，晚上在教室里夜读。在教学楼走廊拐角有一间很小的屋子，里边搁着两张桌子，白天供老师们小憩，夜读时则被两三个学生占领，因为这里比较安静。这天晚饭后，两位同学抢先进驻了小屋子，不过其中一位同学是著名汗脚王，脚丫子从解放鞋里拔出来，臭味几乎在空气中炸开。另一位同学是个胖子，不一会儿就捏着鼻子蹿出门，在走廊里大声喘气。很快，好几位同学围过来听他诉苦。他说，你们谁进去待够十分钟，明天午饭我免费提供。重赏之下必有勇夫，一个同学抖起精神进去，五分钟后甩门冲出，还做呕吐状。另一个同学往两只鼻孔塞了什么东西，然后一脸悲壮地迈步入门，坚持到八九分钟时，终于抢身而出，直接蹲在了地上。这时张午界拍马上阵了，他耸一耸肩膀，拿着作业本安静进屋。五分钟过去，十分钟过去，有人再看一眼手表，十五分钟也已过去。胖子同学说，他会不会挺不住晕倒啦？大家吃一惊赶紧推开门，只见张午界稳稳地坐在那里写作业——在那非常的一刻钟里，他做了一道复杂的物理题。

这个例子若道出他的傻，那还得讲一件事体现他的狂。记得一个周末晚上，我和他待在一起想放点松，就去爬城南的九凰山。当年电视还是个新鲜东西，九凰山顶刚建了电视台基站，昆城年轻人都愿意去见识一下。那天傍晚我们爬了一个多小时到达山顶，围着基站走了一圈，又隔着玻璃窗看了一会儿黑白电视——好像是罗马尼亚的一部故事片。下山的时候天已大黑，好在空中有不少星子，我们低着头沿着石阶慢慢往下走。正困难地走着，眼前猛地亮了一下，接着上空响起一阵轰隆声，原来闪电、打雷了。我们躲无可躲，只好坐在台阶上。我不明白地问，天上有这么多的星星，怎么还闪电、打雷啦？张午界说，这是因为那片雷电云比较远，不在我们的头上。我说，比较远是多远呢？这时闪电和打雷又先后袭来，电光中我能看到张午界一脸的认真。雷声过后，张午界说，光速是每秒30万公里，音速是每秒340米，刚才雷电相差九秒钟，因为光速太快可以忽略不计，所以那片云离这儿大约3060米。我有点蒙，只好指着头顶上的星星说，它们有多远呢？张午界仰着脑袋慢慢地说，它们每一颗的远近都是艰难的计算题，多给一些时间，我也许都能做出来。

天上星星的距离哪能是中学生的作业题，但张午界的口气就是这么大。所以那个晚上的对话让我印象深刻，光速音速什么的数字现在还能记着，不过我对他"多给一些时间"就能计算星星距离的说法不以为然。"一些时间"是多久呢？几天或者几个月？事后证明，"一些时间"是指几年几十年，甚至是一个虚词。

当然啦，接下来我已没法惦记这种小事，因为学校里分了文科班和理科班，我和张午界不在一个教室了。随后一年里，我们各自忙着对付高考。那是一段昏天暗地的日子，每个人都提着劲儿，脑子里全是凶猛的试题，即使星期天也不敢睡个懒觉。连最懵懂的家长也知道，高考是一件大事，考上大学要放红榜，名字贴到十字街口最醒目的墙上。

天气最热的时候，高考结束了。红榜放出来后，围观的人站满了整个街头。在昆城，我们中学声名显赫，但上榜的人也不多。兴奋之余，便是填志愿表、等通知书。初秋的时候，我去了北京，张午界则前往合肥，他读的是五年制的中国科技大学物理系。对了，那年我十六岁，张午界十七岁。

大学期间，世界向我们噼噼啪啪地打开，小镇的生活被我们丢在了脑后。我和张午界都有些忙，也有些懒，相互只写过两三封信，联络渐渐淡了。这种淡不是关系的淡，而是消息的淡。

时间说慢也慢，说快也快，一不留神大学就收尾了。毕业后我回到温州工作，张午界留校过渡两年，听说又转去香港中文大学读硕士。大约在1990年的5月末，我突然收到一份婚礼请柬，打开一看，上面写着张午界和徐从岚的名字。说实在的，我眉毛一跳吃了一惊。

我们那个年代的中学，男女同学之间基本上不搭话的。何况我们年纪都比较小，递情书、地下恋之类的事很少发生。在我的印象中，张午界从没有跟徐从岚沾在一起的迹象。而徐从岚当年没有中榜，复读两年考上了杭州商学院。之后他们是如何贴上的，又是如何发展的，当时我一头雾水。但我也相信，一对中学同学能好在一起，一定原先埋伏着情意，又一定在之后写了许多封情信。那时我们明目张胆的浪漫，一般只放在纸上。

一周后，我参加了那个婚礼。按昆城当年习俗，婚礼在中午举办，而且宴席一般不入酒店的。张午界家在镇子坡南街上，是一座宅屋，院子不小，里头还有一棵老桂树。这宅屋应该是祖传下来的，张午界从小在这里长大，自然挺有感情。那天的婚宴就在院子内外摆了十多桌，场面不算大，但算得上热闹。我不见张午界已好几年了，他穿着西装，个子不高可身体挺拔，看上去相当精神。徐从岚呢，高中毕业后第一次见到她，十年不遇变得鲜亮，穿上了婚纱，简直像苹果一样诱人。当然啦，也可能是此时眼界未开，反正觉得他们挺洋气也挺般配的。那天中学同学来了不少，在院子里制造了一阵一阵的笑闹声。

一脸高兴的还有双方的家人。张午界的父亲是昆城邮局的一位职员，母亲为小学教师，就在离家不远的县小教语文。他还有一个弟弟，身子比较壮实，已经参加工作了。徐从岚则是昆城西门人，父亲是工厂工人，母亲好像是电影院的售票员。他们的开心，不仅是为着婚礼，更是因为新郎新娘已有了好的前景。

前景的确不错呀。徐从岚大学毕业后分配在杭州一家国营商业公司上班，本来已稳住日子，但这时她不计后果地请了长假，实际是准备辞职了。两个人的发展去向已经明朗，张午界即将赴美留学，徐从岚也在办理F2签证，会很快前去陪读。

所以那天的婚礼是出国前的一种仪式。这种身份认证似的仪式是双方家人所需要的，尤其是在出远门前。不过对同学们而言，不只是婚礼，还有送别，有些"此地一为别，孤蓬万里征"的意思。酒席间，回忆的话和展望的话交替出现，一筐一筐的。白酒和啤酒也是交替上桌，一箱一箱的。张午界酒量比较薄，但那天丢了束缚，喝得相当奋勇，最后舌头拐着弯儿，昆城话讲得有点像英语了。散席的时候，徐从岚悄悄对我说，午界睡一觉就好了，你们几位晚上过来继续聚。那时候的昆城，宴席就是这么野豪，白天闹腾过了，晚上也不能冷落，一般会召唤几个好友再守一守喜气。我从温州过来赴宴，当晚也不打算回去，没有犹豫就答应了。

当天晚上，七八个要好的同学又凑到一起，坐在院子里的一张酒桌前。我的酒量比张午界还弱一些，喝一点就上脸，再喝一点就容易招来胃的造反。好在此时上方有月亮，又没了白天的喧闹，适合小饮聊天。同学们慢慢吃着，一边说一些闲话。我问张午界将来具体的打算，他说现在想具体也具体不了，反正先花几年时间把博士学位拿下，从岚出去也会继续读书，在美国只要拿着高学位，以后的日子就不会失控。从张午界收敛的口气中，我能捕捉到他的踌躇满志，毕竟他去的是著名的加州大学伯克利分校，又是全额奖学金。更重要的是，我能感觉到他有一股在专业上奔跑的欲望，也就是当年在山上要计算天上星星距离的那股劲儿。不过即使去摘天上星子，反过身子还得回到地面。我对张午界说，以后呀不管跑得多远跑得多久，你还得惦记昆城惦记这个院子，因为这一辈子你和从岚严重失控的夜晚，是从这里开始的。同学们哈哈大笑起来。笑声中徐从岚走了过来，轻声宣布一件事，让我们移步树下去见证一下。

呵呵，在这个新婚之夜，原来他们俩决定干点有趣的事儿——想想也是，一对即将出国的留学生婚礼，总得跟小镇上普通的婚礼有所区别吧。大家随着俩人来到桂树下，那里不知啥时已经挖了个小深坑。张午界拿了旁边的一只陶瓮，搁在深坑的底部。伴着同学们的做证目光，张午界和徐从岚各自将一个荷包放入陶瓮中。两个荷包里各有一张纸，分别写着一段相互保密的文字。这是他们心里的密语，先存放在时间里，相约五十年后打开。

这的确是个好玩的游戏，有点浪漫又有点别致。随后张午界用铲子取了一铲土送到坑里，将铲子交给徐从岚。徐从岚认真铲了一下，把铲子交给旁边的同学。大家一边说着嬉笑的话，一边轮流铲土把坑埋上。有点可惜的是，旁边没有一只相机记录一下。

说实在的，月色中的这个插曲虽然有趣，可当时大家并没觉得有额外的意义。毕竟只是一个游戏嘛，将土埋好后，事情似乎就过去了。同学们继续回到餐桌上喝酒聊天，赚钱门路呀、昆城未来呀、美国生活呀什么的。那个晚上大家坐到很晚，几乎忘了洞房还在等着新郎新娘。

这个婚礼之后，张午界、徐从岚先后去了美国，我跟他们又少了联系。那时候没有手机，联络不方便，我和张午界只是有过几次邮件往来。时间恍惚岁月不居，再见到他们，已是十多年后了。

2002年深秋，"9·11事件"发生的第二年，我赴美国参加一个文学活动，顺便四处走走。到了西海岸，计划在旧金山逗留两三天。跟张午界一联系，原来相距很近，心中顿时一喜，就约定见个面。那时他们住在奥克兰，跟旧金山仅一水之隔，跨过一座大桥就到了。

我在一个中篇小说里写到过旧金山著名的大桥，但那是金门大桥，不是去奥克兰的这座。这座海湾大桥也挺著名，跨度很长，上下两层通着汽车。记得那是个阴淡的下午，路过大桥时能看见有点无精打采的海面。过了桥不多一会儿，就在第十九街边上的公交站头见到了张午界。他站在那儿等着我。

默算一下，此时离上次婚礼已有十二年了。我们的脸上虽然刻着岁月的痕迹，但一眼都能认出对方。张午界看上去有些疲累，不过马上被久别重逢的高兴覆盖了。奥克兰城区不大，他开车七八分钟便把我拉到了家。徐从岚在门口迎接我，她的身边多了一个六七岁的儿子。

他们家不是美国常见的那种独门别墅，而是一套一百多平方米的condo，翻译过来叫公寓房。因为离学校（对了，就是加州大学伯克利分校）不远，在几年前买了下来。房子在六楼，看上去倒也不错，有壁炉有书架还有真皮沙发，有点古色古香的。徐从岚烧了几个中国菜来款待我，当然还上了一瓶葡萄酒。这么些年过去，我和张午界的酒量都没有长进，喝了两杯便开始上脸。

不过有了酒喝着，说话会顺溜些，我们先聊了房子。徐从岚说，房子是1999年买的，当时房价有些下滑，租房不如买房，就凑钱加贷款买了。这两年房价往上爬，心里正暗暗高兴，不料"9·11"来了，房市又落了潮。我又提起孩子，说儿子挺可爱的，该上小学了吧？徐从岚说，刚上小学一年级，之前是外婆、奶奶轮流着来美国照顾小孩，虽然辛苦些，倒也没出什么差错。

说过了房子和孩子，然后进入工作的话题。徐从岚到美国后打过一些零工，后来继续读书拿到会计学硕士，现在在一家贸易公司做财务助理。张午界呢，花五年时间读完博士，又做了一年博士后，之后留校做助教。按学校规定，助教做满五年后就会失去资助。幸运的是，在第五年即将结束时，他拿到一份非终身制的副教授合同。这么听着，他们俩似乎还挺顺的，没什么太大的意外。中国的不少优秀留学生，应该就是这样一路走过来的。

但接下来我才知道，他们俩的生活状态并不够好——正是因为张午界的专业方向，使得他和许多留学生有了区别。

张午界此时迷上了弦理论，具体地说，是迷上了弦理论新演变出来的M理论。当然，这种物理学上的玄妙东西我不懂，只能听张午界的解释。张午界说现代物理有两大支柱，即广义相对论和量子力学，但它们居然是不相容的。找到一种可以统一它们的理论，是许多物理学家拼尽全力的目标。现在，一缕颇有魅力的曙光出现了，这就是弦理论。弦理论认为世间万物均由一根振动的弦组成，无论是最小的基本粒子还是最大的宇宙天体，都得在这根弦的跟前低头称臣。也就是说，这个理论若能成立，就能弄明白宇宙的起源问题。瞧瞧，这是多大气派的学说呀。但问题是，要证明这个理论是对的，得找到基本粒子，但基本粒子太小太小了，小得无法用咱们的文字语言来表达。

张午界说，要找到基本粒子，得靠加速器和对撞机联手，也就是在加速器的推动下，用带电粒子进行对撞，产生新的基本粒子，而且这种试验最好排除任何元素的干扰。举个例子说，得在一条很长很长的地下隧道里，两台力大无穷的对撞机飞速地迎头相撞，轰的一声，才可能溅出基本粒子的身影。而那一刹那，大约也是宇宙大爆炸时的一小块景象。

张午界说的理论我一时听不明白，可这个例子我听懂了。当时我就想，呀呀，这玩意儿太有意思了。

但问题在于，要进行这样的对撞试验，要花很多很多的美元。即使自己拥有印钞机，美国政府也不愿意拿出这么多的钱。而此时，弦理论又进行了新一轮革命，M理论闪亮登场，非常让人着迷。

张午界的担忧是，如果美国政府不支持搞对撞机，M理论就会失去证明自己的机会。从小的说，这会导致M理论在物理界站立不稳，并带来该专业经费资助的减少，容易让他的教职脱手而去。往大里说，人类能捕捉到宇宙诞生的细节，那该多好呀，张午界作为往这个方向用力的物理学者，显然有些心急。

其实聊一会儿我已经知道，在美国搞弦理论研究的——这里指的是大概念的弦理论，包含了M理论——有一个庞大的阵营，里边有不少著名物理学家，张午界在其中只是一个追随者。但他的忧心是真切的，痴心也做不了假。那次拜访他家，在我脑子里留下一个重要的印记就是他隐隐忧郁的神情。这种神情又让我联想到当年他在山上遥望星星的模样。现在有句话叫"归来仍是少年"，我觉得他的身上还残留着少年的影子。

归来仍是少年，其实说的不是年龄，而是指还保留着内心的干净和向外的好奇。在张午界隐隐忧郁的神情里，干净和好奇这两者都没失去。不过呢，他的干净带着一点笨拙，他的好奇带着一点迷茫。对，就是这样。这是我当初的短暂感觉，不一定准确，却一直停留在了时间里。

说一直停留，是因为在后来很长的岁月里，我没再见到张午界。

那次晤面之后，我们的联系并没有变得更多——世界说小又很大，而大家在日子里都忙着自己的事情。我也从温州来到杭州办一份文学杂志，整天想的都是稿子的事。直到迈入智能手机时代，我和张午界才多了些短信来往。有一天为一个什么事搭话，张午界突然告诉我，他离婚了。我吃了一惊，连忙问怎么回事。张午界没有解释什么，说分开了也好，两个人都轻松些。我再追问，他就没回复了。为此我在脑子里想象了好一会儿，也没想出什么头绪来。由于时间和空间的缘故，张午界其实已不是我熟悉的人。是的，对我来说，他成了地球上另一频道的人，是一种遥远的存在。

事情的变化点出现在前年的10月。这一天我收到一条短信，对方说自己是徐从岚。我恍惚了几秒钟，才明白过来——时隔多年，徐从岚竟然冷不丁地出现了。

徐从岚说此次回国已在老家昆城待了半月，现经过杭州准备返美，希望能见个面。我心里挺高兴的，很快约定当天晚上在楼外楼一起用餐。到了傍晚，我提前抵达，选了一张靠窗的小桌子。没多久，徐从岚来了——一身雅致的休闲装，脸上淡妆里多了一些皱线。因为久别，两个人都有些感慨。我们边吃边聊，大都是我问她答。我先问她儿子怎么样了。她说他大学刚毕业，在旧金山一家计算机公司做实习生，情况还好。我又问张午界近况如何，他有回国吗？她说好久没见啦，不知道近况。我说分开了他还是儿子的父亲，怎么会没有消息？她答道，只听说他每年会回一趟国，参加一些城市马拉松赛。我吃了一惊，呀，他跑马拉松？她说跑了不少年啦，开始是几公里健身跑，慢慢添了距离，先跑进半马，又跑进全马。我问他的专业进展怎么样。徐从岚沉默一会儿，摇摇头说不知道，反正我们分开时他正在低谷期。我还要再问，见她低头不语的样子，就改了话头，问她这次回国的情况。她这才抬起脑袋，说有件事想请你帮忙。

分别这么多年，她还能想到求助于我，这是老同学的情感底子在托着。我这么寻思着，一边等她开口。她说求是，你还记得当年我和张午界婚礼日的那个晚上吗？我愣一下，点点头。那个晚上太不一样了，让人无法忘记。院子里的树下陶瓮内，装着五十年封存期的爱情密语呢，只是当时谁也没去想这婚姻会不会被现实打脸。

徐从岚眼睛暗了一下，说可惜那个宅子没有啦。我"咦"了一声，说昆城这些年的确在拆拆建建，可坡南街是保留了的，那房子怎么就没有了呢？徐从岚耸一耸肩说明几句，我这才知道坡南街老宅是被张午界弟弟卖掉了。卖掉旧屋搬进新房，这是人家的选择，当然不能算错。但对徐从岚来说，这竟是一个心结。

徐从岚说，我在城西有一间父母留下来的老房子，上半年被拆迁了，补回来一笔款子，我想再添上一些钱，把张午界的那个老宅买回来——这次回国，主要就是为了这个事。我不解地问，你跟张午界早分开了，干吗还要替他赎回来？徐从岚说，不是替他是替自己，我愿意在老家保留一处房子，与其在拆迁后弄一套新房，还不如拿回这个有感觉的旧宅。我明白了，点点头说，你在那个旧宅其实没住过几天，你的感觉主要奔着那老树底下的纸上文字。她轻笑一下说，你是那个晚上的见证者，这也是我找你帮忙的重要理由。我说，这么一讲压力不小呀……我能帮什么忙呢？她说，我打听过了，那老宅的现主人是位公务员，没打算卖掉房子，通过中介店员打电话试探，一下子被顶了回来。她停一停又说，我在昆城已没有可以相托的朋友，父母年纪大啦跑不了这种事，所以挺沮丧的。到了杭州突然想起你来，你是作家神通广大……我笑了,作家怎么可能神通广大!她说别谦虚了,你在昆城一定有不少朋友。我说,我有几个朋友,可他们都不是买卖房子的。她说,求是你的意思是不想帮这个忙吗?我说,我的意思是肯定要帮这个忙,但不敢打包票。她笑起来说,在外边待久了,我已不习惯你这种绕来绕去的表达。我说,让不想卖房子的人卖掉房子,这可能比写一个小说还难,我试试吧。

这件比写小说还难的事,真让我给办成了。

我托了朋友,自己也前后去昆城两趟,曲曲折折把人家说通了。当然主要还是徐从岚愿意多出一些钱,一个"钱"字,能让一个人对房子的态度发生质变。主人何为言少钱,添加一点开心颜嘛,其中的交易细节就没必要多说了。

我想说的是,因为办这件事,那一天我有机会重新站在了张午界老宅的院子里,站在了那棵桂树下。地面平整如常,慢慢跺几步,似乎能感应到脚底下藏着的爱情初心。我脑子里挡不住地蹿出几个问号,这些问号关乎张午界、徐从岚的婚姻变故和专业起伏什么的,捏在一起其实是一个问号,即时间到底让他们发生了怎样的改变?作为一个写作者,我知道这个问号不仅通向他们的生活,也通向他们的内心。

就是从这时起,我生长出一个念头——应该去深度了解他们,尤其是张午界。很快,这个念头越长越高。

我做的第一步自然是从徐从岚入手。前些日子为了房子的事,我俩时不时地在微信里聊话，但现在我琢磨一遍，形成一个判断：要做这种了解，在微信里展开不是上策，因为容易直白简单，谈得不会太透，还不如用邮件交流。把问题列好发去，她愿不愿意回答、做怎样的回答，得让人家有些思考时间，这才是妥当的。

三、我与徐从岚有了邮件往来

1

从岚：

问好！

在微信上我讲了，我将给你写一封邮件。你心里肯定会纳闷，干吗不在微信里说话，非得煞有介事地转到邮件上。呵呵，这么做不为别的，我只想聊得深入一些细致一些。多年前在奥克兰，我吃了你一顿好饭，谈话却浅了。去年在杭州，光顾着说房子，也丢了细聊的机会。

我知道，你购买房子是为了守护，守护心里认为可贵的东西。细想一下，这种行为挺让人心动的。从这里想过去，我断定你和午界的身上存着不少故事。作为一个作家，我当然想以采访的名义获取这些故事，但我又反对自己这么做，因为咱们更是有情感底子的同学。是的，我很愿意以同学的身份走近你们，推开横在时间里的隔门。我的意思是说，作为一个教室里的少年同窗，走到眼下这个年龄，是值得一起回望一下岁月的。如果这样的说法还是牵强，那我只有以好奇为借口了。你应该还记得，我从小好奇心旺盛，嘿嘿，这一点到现在仍没有改变。

为了方便深聊，我已列出了几个问题，但现在转念一想，还是先不给你。你有个允许的态度，我再发去吧。

钟求是

2019.03.10

2

求是：

你好！

迟复了，抱歉！你的信函像是一页虚账，写了一些花巧词语，中心想法还是要做作家式的打探，所以这两天我比较犹豫。想到把自己的私事拿出来示人，心里不免有些阻碍。咱们毕竟不在一起很久了，我不能因为你是同学、近来又帮了忙，就随便答应。这是真话。不过今天下班坐地铁回家，路上打了个盹，我梦见许多年前的中学教室。虽然只有几分钟，但还是让我心里既高兴又忧伤。也许你说得对，到了这个年龄，是可以一块儿回忆一些事情的。

好吧，没什么大不了的，我会试着回答你的问题。

徐从岚于旧金山

2019.03.13

3

从岚：

你的回复让我愉快！这两天我自己跟自己打赌，猜你会不会答应，猜了几次不分胜负，现在你给出了结果。

我的问题有点正式，但尽量精简些，主要为：

一、20世纪90年代初赴美留学，不是一件简单轻松的事。你们最初是如何站稳脚跟的？除了学习，打过工吗？（上次在奥克兰你们简单说过几句，我想知道多一些。）

二、能说一说你在美国的生活曲折和工作近况吗？漂了这么久，有无漂出一点寂寞感，或者说有无惦念老家了？买下昆城那所宅子，会促进你回来小住吗？

三、午界的读博经历可以介绍一下吗？奥克兰见面和后来的偶尔联络，我能感觉到他对工作的忧郁，情况到底怎么样？他为什么会喜欢跑马拉松？

四、你和午界的婚姻曾经那么好，后来遇到了什么问题？你们分手的核心原因是什么？（这不算打探，而是关心。）

五、午界研究的量子物理，我不懂仍觉得有趣。因为不懂我只能问，他现在干得还好吧？

有闲了回答，可以不着急。

求是

2019.03.14

4

求是：

因为你的提问，我有了回忆和梳理的机会。不过我并不擅长这种做题般的回答，如果说得不好，或者过于简略，那不是我不认真对待。好在年轻时我跟许多人一样也喜欢过文学，不至于中文表达词不达意。

按问题的顺序，回复如下：

一、张午界是1990年9月到达美国的，在加州大学伯克利分校读博士。七个月后，我以陪读的身份也来到这里。我们先住在租金便宜的学生公寓里。我的计划是把F2签证转为F1签证，也读个学位。午界因为在香港读的硕士，英语已经过关。我的英语还不行，得花一段时间补上。另外午界虽然有全额奖学金，但维持两个人的生活远远不够，所以我把一天的时间分为两份，一份用来补习英语，一份去餐馆打工。我很辛苦。

我在一家中国餐馆洗过盘子，一天三小时。每次去的时候，碗池里的盘子堆成一座小山，似乎永远洗不完。才洗了三五天，我的手便脱皮了。我在一家越南中餐馆拆过鸡，就是把一只整鸡拆分成鸡翅、鸡腿、鸡胸脯。虽然是冻鸡，但我的两只手整天血淋淋的。我还在中国台湾人开的馆子里包过饺子，包一个饺子三分钱，开始包得慢，后来熟练了包得快，手指却时不时地会抽一下筋。当然我也在厅堂里端过盘子，工资很低，每小时只有两美元，收入主要靠顾客的小费。如果运气好，小费会多些。有一次一位黑人男子来吃饭，要了八美元的菜，吃完后留下十美元的小费。我奇怪地向他表示感谢，他说自己刚找到一份工作。但这样的高兴时刻太少了，而且那位华人老板也很差劲。他在遇到美国节日时，对我们说，咱们中国人不过洋节。等到中国春节时，他又说这是在美国，过什么中国节日。那时候真憋屈。

由于赚钱不容易，就不敢多花钱，有一次我牙疼，忍着不去医院，因为我的医疗保险不包括牙齿。忍了两天实在受不了，便对午界说，不管花多少钱也要去一趟医院。午界开车将我送去，一路我捂着脸哼哼唧唧的。到了医院一听挂号费，我转身就走，午界拦也拦不住。说也奇怪，回去路上我的牙似乎好了许多。现在想起来，幸好那时候我们年轻，身体扛得住苦累。

二、我差不多花一年时间学好了英语，又攒下一些钱，然后才去大学读书。为了便于以后找工作，我选择了财会专业。两年后，我拿到硕士学位，不久便进入一家华人小公司上班。因是起步阶段，工资不算高，但我没有不满意。又过一段时间，午界博士毕业，先留校做一年博士后，很快又拿到了助教资格。这样安定下来之后，儿子也跟着来了。那时我母亲和午界母亲的身体还硬朗，便轮换着过来带孩子。为了住得舒适些，我们在市内买了公寓房，就是你上次来过的那套房子。房子不算很大，但有好几个房间，足够一家人住了。所以那会儿我们的日子最为平稳。午界放暑假时，我会请上几天假，一家人开着车子外出旅游。我们沿着海岸线南下，经过圣巴巴拉到达洛杉矶，然后一拐弯驶向拉斯维加斯。我们也曾经一路向西，来到盐湖城，再到达丹佛。路途上的风景让孩子新奇，也让我和午界快乐。我们在证明我们也可以拥有轻松。

但这种轻松并不是经常属于我们，生活中沉重的东西渐渐增多了。后来我和午界分开，我和孩子搬到了旧金山市内。在美国，单亲家庭太多了，我没有因此感到害怕。时间往前过觉得很慢，回头一看又过得快，似乎一转眼儿子上高中了，又一转眼上大学了。他上的是美国东北部的康奈尔大学，学校不错但距离遥远，一年只能见上一两次面。这样我便有了许多独自一人的时间，是的，寂寞和失落常常缠住我。昆城就是在这时回来了，不断在我的念想中出现。它的模样，我是说它许多年前的模样，像黑白老照片似的清晰起来。有时我靠在床头一闭眼，那儿的一条河、一座山、几条老街，还有老街上人来人往的镜头，会漂洋过海来到我的跟前。有一天我在书上看到一句话，说少儿时代的日子是一生记忆的底色，以后的记忆只是在底色上涂涂抹抹。我认为说得对，至少一大半对。

当然啦，你帮我买下坡南街的那所老宅，我挺欣慰。那棵桂树下的故事确实是我惦记昆城的部分理由。我不知道自己什么时候会回去小住，但我很愿意有着这样的场景：在好天气的傍晚，自己在那棵树下安静地坐着。对了，不要有蚊子。

三、讲到张午界读书和工作了。我得承认，午界是个不一样的人，天然对时空物理有着特别的热情。许多留学生的勤奋是为了顺利拿到文凭，他的勤奋是因为真的喜欢。读博的时候，他把很多时间花在了实验室，常常带几块面包进去，出来时已是夜深灯淡。我记得至少有两个圣诞节，他没有跟我一起，而是去了实验室。他对我说，这是洋节，咱们中国人可以不去理它。他的态度，此时跟剥削打工者的餐馆老板倒是一样了。因为学习上下了力，他的各门课拿的都是A，博士资格考试的成绩刷新了物理学院的纪录。但不好的一面是，他显然是孤单的，在生活层面几乎没有朋友，只有指导教授对他不错。做完博士后那年，他得到指导教授的帮助，留在学校当助理教授。过了五年，他还算幸运，又获得一份副教授的合同。

问题是，这副教授的聘任只有两年，聘期结束如果转不成终身合同就得走人。这终身合同的获得，跟午界的学术成绩有关，更跟政府的经费资助有关。从第二个学期起，午界已经开始担忧了。你上次来奥克兰，正是他步入焦虑的时候。之后没有多久，他的焦虑加重了，并渐渐失去好的睡眠。从世俗角度说，超弦理论寻找的是比较虚幻的东西，很大一个作用是满足人类的好奇心，一时却没有实用性。这就决定了其追随者择业面是很窄的，只能在大学或研究所里找栖身之处。

午界的忧心是有根据的，聘期时间一到，他真的失掉了教职。无奈之下，他不断向别的大学投送求职申请信，希望获得延续原有研究的职位。但该研究领域在各个大学都滑入了低谷，他好不容易才得到一份为时半年的短期研究工作。半年之后，他又来到另一所大学加入一个为期一年的研究项目。在那些年里，他不停转场，从一个大学变到另一个大学，从一个城市换到另一个城市。他的专业探求也因此在漂流，无法到达期望的深度。这时候的他，真是身心俱疲，脱困不得呀。记得一个新年后的日子，天上几乎马上下雪，午界把一只皮箱、一纸箱书和一些生活用品塞入车子后备厢，然后跟我和儿子告别。苍白的天空下，他那辆黑色福特车孤零零地向南而去——他要长途穿过雪中荒原，赶到亚利桑那大学。那会儿，我很难过。

四、对着同学评点我和午界的婚姻不是一件舒服的事，但我可以讲一讲。读中学时，你应该没看出来，我与午界已互有好感，只是那时尚未开化，没往情事上想。大学三年级，我主动写信联络他，开始了平稳渐进的恋爱。从恋爱到婚礼，历时近六年，可谓基础扎实（如果想知道细节，以后可向午界打探，我在这里不会满足你的好奇心）。到美国后，我不敢丝毫偷懒，先读两年书拿到硕士学位，随后找到一份不算差的工作。我的计划是自己守住家庭，他在专业上拓路。作为一位来自东方的女人，我不认为自己的想法是错的，尤其在孩子出生之后。问题在于前面提到过的，午界的专业方向不是计算机，不是金融，也不是管理，而是与现实生活无法接通的原子和天空。原子和天空这两样东西都不好对付，他往前拓路很难，可能一辈子也走不了几步。我没法不替他着急。

这样的不好，会慢慢渗透到日子里。在做助教时，他基本上中午去学校实验室，一直干到午夜才回家，进门后将剩饭剩菜热一下凑合着吃了，然后倒头便睡，醒来时我早已上班去啦。我们住在一起睡在一起，却常常见不上面。后来他在各个大学流浪，一去就是三个月半年的，只有急事才能匆忙赶回来。可是什么叫急事呢？家里龙头坏了不叫急事，孩子想爸爸了不叫急事，我一个人孤守空房也不叫急事。我郁闷，但找不到让他回家的理由。当然也有一些时段，他求职不成老待在家里。本是相聚的日子，他的脾气却变得不好，一点儿小事就冲我发火。夜里他入不了眠，会生气地推醒我，说隔壁家呼噜声太吵。天哪，那是很吵的呼噜声吗？只有一直一直睡不着才是听见那一丝声响的原因。

显然，午界的专业自信受到了打击，并折射到生活中来。午界意识到自己的问题，有一天跟我提出了分手。他的理由是自己的这种状态，对我的生活和孩子的成长都带来不利。我没有同意，因为俩人分开了，我的日子和儿子的成长也不会变得更好。自此以后，我们进入了安静无趣的相处，他不再发脾气，也不多说话。有一天，他为了不打扰我睡觉，把枕头搬到了另一个房间。但我知道，他与我相隔将越来越远，而不仅仅是一个房间跟另一个房间的距离。半年后，他再次提出分手，我不反对了。他离开的时候，仍然只有那辆福特车相伴，车子后备厢里装着一只皮箱和一些生活用品，装书的纸箱由一只变成了两只。

打出这些文字，我心里还是变得难过。在这个世界上，他曾是与我最有缘分的人。

五、午界的专业情况，我没能力给予介绍。他成年累月的付出，我无法用几句话就能说得清楚。你若真想有所了解，可以先看一两本关于量子物理的通俗读本，然后直接去询问午界。我大致能判断，你从我这里获取一轮信息后，用力点便会移到午界身上。午界不是个喜欢被干扰的人，但我不能反对你出于写作目的而做的努力。

徐从岚于旧金山

2019.03.18

5

从岚：

你的答复我读了两遍。说真的，我心里一晃一晃的有触动感。你们的经历比我想象的更波折。

阅读时我还感叹，一位在美国从事财务管理的女士，仍然有着很好的中文表达。这至少证明，昆城中学早年文科生的文字底子厚实（对了，你说自己年轻时曾是文学爱好者，看来喜欢文学是一件很划算的事）。

另外，你漏答了一个问题，我还得追问一句：午界什么时候开始喜欢长跑的？一个老泡在实验室的人，怎么会跑进了马拉松？嘿嘿，别烦我。你未答，我的好奇便未解。

求是

2019.03.19

求是：

现在我有一个感受，使用邮件比微信聊天费时又不轻巧，但容易在键盘上敲出有思考的文字。

有句英文谚语"It is better for the doer to undo what he has done"，即解铃还须系铃人的意思。你对午界的问号，肯定不会止于实验室和马拉松，这些只有他本人才能给予回答。而且毫无疑问，午界对待实验室跟对待马拉松一样，不会轻易停下脚步。也就是说，午界还不是一个属于句号的人，你对他的问号可能会不断产生，直至将来。

所以，你应该抓紧与他直接联系。我与他分开后，平常很少联络，但知道他经常回国参加马拉松赛，譬如上海的国际半马。你可以试一试这个机会。我上次说他不喜欢被干扰，也不准确。老同学见面相聊，他不会不高兴的。

祝好运！

徐从岚于旧金山

2019.03.20

四、我与张午界在上海咖啡馆谈了话

打开午界的微信页，离上次对话已经一年多了。他说了一句"除夕快乐，新年吉祥"，我回了一张烟花绽放图，又跟了三个字"过年好！"在那种热闹的日子里，这样的联络露一下头就被湮没了。

把对话框拉到头部，第一次联络是2015年4月——午界回国去了一趟昆城，其间想起我来，就挂上了微信。当时我问他能不能见个面，他说马上离开昆城了，等下次机会吧。四年间，除了偶尔节日问个好，最例外一次是2017年6月2日深夜，他发了一句话：嗨，求是你好！我回复：哟，午界，回国啦？他写：没呢，刚才在校园里看到一个中国留学生，有点像年轻时候的你。我马上发了露牙大笑的图。他问：最近在忙什么呢？我写：现在是北京时间一点半，在看一部碟片电影呢；平时编刊物、写小说，算是有点忙的。他写：一点半了呀，抱歉抱歉。又写：半夜还看电影，日子过得comfortable。我快速百度一下译文，回了一个咧嘴笑脸的表情。

这就是微信上的全部内容。再往前便是简单的短信语句，早因为手机的更换而丢失了。至于在微信朋友圈，我从没见到午界发的文字图片，譬如业内文章或者长跑图片。以我的估计，他不会在这样的地方逗留。

我要跟午界微信搭话了，时间是2019年3月23日与24日之间的午夜。这个点儿是美国西海岸的周六上午——也许从周末懒觉中醒来，是最适合远程聊天的。

我先发去一句"嗨，午界你好"，然后放下手机看了一会儿书。

过一刻钟，手机"嘟"了一声，抓起一瞧，真是午界的回复：你好求是，好久没联系了，有点突然。我赶紧写：突然是不对的，应该经常说说话才好。午界问：你好像有事？我写：也没啥事儿，听说你要参加上海国际马拉松，确认一下。午界写：哟，你怎么知道的？我找了一句虚晃一枪的话：你回国内参加马拉松赛，已不是秘密。又跟上一个捂嘴偷笑的表情。午界回道：好吧，可以告诉你，我一周前被通知抽到了参赛名额。我写：嘿嘿，有点巧了，看来我问得及时。

其实也不是巧合，此前我上网查过上海国际半马的赛事情况。不过午界能亲口予以确认，我心里就落了实。在那个深夜，我和午界一来一往聊了半小时的话。午界告诉我，为了这次回国，他在三个月前便开始做计划，除了参加比赛，还要去合肥和北京做一些专业拜访活动。我顺势建议，拜访活动把杭州也加上呗。午界认真地说，杭州不在计划之内。我说，计划是可以调整的。午界说，不行呀，我没有时间。我说，那我去上海站在路边给你加油，总归要见上一面。午界打出问号：Why？你不会只是想叙旧吧？我送上闭一只眼的调皮表情，说：我想再听你说说宇宙大爆炸。午界似乎迷惑一下，回复：Language game。我查一下百度，中文意思是语言游戏。

因为要与午界见面访谈，我在随后日子里看了几本量子物理的科普书。说实在的，我这颗文科生的脑袋磕到科学文字，容易发生头晕。好在只是闲翻，看不懂就跳过去，有意思的多停留一会儿。譬如薛定谔在一只盒子里做猫的实验，爱因斯坦和玻尔没完没了地论争对决等，我就觉得挺好玩儿。我还看到一些大而有趣的句子，譬如"如果把我关在果壳里，我仍然是无限空间之王""不要惧怕死亡，灵魂是一种量子态，都会回到宇宙中的某个地方去"。

2019年4月21日上午，我站在了上海浦东一条街道的路旁，成千上万标着号码的选手从我跟前跑过。我的眼睛不可能捉得住午界——在人流的移动中，除了大致分明白男女，每张脸都是缺少辨识度的。旁边有一个饮水站，时不时有跑者停顿一下取走一瓶水。只有这一刻，才能看得清跑步者脸上的鼻眼和汗水。但即使停下取水的身影里有午界，我估计也认不准他，毕竟许多年未见面了。

比赛结束的时候，我给午界发了微信：我上午站在路边，看见你们跑过去啦。又补上一句：我拍了好几次掌。

当天晚上，午界结束了与一位上海同行的餐叙后，赶过来同我见面。地点在外滩附近滇池路上的一家咖啡馆，是我在手机上随意找的。

我早一些到达，在二楼边侧的一张小桌前坐下。这家咖啡馆带点儿欧式复古风，气息雅静，挺适合朋友聊话的。八点钟刚过，午界到了——他从楼梯走上来，出现在我面前。我们没有生分，拥抱一下搭几句话便对接上了。在之后的暖场时间里，我们各自说了些生活近况，一边也打量和适应着对方。我注意到午界身形还是早年那样的精瘦，只是笑起来时，嘴角两旁多了两道纹线。重要的是，他脸上混杂着一些爽朗气和一些沮丧——爽朗气浮在皮肤上，大概是运动长跑的结果；沮丧收在眼睛里，应该是内心渗出来的。好在一说话，他的眼眸中还是隐隐有亮光的。

话题可以进入我预设的轨道了。我花十多分钟说了自己的访谈想法，午界没有反对。或者说，他之前对我已有预料，备好了不反对的态度。不过他沉吟一下说，弹琴前得定个调子，现在你是一位同学还是一位作家呢？我笑了说，都行吧，可以两者兼而有之，反正今晚我是个认真的倾听者。

为了准确记述午界的物理用语和专业表达，我决定保留访谈的原貌。以下是我与午界的对话内容（根据录音整理）：

张午界（以下简称张）：求是呀，跟你聊聊我的专业，以后让人们了解这方面的大动态，我还是挺乐意的，但有一个条件，你不能把我直接写进小说。我是个物理学者，不愿意自己变成一个虚构的容易走形的人物。

钟求是（以下简称钟）：这个事儿我考虑过的。午界，我答应你，不直接写进小说。写作有好几种方式，虚构的、非虚构的。

张：那开始吧，我知道你为今天的见面做了不少准备，你可以先提些问题，让我对谈话的方向有个数。

钟：咱们的谈话应该自由一些，你的生活经历、你的物理研究，都是我感兴趣的。这么多年你在专业课题上一直进行着长跑，这种长跑又有些神秘，路边的人看着就觉得挺特别……

张：OK，我就从时空物理学的神秘性说起吧。神秘的产生是因为不了解，而我又没办法做到在短时间里让你深入了解。我只能尽量通俗化，先说一个你不陌生的例子——宇宙大爆炸。

钟：嘀，宇宙大爆炸，我等着这个词的出现。

张：宇宙茫茫，有无数个形形色色的星系。我们的地球在其中是如此的渺小，却在一个短暂的时间段内孕育了生命，这是个miracle（奇迹）。我们的生命又自成一个体系，不仅拥有思考的大脑，也拥有观望的眼睛，这又是个miracle。每个静朗的夜晚，你只要愿意，就可以仰起脑袋远望天空。天空里有什么？星光！对，是星光将地球与宇宙连在了一起。上帝在创造天地时便看见了光。他说要有光，于是就有了光。这是一种智慧。

钟：我插句话，你现在信奉基督教吗？

张：No，我不信奉。我是无神论者，但我相信神秘的智慧，因为这种智慧能够借助某种密径接通科学。好，接着说科学的光吧。从宇宙尺度讲，光的速度是很慢的，为每秒30万公里。太阳的光到达地球用时八分钟，就是说，我们抬头望见太阳时，看到的其实是八分钟前它的样子。如此回溯推理，我们看到的星系越远，回望的时间点也越早。随着技术手段的演进，我们看到了7000年前的星系、250万年前的星系、3亿年前的星系、34亿年前的星系，直至看到134亿年前的星系。这个漂亮而狂暴的星系被命名为GN-z11，是我们目前能捕捉到的最遥远的星体。它发出的光如此古老，已接近时间产生之初。在宇宙大爆炸之前，是没有时间概念的，而宇宙大爆炸是在138亿年前。

钟：哦哦，这些时间数字让人吃惊。我更吃惊的是，人类的视线居然已经跑出去那么远……这是怎么做到的？

张：因为有哈勃望远镜。哈勃望远镜刚上天的时候是近视眼，拍下的图片比较模糊，后来再送去一副眼镜，于是目光变清晰了，也看得更远了。哈勃望远镜还证明了1929年就横空出世的哈勃定律：所有的星系都彼此远离，宇宙处在不断地膨胀之中。在那之前，连爱因斯坦都认为宇宙是静态的，而哈勃的发现，从侧面证实了宇宙确实来自一场大爆炸，The Big Bang。

钟：既然太空望远镜能看见134亿年前的星系，那能不能再使使劲，往前看到138亿年前大爆炸时的亮光？

张：不能！即使后来有了更强大的韦伯望远镜，还是不能。根据大爆炸理论，宇宙起源于一个很小很小的奇点，所有的时间和空间都集结于这个点，然后在极短的时间里爆开。这极短的时间我无法用语言向你讲明白，用数学表示是10的负33次方秒。But there is a problem（但是有一个问题），问题在于，此阶段因为电子的屏障作用，光子不能自由运动，整个宇宙几乎是不透明的。在一段时间之后，才逐渐生成可观测的云星结构。也就是说，人类的望远镜即使再改进，让目光穿过134亿年前而即将抵达138亿年前时，恰恰也会遇到最初的那团混沌，因而无法目击大爆炸的瞬间景象。

钟：噢，这太可惜了！如果能见到那个瞬间景象，想一想都让人热血沸腾。

张：Yes，那是个伟大的时间点！它一定远远超过你最疯狂的想象。面对这个时间点，壮丽、惊天、暴奇，人类的这些形容词显得太无力也太无趣了。同样重要的是，人类不仅有眼睛还有大脑，我们能够从那个瞬间景象中发展出来，探究宇宙诞生前世界的样子，追捕时间和空间的真相，思考宇宙的走向，包括地球的命运。是的，the fate of the earth（地球的命运）。

钟：……午界，我得喝一口咖啡，你也喝一口。

张：我觉我在上课了，上一堂时空物理科普课。

钟：既然像上课，我举手提一个问题。人类没有此眼福，那么宇宙大爆炸的画面只能出现在虚构想象中，成了一种永远的假说？噢，对了，这得接上那年在奥克兰你所说的……

张：你的记忆力不错……所以现在需要换一个思维频道，先介绍一个人——Edward Witten，爱德华·威滕。你得记着这个名字。

钟：爱德华·威滕……他是物理学家？

张：他原来是文科生，学历史和语言学的。大学毕业后，他想玩玩政治，就进入民主党人乔治·麦戈文的竞选班子，参加1972年的总统大选。由于搭档副手的拖累，那一年麦戈文败给了尼克松。这么折腾一回后，威滕失去从政的兴趣，重返普林斯顿大学继续读书，这次选择的是物理学和数学。威滕智商极高，既有灵光闪现的直觉力，又有把物理和数学结合在一起的能力，于是经过一段时间的拼杀积累，终于成为教父般的人物。简要地说，他在20世纪90年代中期找到了一种开创性的物理方法，这个方法被称为M理论。M理论的出场太亮眼了，霸道而有魅力，它甚至被认为可能是宇宙的终极理论。

钟：你这么一说，让我对M理论这个名词又刷新了一次认知，但我其实还是蒙的，譬如……我弄不懂弦理论和M理论的区别。

张：好吧，我讲一下弦理论演进的过程。第一个弦理论叫玻色理论，因为错误太大，很快被pass了。随后超对称性的概念加入进来，形成了超弦理论。但超对称性的进入有五种方式，相应地也就有五种超弦理论。这五种超弦理论谁也不服谁，都认为自己是正确的，可正确的理论只能有一种。这种局面让物理学家们很头疼，不知前路在哪里。M理论让人震惊，是因为它提出了全新的观点，认为之前的五种理论只不过是对一件事的五种看法而已，就像一个人被五个角度拍了照片。这样，它就把那五种理论串在了一起，独立成了一个大理论。

钟：那这个M理论的厉害之处在哪里呢？M又是什么意思呢？

张：这么说吧，现在世界上被发现的力共有四种，电磁力、引力、强力、弱力。爱因斯坦后半生有一个理想，就是想把电磁力和引力合在一起，但没有成功。杨振宁撇开引力，把其他三种力给统一了，所以成为顶尖牛人。现在，威滕的M理论要把四种力都囊括进来，成为大一统的理论。理论太大了，就容易玄，所以这个M的含义是不确定的，可以是magic（魔力）、mystery（神秘），也可以是

mother（母亲）或者matrix（矩阵）。我这样讲述不知你能不能明白？

钟：说实在的，我还在似懂非懂的层面，但我能感觉到你对M理论的推崇。

张：推崇？好吧，我同意用这个词。说起来是一种缘分，威滕第一次讲述M理论的时候，我刚好在现场。那是在南加州大学召开的一次研讨会，1995年的春季。当时我博士快要毕业了，导师推荐我去旁听这个会。南加大在洛杉矶，离伯克利有六百公里，这让我有点犹豫，但最后还是开着车子去了。在那个简约但级别很高的会场里，我是为数不多的学生之一。那会儿威滕才四十多岁，戴着黑框眼镜，眉毛挺浓，头发也还茂密。他是研讨会的主要发言者，讲了一个多小时。听着听着，我的脑子一会儿轻一会儿重，反正一片混乱。我知道自己被震到了。回去的路上，我在车子里放着音乐，其中有一句歌词飘出来：In that case, you can change you（既然这样，你改变你吧）。是的，我觉得可以改变或者调整自己。

钟：你说的改变……指的是什么？

张：把研究方向从天体时空转向量子力学，重点当然是超弦理论。在之后的许多年里，我从来没有放弃努力，让自己保留在用对撞机追踪基本粒子的前沿研究体系里。与其他人相比，我有我的优势，就是能用时空物理对量子力学进行穿插。

钟：午界，我有一个理解，你研究超弦理论，就是希望在对撞机撞出基本粒子时，捕捉住那一瞬间，见证宇宙大爆炸的景象。这也是

297

你上次描述的，十几年过去了，我仍然忘不掉。

张：我很高兴你有这样的判断。是的，既然人类望远镜不能看见大爆炸的瞬间，那如果能在对撞机上产生相似的景象，哪怕只是一个迷你版的场景，仍然让人无限向往。请注意，我用的词是无限向往，infinite yearning。

钟：无限向往在这里表达的是一种难度，或者说是一种困境中的等待。我知道，你为此吃了不少苦。

张：谈到这个问题，得铺垫一下背景。物理理论想真正站住脚，都是需要实验来证明的。M理论尽管光鲜诱人，却只是在口头上。它设想中的超对称粒子到底有没有呢？如果有，是什么样子呢？刚才提到了，这需要一台强大的对撞机来证明。1987年，美国率先提出搞SSC（超导超级对撞机），当时美苏争霸，里根一听能显示国力，二话不说批准了这个项目。但在美国捣鼓这种工程很费时间，过了六年连安放对撞机的隧道都没挖好，钱已经花了二十亿美元，而整个项目的预算已升到百亿美元。美国国会几轮听证后不高兴了，叫停SSC。这是一个不小的打击，美国超弦界一片哀叫。所幸的是，这时欧洲的LHC（大型强子对撞机）获得立项，虽然规模小一些，但若能撞出超对称粒子，也能满足M理论的求证需求。超弦界在兴奋中等呀等呀，一直等到2015年，LHC达到运行能量的设计峰值，仍未能发现渴望中的粒子。

钟：我还是有点不明白，美国拥有如此庞大的财力，对前沿科技又一直舍得投入，为什么就是瞧不上对撞机呢？

张：人类对科学的要求，总是希望能落到实处。资本更是这样，寻求的是看得见的产出。牛顿万有引力，推开了踏进机械工业革命的gate（大门）。麦克斯韦的电磁力，接通了迈入电气时代的route（路径）。爱因斯坦叼着烟斗，用狭义相对论引出一个简单方程式，然后引爆了原子弹。量子力学一堆牛人共同用力，才有了现在的电脑互联网。可M理论呢，因为没法证实，在美国政府看来只是一场豪华的物理游戏。即使对撞机撞出宇宙的诞生景象，那也只是让人们睁大眼睛收获一阵心跳。相比之下，财政经费可投入的项目太多了，每一个都看得见摸得着。

钟：噢，这样的大背景对你们搞超弦的确实不利，上次在你脸上见到的担忧让我印象深刻。

张：你那次来美国是2002年吧？那时是我受困的开始……你知道的，我在加大伯克利做副教授，但已预感到将会失去这个职位。那两年我的研究刚刚往有效的方向展开，很不希望自己的状态被打断。我的担心一点点积攒，攒成了焦虑。焦虑又一点点积攒，攒成了失眠。是的，那会儿失眠症找上了我。

钟：你的失眠症……挺严重吗？

张：严重！到了夜里，脑子明明是昏沉的，但一碰到枕头立即会变得清醒。那种清醒是冷的，似乎脑袋里有条缝，冬天的空气不断漏进来。更具体一点儿，在黑夜中，我的脑子有时候空白得像一张纸，有时候又塞满了各种粒子、参数、星团和长长的隧道，混乱无序又控制不住。Sorry，那种糟糕的情况我不能说得太多。不，我已经说得过多了。

钟：这种状况持续了多长时间？

张：状况有轻有重，重度失眠差不多持续了两三年。

钟：那后来是怎么好起来的呢？

张：跑步。跑步是对失眠很好的干预，当然开始我没有想到。

钟：哦哦……

张：在一个睡不着觉的夜里，我脑袋发涨，就起床下楼慢慢跑步。跑了一会儿回来洗过澡，仍难以入眠，但觉得脑子轻松了一些。以后我把夜跑当成一件排除焦虑的事情，几乎每天都要去做。先是八百米、一千米，再是两千米、三千米。一年以后，我已经能跑十几公里了。这时我得寸进尺做了计划，开始尝试跑二十一公里的半马。再过半年，如果不计较速度，我已能轻松跑下半马了。有时跑顺了，还能跑完全马。当然在这个时间段里，睡觉也不知不觉改善了不少。

钟：听长跑者说，跑步会上瘾的，有时跑着跑着身子会有一种飘起来的快感。这种感觉你有吗？

张：这么说吧，一段长的跑程会有一个疲劳点，使劲跑过去之后，氧气供给达到平衡，身体就进入了轻松阶段。这种放空的感觉确实不错，让人上瘾的理由就在这里。但我的内心重点不一样，原因在于我是night run（夜跑）。每次在夜色中跑着，我的上方是星空，那些星星的名字我都知道。我一路安静地跑着，却不再孤单，因为我觉得它们一直相伴着自己。

钟：嗬，这有诗意……原来长跑中也可以有诗意。

张："诗意"是你们作家喜欢的词儿……我说的是有星空陪着，寂寞的确会减少一些。

钟：那参加马拉松赛也是为了减少寂寞吗？你真的每年都要回国参加这种长跑活动？

张：不是每年但也差不多吧。我不是专业或半专业运动员，也不是闲得发霉的中产者，回来参加马拉松赛成本有点大对吧？你心里一定有这个问号。

钟：嘿嘿，是有这个问号。

张：我回来参加这种长跑当然不是为了拿比赛成绩，而是自己送给自己的回国excuse（借口）。我需要这个excuse推动自己回国。

钟：我有点明白了。你这次回来当然不是为了在上海跑出一身汗，再吃几顿地道中国菜……

张：这次回来，我要去合肥拜望我的几位中科大同行，然后去北京雁栖湖国科大参加杨振宁先生的一个讲座。4月29日，他将在那里发表对当代物理学的一些看法，当然也会谈到超大对撞机。关于超弦理论和对撞机，中国物理界已经争论了不短时间。现在的中国，是国际超弦界的关注中心——这才是我经常回国的主要原因。

钟：中国成了中心……这挺有意思的。为什么会这样？

张：欧洲LHC对撞机尽了最大力也未能发现超对称粒子，这对M理论是个打击。超弦界认为，这是因为LHC的隧道只有二十七公里，形成的撞力不够。只有建成能级大几倍的对撞机，才有可能抓捕期望中的粒子。但建造巨型对撞机太费钱了，估算至少需要二百亿美元。美国不肯拿这个钱，欧洲也不可能了，剩下的只有中国啦。

钟：原来看上中国的钱了。二百亿美元，得是怎样的项目呀？

张：这个项目第一期叫CEPC（环形正负电子对撞机），环形隧道的周长将达到一百公里，比北京的五环路还长。如果做成了，还有第二期SPPC（超级质子对撞机）。说形象一点儿，这个项目就是物理界的三峡工程。

钟：三峡工程当时也很有争议，最后上马了。这个对撞机项目上马可能性大吗？

张：三峡工程的成果是电力，可以让现实中的许多人受益。对撞机项目的成果看不见摸不着，要去推动确实很有难度。为了促成此事，国际超弦界不断组团来中国游说。我记得是2014年2月，威滕率队在清华大学搞了一次讲座，动静不小。2016年8月，国际弦理论大会也是在清华开的，主要目的仍是造势。这两个活动我都参加了，借着两次马拉松赛回的国。

钟：噢，这样的造势有效果吗？既然有争论，赞成和反对项目上马的力量对比怎么样呢？

张：说实在的，现在虽未见分晓，但赞成派处于弱势。我说两个你知道的名字：霍金赞成，杨振宁反对。

钟：那你的想法呢？

张：我是个小人物，但也有自己的选择。我的选择当然是希望上马这个项目。我尊重也理解杨振宁先生的意见，他认为这个项目花钱太大，会挤占中国其他科技项目，他还认为对撞机在三五十年内对人类的生活不会有帮助。我认为他说得都对，他的意见是理性的。但有一个声音老在内心提醒我：三十年或者五十年以后呢？当人类的实用需求和物质追求告一段落之后，那时是不是需要一种更广阔的精神满足，譬如对宇宙的进一步认识？

钟：嘿嘿，原谅我说一句，三五十年以后的确是个遥远的时间，很多事情难以预见。既然难以预见，现在上马这种项目是不是有点……乌托邦？

张：霍金已经去世了，杨振宁也近百岁高龄。五十年后别说他们，就是我也早已灰飞烟灭。就这个项目而言，即使能侥幸上马，第一期和第二期工程建造完毕也得二十年，加上不断递进的试验时间，出结果应该是三十年之后了。我就是天天长跑练身体，基本也不可能跑到那个见证奇迹的时间点。But，科学从来都是一个evolution（演进）过程，而当代物理正处于暗淡时期，这又是一个可能的亮点，为什么不尽早去探试呢？用一个你可理解的说法，在认知宇宙起源这种终极问题上，我们还处在一间封闭的密室里，眼前一片黑暗，但我们已经快抓到钥匙了。只要抓到这把钥匙，便能打开一扇窗户，见到外面的光亮景象。我们是最接近这把钥匙的人，即使等不到目击光亮的那一天，也不能放弃寻找钥匙这个过程。

钟：嗯嗯，我有些懂了。

张：你刚才说到"乌托邦"这个词，我再说一句，人类为什么不可以有点乌托邦呢？一个人又为什么不可以有点乌托邦呢？过去或者现在，人类的视野太窄小了，把宏大的未知东西都视为乌托邦。未来呢？未来肯定不能这样！

钟：午界，你的话差不多把我说激动了！现在我老觉得，你的嘴巴里不时会掉出奇异的说法。

张：你的奇异感来自宇宙本身，不是我。你知道的，在生活中我不是个有趣的人。

钟：好吧，这会儿就暂时撇开宇宙，聊聊你自己的事儿，譬如这些天我一直在想，你当初干上物理是个人选择还是所谓的命运安排？

张：当初？要说那么远吗？那我先问你，你干了文学是个人选择还是命运安排？

钟：呵呵，先说我呀。我在一篇文章里曾经讲过，我写小说是因为一张借书证。当年我拿着那张借书证把昆城图书馆的小说全看完了，文学的基因就不知不觉注入我身上了。

张：一张借书证帮了你，这说明个人的选择就包含着命运安排……你还记得咱们中学的地图墙吗？在教学楼的走廊里。

钟：记得呢，那墙上排过去一溜儿地图，好像有温州地图、浙江地图、中国地图、世界地图。这样的布置当时觉得挺有意思的。

张：好多次我站在地图跟前琢磨着昆城，昆城在温州地图上是明显的县城，在浙江地图上只是一个小点，在中国地图上就消失了。而在世界地图上，我要靠想象才能确定昆城的存在。后来我就傻傻地想，要是有一张太阳系地图，进而有一张银河系地图，那么昆城在上面是怎样的存在。

钟：哈，一个昆城少年的遐想。这算是你对宇宙感兴趣的起点吗？

张：我不知道这算不算起点，但当时我明白，昆城当然是存在的，所以也可计算昆城到达每一个星球的距离。问题是，遥远的星球如何看待昆城？对它们来说，昆城存不存在有意义吗？

钟：嘿嘿，从很大的尺度去琢磨事儿，就容易进入意义的虚无。

张：这是大的空间维度。再从大的时间维度看，人类再怎么自我 magnificent（雄壮），也只是地球上的一轮文明。这轮文明的生存，属于宇宙时间里的一个小小缝隙。

钟：这不是你当年想的吧？一个中学生不会琢磨到这个份儿上。

张：当然是后来的想法，但人的思想是一条长河，从最初的地方流淌过来的。又有一天呀，我换了思考方向，从大的维度转到小的角度，心想如果人类是一轮缝隙般的文明，那么一个人的生命长度更属于无须计量的小单位。在这样小单位的时间里，我把目光投向地球之外，去捕捉宇宙里的许多东西，这种以小博大，本身是否就具备了意义呢？

钟：我说一句重话啊，这样的思考听上去有点高尚，但换一个词儿，是不是也有点天真呢？我们毕竟生活在一个世俗的社会里。

张：是的，高尚与天真的距离，有时候是模糊的。但有一点我不模糊，自己是个the weak in life（生活脆弱者），无法在世俗的日子里活得自在。既然只有几十年的时间，那我就选择做个不一样的人，天真一些或者自认为高尚一些。我说这些，可能有点说飘了，其实我不习惯这样。

钟：不飘的，我很高兴你能谈到这些。从杭州跑过来跟你聊天，真是一个正确的决定。对了，我再邀请一次，这次你设法挤出点时间来杭州走一走吧。西湖不吸引你吗？咱们可以在西湖边接着聊。

张：到时看看吧，我觉得排不出这个时间。

钟：还有一件事我可以不说，但不说好像也不对……你家的坡南街房子已经卖了，最近又被从岚买了回去。这个你知道吧？

张：（喝咖啡，沉默半分钟）从岚买下那所房子有她的理由，我不能不尊重她的想法。

钟：那……一个人的日子，你现在过得好吗？还有你的工作，眼下漂到哪儿就职了？

张：求是，你的口气慢慢变成了正式采访。

钟：呵呵，对你呀，我就是想多了解一些。

张：在专业研究之外，我的日子很单调，无非是睡觉、看书，偶尔开车旅行一趟，有时也看一两部电影。一个单身物理男的生活，一定是不复杂的。

钟：不错嘛，你的生活里还是有旅行有电影的。

张：我的旅行一般跟专业会议有关，看的电影一般则是太空梦幻型的。至于工作就职，仍然是漂流状态。前几年在丹麦的哥本哈根大学干过一段时间，那里的玻尔研究所是个很好的地方。现在的落脚点是加大圣巴巴拉，我可以在这里做到今年年底。是的，漂流似乎是我这辈子的一个宿命。

钟：那我再问一嘴，在这么长的漂流日子里，你有什么要说的感受？

张：感受？又往飘的东西上说呀。

钟：可说扎实一些的，譬如一件印象特别深刻的事儿。

张：印象深刻……行吧，说一件往事。你看电影爱在家里放碟片，我呢喜欢坐到电影院里。有一年冬季在洛杉矶旁边的小城Pasadena（帕萨迪纳），我进电影院看一部太空冒险旅行的片子。那部电影挺爆的，看的人不少。放映过程中，我旁边一对年轻情侣时不时地低声嘀咕，主要是小伙子在讲话。我有点不高兴，提醒了一次。过一会儿，那小伙子又开始发声，在女友耳边说一串话，好像是电影情节什么的。我恼火了，轻声呵斥他。小伙子要顶嘴反击，被女友拉住，这样总算安静了。

钟：他们在电影院里这样谈恋爱，是够烦人的。

张：电影结束了，大家站起来往外走。那小伙子转过身瞪了我一眼，说她喜欢知道宇宙里的事情，现在好不容易等来这个电影，给她讲一讲有什么不对吗？我这时才发现姑娘走路的样子有些异常，原来她看不见。是的，她是blind person（盲人），男友本来在给她讲电影。

钟：哦哦，这让人想不到……

张：那个晚上我没有马上开车回住处，而是在街上慢慢地走。天气挺冷，街灯暗淡，我把脖子缩到大衣领子里，脚步真的有些孤单。我脑子里像是冒出许多想法，又像是很空。有这样的感觉，是因为我心里挺难过，那种茫然的难过。

钟：我理解。爱情、盲人、太空，这是可以延伸出不少想法的……

张：That's all（讲完了），不说了。

钟：我最后问一句，你以后呢？以后有什么计划？

张：到了这个年纪，有点漂不动了。我想找一个满意的栖身之处，可靠并且长久。

钟：可靠并且长久，这是什么说法？是找一个地方买一所房子吗？

张：这是另外一个话题了，你就别追着问啦。我说得够多了，我不能什么都跟你聊。

钟：哈哈，好的，我得知足。

五、午界与我躺在西湖夜色里

不久后的5月5日，午界到底来了一趟杭州。

都说时间是挤出来的，他做到了——从北京回到上海准备返美，在登机前有个空当。头一天下午匆匆而来，后一天上午急急而去。

那天他从上海坐高铁过来，到达时已近傍晚。我到火车东站接他，一边等着一边为自己的邀请兑现而心喜。这时我还不知道，他此次来杭州的动力不是仅仅源于我。

因为将大行李存在了上海，午界出来时斜背一只小挎包，看上去挺利索的。我迎住他，一起坐了车去延安路一家宾馆。住下后已过饭点，我问午界想吃什么，海鲜吗？他说别海鲜了，就杭州菜吧。我想一想，就领着他去了知味观。

到知味观坐下后，才发觉没有来对地方，因为这里吃客多，有些闹。这也勾出午界的感想，他说杭州的变化真大，繁华的模样一点儿不输美国。我问他多久没来杭州了。他说有些年了，上次来的时候你应该没调到杭州。我说那至少得十年了，这十年杭州一直在扩张，有点趾高气扬的样子。他笑一笑说，杭州是我的情起之地哟，那会儿比较安静不张扬。他这么一说，我才记起徐从岚当年是在杭州读的大学。

309

我带了一瓶五粮液，往两只杯子倒上，慢慢喝了起来。午界说刚才在高铁上快阅了我一个短篇小说，心里挺有感触。我想得几句好话，就问他有什么感触。他说，写小说可以一个人干活，只要带着脑子，但做物理实验需要许多条件。是这个感想呀，我就说写小说肯定也不容易。然后我讲了中国文学的一些态势，再提到中国社会的物质主义和世风浮躁。他说不仅中国，西方社会也是这样，贪心膨胀，欲望无限。他又说地球已四十多亿岁，经历了多轮生物主控的世界，仅恐龙主持地球就有两亿多年，而人类出现才几百万年，但按眼下的科技突进和无序比拼，不用太久就能攒够自我摧毁的力量。我说这是杞人忧天吧？他说忧天才好，可惜现在人类不知天高地厚。

　　在那个吃饭的场合，他跟我一聊就聊到了这些。估计旁边的人听到耳朵里，还以为我们喝醉了呢。其实我们才喝了不多的白酒——是的，两个人谁也没长酒量，三五小杯下去，脸上都有了红光。

　　这知味观离西湖近，吃完了饭，午界提议到湖边走走。我们就散步至湖边一直往北走，到了六公园往左一拐便是断桥。在断桥不远处有不少椅子，我们择了一张坐下。眼前是开阔的湖水，在夜色中轻轻波动。午界脸上好像又出现了感触，安静着不说话。我说，是想起从岚了吧？刚才你说杭州是情起之地哟。午界点点头，又静一下，讲起了三十三年前来杭州与从岚见面的事。

　　那个时候，他们俩已经通了好一段时间的信，情感若隐若现的还没有挑明。有一个暑假，午界从香港回来到了杭州，跟从岚说有人让他捎了一件东西给她。俩人见了面，逛到这白堤断桥的湖边，从岚问谁让捎的、捎的什么东西，午界红了脸说我让我自己捎的。从岚瞧着他，说小礼品我也会喜欢的。午界又红着脸说，不是小礼品是大礼品。从岚问，什么大礼品？午界说，一个大拥抱，你……你要吗？从岚静了几秒钟，说我要。午界就一步上去抱住了她。那个年代呀，送出一个拥抱不是小事情，大约相当于求爱了。午界又说，那天因为兴奋，我脸上沾了一点脏没发现，从岚就掏出手绢在水里沾湿，然后站在跟前给我擦脸，那是一种快乐中加入凉爽的感觉，真的很特别，至今也没有忘掉。

我说，哈哈午界，你年轻时也会玩浪漫嘛。午界说，我这算吗？那时候你们这种文学青年才浪漫呢。我说，快乐中加入凉爽，这就是文学的语言。午界微笑一下。

我干脆顺着话势往前问，午界你干吗跟从岚分开呀？是不是你小子在外边有了新浪漫？午界没有马上接话，停一停才说，我这种搞理论物理的哪有玩花哨情感的能力，在美国这么多年，除了有一次旅行到拉斯维加斯进了赌场瞧一眼稀奇，其他那种俱乐部呀夜店舞厅呀从没去过。午界又说，以深度交往去计量，我的朋友很少，异性朋友几乎没有。我问，那么是从岚的错吗？午界说，当然还是我的错，开始一些年我老待在实验室里，后来又得了失眠症，身心不振，这样在生活上在精神上都照顾不到她。

311

午界用手推一下自己的鼻子。他说，我并没有意识到这种冷落对从岚的伤害，直到有一天，她突然问了一句话。午界说到这里刹住了，沉默一下。我问，倒是什么话呀？午界说，她问，咱们多长时间没做爱了？当时我有点发愣，答不上话，从岚说，103天。

午界讲完这句话，自嘲似的一笑，嘴边的纹线跳了出来。我只好说，这从岚不愧是学会计的，数字记得明白。午界说，也就是在那天，自己定了主意要离婚。

我不吭声了。这些年午界一直在漂流，看来漂流的不仅是工作，还有内心的情感。不过细想一下，又觉得他既然肯将这些话无障碍地讲出来，说明把情感的事放下了。在午界的心中，也许已经把专业和生活做了清算，他放不下的还是对撞机呀粒子呀大爆炸呀这些东西。

我正这么想着，午界深吸一口气，说了一句英语。我说，我的英语可不好哟。午界说，我是说咱们聊些别的吧。

果然，话题要转换了。随后时间里，午界讲述了这次到北京听杨振宁先生讲座的情况。因为不懂专业，我听得有些迷糊，但有两句话是清楚的。午界说，杨先生身体还好，思维不乱。午界说，杨先生没改变自己的观点，他认为the party is over，高能物理盛宴已过。午界转述这句话的时候，脸上有一种复杂的神情，一方面他知道杨振宁的判断是理性的，另一方面心里又特别不甘。在那一刻，他眼睛里又浮出了沮丧，即使在夜色中也藏不住。

我心里有了难过。怎么说呢，大爆炸那么大，小粒子那么小，这两者全是看不见的，能看见的是我们周围的生活。现在的午界呀，既应付不好看得见的生活，也对付不了看不见的世界。这的确是一种受困。

还有一点，我不懂天文也不懂物理，但以小说家的思维进行质疑，要是宇宙大爆炸的理论错了呢？为了见午界，我翻查过百度，知道20世纪几十年里科学家一直认为宇宙在引力作用下不断收缩，但有一天借助太空望远镜，突然发现宇宙膨胀还在不断加速。驱动宇宙扩张的是一种不知道的神秘力量，因为不知道，只好把这种力量叫暗能量。你瞧瞧，也就几十年的时间，过去的理论就似乎被颠覆了。那么再过几十年呢，会不会有新的发现证明大爆炸学说也有误？如果这样，午界的坚持算不算是一种虚无？

这种思考角度也许是幼稚甚至是可笑的，但无知者无畏，我把自己的想法说给了午界。他嗯嗯了两声，没认为这是无知之谈。随后他说了一些话，意思是大爆炸宇宙论经过许多验证，已成为物理界的主流共识，这一点不需要再去争辩。不过用朴实的思想去判断，人类对大世界的认识确实只是一种微光，再经过数十年的智慧加速，这种微光变成一道电闪亮光也并非不可能。那时候，许多已站稳的论点会被推倒或被修理。

说过这几句话，他变得有些沉默。这种沉默在我看来是一种担心，担心什么呢？也许不是担心大爆炸理论有误，而是担心将来有钱了，超强对撞机可以建成，却撞不出期待的粒子。这是不是一种更大的残酷？

　　那天晚上就是这样，我们坐在湖边椅子上一直聊，聊了早年恋事，也聊了专业困局——当然，核心话题都是关于他的。说着说着，发现已到了深夜。5月的西湖泡着春意，在夜色里也是好的，我们都不愿意回去。后来午界大概坐累了，起身走到路边草坪上躺下。我说在美国可以躺公园，但这里是西湖。午界又说了一句英文，自己翻译道：有时候规矩是用来踩踏的。这样我也走过去躺下来——我们并排躺着，两只脑袋相距一尺多远。此时天空少了月亮，但有不多的几颗星子。

　　四周因为没了游人，显得相当安静。这种场景里，人的内心会有点空。午界突然问，晚上剩下的酒呢？嗬，晚餐的五粮液还剩了大半瓶，在我背包里搁着哩。我取出来拧开瓶盖，往盖子里倒满递给他，他抬起脑袋一口干了。我又倒满一盖子，自己喝了。两个酒量薄弱的男人，也没有菜支持，就这样仰躺着你一口我一口喝起了酒，有点像无厘头的中学生。喝了几个来回，我想到了昆城，就提起坡南街那宅院里的老树。我问，当年你埋在树下的到底是什么话呀？午界似乎恍惚了一下，然后说不能讲不能讲，才过去二十九年，还是不能提前揭晓。我说，那房子现在属于从岚了，你不觉得挺有趣的吗？他说，这样也好，从岚在老家有了根儿。

　　我不禁想到，午界父母都已故去，老房子又住不上，他回去的推力就弱了。我说，下次回来多留点时间，我陪你去昆城。他静默一下说，下次也不知什么时候了。我说，现在时空方便了，咱们同学可不能一二十年才见一次。他说，时空？你用了"时空"这个词？我说，是呀，无论是时间还是空间，整个世界都打通了。他说了一句英语，又说了一句英语。我说什么意思嘛？他慢慢地说，在平行时空里，我们彼此不知。他又说，有时候相遇是一种再见。

哈哈，在夜空下，在草地上，他的话有点醉飘，也有点哲学。我丢了瓶子，不再倒酒给他。几分钟的安静之后，我听到了轻微的打鼾声，他竟然睡着了。我没有忍住，慢慢坐起来在旁边瞧着他。我瞧到了什么？泪珠，停在眼窝里的两粒泪珠。我以为自己看错了，把眼睛凑近一点，只见那两粒泪珠在微微颤动。

要过不少天我才会明白，午界这次的杭州之行对我意味着什么。

在我的认知里，生命应该是有秩序的，死亡应该是有命定的，而秩序和命定由许多种力共同建造。但午界以一己之力，建造了自己生命和死亡的新轨道。他的行为太特别了，我没法点评，或者说没资格去点评。我只能悄悄对自己说，他是勇敢的。

同时我不能不去想，自己提前起了兴趣去接近他、探究他，这是一种巧，还是一种缘？万物生于有，有生于无，我多么愿意将此视为冥冥之中的一次召唤。

记得初闻消息的那一天，我刚好出差在外。在宾馆的房间里，我根本无法入睡。我静静坐在床头，几只蚊子却"嗡嗡嗡"地飞来窜去。夜已经变深，一点钟，两点钟。我点开手机播放音乐，一段空灵而悲壮的钢琴曲开始响起，那么绝望又那么蓬勃。乐曲中蚊子们似乎受到冲力，散开逃走了。我的脑子又一次滑出去，回想着与午界在一起的各种场景，回味着他书信中的那些文字。

六、张午界致亲友的一封信

（中英文各一份，内容相同）

敬爱的亲友们：

这是一个非常艰难的决定，但相信你们能够尊重并支持我。

一年前，我与美国南部的一家生命延续研究所签约，同意将本人的完整身体交给该研究所主持的人体冷冻项目，时间自今年10月起始，保存期五十年。由于我的健康指数突破了美国联邦法律对此类实验的相关规定，双方的合作在一段时间内将处于保密状态，因此无法提供更具体的地址和细节。感谢D教授和团队所有成员，他们的优质技术和专业态度让我建立起相当的信心。

此前，我已经注意到生物医学领域近年的重大突破，即通过对慢慢变老的细胞重新编程，使人的身体功能恢复年轻状态。这种"返老还童"的前景让人产生遐想，但我认为自己赶不上了。两相比较，我选择了在安睡中静默等待的方式。是的，此种方式现时不够"新潮"，但更符合我的想象。

我没有选择在更大的岁数进入"冬眠"，是因为希望在将来解冻之时能够复活较好的思考力，继续参与和见证时空物理的前沿研究。这是我敢于冒险的唯一目标。

回顾现有的求知一生，我从中国东部的一座小城出发，初学合肥，续读香港，深造伯克利，而后漂流多个专业实验室。支持我努力往前走的是内心的好奇，这份好奇帮助我跨过开阔的太平洋，也度过困难的时间段。现在，我不能放弃这梦想般的好奇。

21世纪的今天，物理学虽然十分艰难，但终于又一次走到大时代的前沿。这比一百多年前经典物理一统天下的场景更具想象的空间：当年的牛顿力学和麦克斯韦电磁论做到了彼此相容，但总归是两个不同形式的理论，它们的结合只是一种联邦。这次不同，天才而飘逸的M理论也许能用同一个方程去描述宇宙间的所有现象，对各个领域进行有效的带领，最终完成一场伟大的大统一。如果能够实现，这在人类探寻史上将是第一次，从而开创一个气势磅礴的物理帝国时代。抵达这一终点线可能只是需要时间，三十年、五十年，或许七十年。

世界各国经济的增长速度应该可与这次科学行动相配，尤其是中国。我相信北京CEPC项目在若干年后应会重启，我也相信类似的对撞机项目在美国或欧洲终将再度发力。财富的积累能够促进精神的需求，精神的需求能够让物理预言的求证变得理直气壮。

当然，To be or not to be（生存还是毁灭），这是一个不能回避的问题。从准备实施"冬眠"的第一天起，死亡就在我的考虑范围之内。五十年后，我也许能醒来，也许不能醒来。如果永远睡去，我不会感到遗憾。在这个世界进化中，人类从来不是主人，也从来做不到永生。与非同一般的冒险目标相比，我的生命缩短是值得的。

　　我为这次冷冻整个过程支付了一定的费用，同时委托研究所保管少许的存款，以备将来醒后之用。假如不能复活，这一小笔钱则做尸体处理的费用。此外，我还余下不多的一笔现金，已决定赠予前妻和儿子（相关手续已托律师办妥）。

　　我爱我的儿子，过去、现在和将来都是。我也真正爱过我的前妻，她是这个世界上现在仍然让我惦记的女人。我曾与D教授商量，希望将前妻和儿子的照片同时放入冷冻罐，在五十年中与我相伴。但这个建议被D教授否定了，因为现有的冷冻技术还不允许这样做。这是一个小的缺憾。

　　最后，我再次表达自己的期待。我渴望在五十年后醒转之时，能够见到超强对撞机产生的膨胀能量团，灵魂似的粒子组成了宇宙大爆炸的瞬间景观。这像是一次朝圣之旅，让我们回到宇宙黎明之前的时代。我们的想象可以与那些最古老的光一起，从138亿年前时间之初出发，经过最早诞生的GN-z11星系，再经过依次诞生的无数星云，然后来到46亿年前诞生的地球。地球这颗明亮可爱的星体，在许多年前又终于诞生了人类。人类是渺小的，但因为有了自主意识而变得伟大。现在，我们站在大地上仰望星空，已经明白自己的个体与大宇宙息息相关。不错，这不是宗教的创世神话，这是一种科学证明。

再次感谢你们的理解！这是一份修改了至少五次的书信，见字便是告别！

张午界

2019.09.20

七、一篇来自美国的新闻报道

（译文）

一次人体冷冻：越线还是立新

【新环球网译自美国《科技先锋报》消息】2019年10月3日，据一位匿名人士透露，亚利桑那州一家生命延续研究所日前接纳一名华裔物理学家进行人体冷冻实验，双方签有合同。该物理学家今年五十六岁，而且多年坚持长跑，健康指数良好，没有绝症病况。他希望在五十年后被唤醒，继续从事自己的专业研究。

人体冷冻这一概念最早出现在1962年《永生的前景》一书中，作者为同样是物理学家的罗伯特·埃廷格。人体冷冻技术尽管已取得巨大进步，但目前仍处于医学试验阶段，具体方法是在人死亡后，对其身体进行抽血和多项小手术，再放入-196摄氏度的液氮箱中。在将来某个时间，当医疗技术达到期望的水平，该身体便可以被解冻复活。据悉，人体冷冻术被《自然》杂志评为十大超越人类极限的未来前端技术之一。

1967年，一位名为贝德福德的男士响应此项实验，成为实施人体冷冻的第一人。至今，全球已有超过3000人签署了死后冷冻协议，其中一部分人已经正式履行，不过这些人的行为均在法律允许的范围内。美国联邦法律规定，只有被判定为临床死亡的人方可接受人体冷冻服务。此次这位身体健康的物理学家加入该项实验，应视为对现有法律条文的越线，但也可能成为突破人们伦理认知的一次新尝试。

八、我与从岚坐在院子树下聊话

2020年春节之后的一段时间，因为新冠疫情我被困在了家里，每天翻翻书看看电影，有时还伴着音乐做一些出汗动作，日子过得轻松而憋屈。有一天晚上为了取刊物校样，我开车去了一趟单位。街上灯光暗淡，行人稀少，有一种无法验证的不安全感。我暗叹了一声，人类的生活真是脆弱呀，一个小小的病毒，让整个城市一下子收起了自由。

就是在这时，手机"嘟"了一声，微信上出现了从岚的文字。她说自己回昆城了，这些天住在坡南街房子里。我赶紧把车子停在路边，用微信与她交流了好一会儿。她说自己计划回国待二十天，陪陪老人，顺便把昆城好吃的吃一遍，没想到这疫情没头没脑地就来了，看这架势，中国飞美国的航班短期内不会恢复。我安慰她，这样也好，你可以心安理得在老家多住一些日子，也让这房子派上用场。我表示，等这阵疫情消停了，马上去昆城看她。我又特意说了一句，我很想跟你再聊一聊，听你说说午界。从岚似乎沉默了一下，没有拒绝。

2020年3月中旬，疫情管理刚松开，我不让自己犹豫，拣一个周末就去了昆城。那天中午，我与从岚一起吃了简餐，然后泡一壶茶，坐到院子的桂树下。桂树叶子茂盛，挡住了阳光。我说，咱们晒着太阳聊天才好。从岚说，别着急呀，太阳往西挪去一些，阳光就全过来了。

那个有些暖意的下午，在午界从小长大的院子里，我和从岚进行了聊话式的访谈。以下为这次对话的内容（根据录音整理）：

钟求是（以下简称钟）：算一下，你这一回在这儿住两个月了吧？

徐从岚（以下简称徐）：没错儿，快两个月啦。说实话呀，被疫情困在老家，心里倒没怎么懊恼。这条坡南街现在有些意思的，没事的时候走一走，多少可以捡回一点小时候的记忆。

钟：嗯嗯，好在昆城情况宽松些，还可以外出散步。

徐：一散步呀，眼睛里全是光鲜陌生的东西，昆城建设进度太快了，过去的小城模样基本丢掉了……除了这条坡南街。

钟：那咱们就从这里开聊吧，你先说说美国小城和中国小城的区别。

徐：求是，你的采访算是正式开始啦？

钟：呵呵，我说过的，不算正式采访。咱们只是聊天，怎么聊都行。

徐：那好吧，就从美国小城开始说起。那年你去过我们奥克兰的家，那房子呀离午界上班的大学挺近，开车也就十多分钟。大学所在的小城就叫伯克利，一个挺好玩的地方。20世纪六七十年代，各种新潮东西包括嬉皮士文化就是从这里起步的。平常镇子上呀总是阳光充足，不少野路子的歌手或者舞者会在街头表演献艺，气氛相当自由开放。你如果有机会在那街上走一圈，会遇到一些看上去挺有文化的无家可归者，也会遇到几个服装奇异或行为特别的青年学生。有一天，我就看到一位白人小伙子站在路边椅子上，双手举着一块木牌子，上面写着：抗议英法联军烧毁中国圆明园！我想他可能是历史系或者艺术系学生，刚刚上完课心里生气吧……

钟：哟，这么听着，这伯克利是有点另类。

徐：我说这些是想指出一个事实：在这么轻松自由的地方，午界待了不少年，但他的性情一点儿没变。拿几个严肃的中文词放在他身上，应该是认真、古板，再加上孤单。他整天待在实验室里，完了就是赶紧回家睡觉，从不给自己留点儿社交时间什么的。那几年呀我倒希望他下班别急着回家，在镇子上找个热闹场所放肆一回，或者钻进某个酒吧跟朋友喝上一杯。可实际上，他没有能说上几句交心话的朋友，他也不可能踏进灯光晃动的舞场歌厅。

钟：你们出国早，那会儿在美国的中国留学生都很拼的。我是说，午界是用自己的方式在打拼。

徐：我知道你这话的意思，可活络的中国留学生也不少。我拿到会计硕士后，先入职一家贸易公司，那老板就是当年的自费留学生。他原来在国内干过外贸的活儿，后来到美国读了个硕士便开始到处打工，当产品推销员。他的嘴皮子又溜又甜，半小时能说完两小时的话，还能取得对方的信任。不久他自创公司剑走偏锋，去做南非的生意。南非当时呀因为搞种族隔离被国际社会经济制裁，但私底下许多国家又与它玩间接贸易。我那老板利用这个做贸易代理，淘到了第一桶金。这么一个例子，你就能判断他这个人脑子不错。

钟：午界的脑子更不错，但你不能要求午界也去开公司做生意，把嘴皮子练得又溜又甜……

徐：一段时间过去，求是你现在挺向着午界的嘛。

钟：嘿嘿，我今天只带着耳朵，主要听你的事实讲述。

徐：好，我讲午界的两件事吧。先说说他对boss也就是导师的背叛……

钟：背叛？他……背叛导师？

徐：我记得是午界马上博士毕业的那年春天，他接下导师给的一份差事，去洛杉矶南加州大学参加一个研讨会……

钟：这研讨会我知道，一次著名的超弦理论专题会议。

徐：是的，这次会议上午界见到了物理界重要人物爱德华·威滕，听他讲述了M理论。这几乎是一个转折点，回来后午界不怎么说话，其实是在兴奋中做沉默的思考。很快他做出了决定，研究方向逐渐转向量子力学中的超弦理论。这就造成一个问题，与自己导师岔开了路径。他的导师是时空物理的厉害人物，在引力波探测上很有成绩。但引力波是爱因斯坦预言的一种传递现象，属于传统物理理论，跟超弦理论属于两个阵营。导师接到南加大的会议邀请，自己不去而派学生去，基本上也是因为这个原因。在这样的情形下，作为相随数年的弟子，得有一个轻重权衡，可午界不管不顾的，与导师渐行渐远。

钟：这样呀，午界是够狠的。我想起一句话：吾爱吾师，吾更爱真理。亚里士多德说的。

徐：问题是真理不明呀，难道时空物理和引力波就没有前途？其实吧导师对午界挺好的，认为他有往前走的潜力，也给了不少机会。他留校做助理教授，后来得到副教授职务，都少不了导师的助力。但后来导师一看情况越来越不对，就不肯帮扶了。那会儿午界担心失去教职，大的背景是政府资助减少，具体缘由呀则是与导师的关系疏远。记得有一次导师来家里吃饭……对了，导师喜欢吃中国菜，我们偶尔会请他过来一起用餐。每次来的时候，我会做一个地道的昆城菜，就是"酒蛋"——在锅里把油烧热，倒进蛋液搅几下，再加入黄酒和红糖，特别简单也特别补身子。导师格外爱吃这道菜，所以那天我又做了。导师用勺子慢慢将"酒蛋"吃完，然后站起身专门拥抱我一下，轻声说，以后恐怕吃不到你这道菜了。当时我不明白这话什么意思，不久就知道了，他准备"丢开"午界啦。

钟：唉，事情到了这一步，午界心理压力没法不大。

徐：这第二件事呀是午界的一次自杀……

钟：自杀？他还玩了一次自杀？

徐：发生在午界身上的事你别太惊讶，他确实自杀了一回。那是在他失眠症最严重、下一份工作又没找到的时候……因为工作没有着落，他整日待在家里却不能安心休息，每天夜里翻来覆去睡不着，到了早上又累得不行，脸上难看得像刷了一层灰。当然也试过安神药，一种两种三种，都没啥大用。

钟：午界去看过医生吗？这种情况该去看心理医生的。

徐：去看心理医生了，医生说Mr.Zhang，我没法帮你，事实上没人能帮你，因为这种情况是你自找的。医生又说，以后要是睡不着，最好的方法是不要理它，如果要理它，就是对你的肌肉说relax、relax（放松、放松）。午界知道医生的用意，就决定试一试，到了晚上早早上床，安静地躺着，让relax这个词在身上每个部位轻轻走过。可是第二天上午，我看到午界的脸似乎变瘦了，眼里布着血丝，眼角则多了几条褶子……说实在的，我很心疼。

钟：哦哦……午界。

徐：那会儿为了不打扰对方，我们已经分床睡了。一天夜里大约三四点钟，我起来去洗手间，忽然发现阳台上站着午界。我吃了一惊，赶紧上去问怎么啦。午界不吭声，目光看着我，又不像在看我。我大声追问你在干什么，他才笑一下说，我在计算。原来他正在计算跳楼的数据！我们家在六楼，他要估算落体高度、冲击强度和地上受力面积、身体着地部位等，得出快速死亡的概率。后来我问午界，死亡概率是多少？他说85%左右，因为自己比较瘦缺少脂肪，可能增加到88%。他又说，因为这糟糕的12%，终于没有做出决定。

钟：这听上去有点幽默，午界不是在开玩笑吧？

徐：不是开玩笑，我看得出来，他确实有过死的念头。幸运的是，在生活中他啥也不讲究，可以接受孤单和不体面，但不能接受摔成残废卧在床上。他知道自己做不成霍金。

钟：一个人有过死的念头，生活会变得不一样。午界有过这样的经历，未必不是好的事情，他的人生态度也许会变得更加坚决。

徐：嗯，也许是这么回事。午界摆脱失眠症，靠的是消耗体力法，也就是不断地跑步，但细想一下，肯定跟这次准死亡有关——都死过一回啦，还怕睡不着觉吗？午界选择人体冷冻，可能也跟曾经的死亡尝试有关。至少对死亡这件事，他已经不再那么害怕了。

钟：唔……从岚，你事先知道午界人体冷冻的打算吗？

徐：这种事呀午界不会事先告诉我的，但我对他的行动有一种预感。这是真的。我老估摸着他会做一件出格的事，以表达自己在专业上的不甘心。只是我没料到，他竟然干出这样稀奇的事——这种稀奇简直像一次长跑，跑着跑着跑进了斗兽场。当然了，别人听到这消息只是吃惊，而我在吃惊之后则是伤心和茫然。我不知道自己应该怎样对待这件事，我花了不少时间也没调好自己的心情。

钟：除了伤心和茫然，你心里有怨言吗？

徐：这个怨言的怨是指怨恨吗？No，午界是个让人怨恨不起来的人，即使在我心里不满意的时候，即使我和他分开的时候。不过有一点得承认，跟他在一起时间长了，我是有些累。这种累是生活态度的落差造成的——我活在平常的世俗里，双脚踩在地上，他却有点飘在空中。我们离开对方不是彼此厌倦，而是希望减少这种累。

钟：可在日子里，谁没有累呢。去年在杭州，午界回忆起了你们的初恋，还挺动情的。看得出来，他在乎你，在乎你们过去的情感。当时我就觉得，你们分开真的挺可惜的。

徐：但你也得明白，既然他离开了我，说明我没有排在他生命中最重要的位置。是的，不是最重要的位置。

钟：作为一个女人，你这么想也没错。可午界在那封信中说，你是这个世界上现在仍然让他惦记的女人。当时看到这句话我心里一动。

徐：谢谢你记住了这句话。要知道，这句话也适用于我对他，他是这个世界上会让我一直惦记的男人。如果再加一个词，那他是这个世界上让我一直惦记并且让我一直伤感的男人。但无论是惦记还是伤感，都是因为有了距离，分开之后空间和时间产生的距离。

钟：说到这种距离，我有一个问题，你和午界最后一次见面是什么时候？他在人体冷冻前有没有跟你道别？

徐：最后一次见面是去年9月2日在旧金山。儿子在公司上了一年班觉得没意思，又考回康奈尔大学继续读硕士，马上秋季开学啦，午界约了儿子和我一起用餐。

钟：儿子读书在美国东部，这一年上班是在旧金山吗？

徐：是的，儿子这一年在旧金山跟我住在一起。午界则住在洛杉矶，平时他们父子见不上面。这回午界从洛杉矶过来，赶在儿子飞东部前聚一次。我以为他是为了儿子考上研究生庆贺一下，其实呢是一次告别。是的，一次真正的告别。

钟：午界经常对付不好生活，看来这一回终于做了生活导演，导演了与你们的最后见面。

徐：见面是在旧金山一家挺有名的中餐馆。那天午界穿着一件白衬衫，脸上刚刮过胡子，虽然还是消瘦，但看上去挺精神的。我们坐在一个小隔间里，桌上放着几样中国菜，像是一次平常的家庭聚餐。开吃前，午界拿出一只手表送给儿子，算是对他升读研究生的祝贺。儿子无所谓，说我不戴手表的，手机上又不是没时间。午界说上课不能老看手机，要习惯手上有只表。午界又说，一只手机用一两年就会丢掉，手表不一样，可以戴三十年五十年，没准越戴越有情感。这么一说，儿子就把手表套在手腕上……噢，是汉米尔顿黑色表盘，戴在儿子手上挺好看的。

钟：午界送给儿子的不仅是一只手表，更是一段长长的时间。

徐：是这个意思，但当时儿子和我还不能领会。我只是觉得一些日子不见，他怎么已经培养起了细心。刚这么想着，午界又有了新的动作。他一个示意，让服务员端上一只备好的蛋糕。蛋糕不大但挺精致，奶白色圆面铺着一朵水果做的鲜花，搁在桌子上很漂亮。我心里纳闷，眼睛瞧着午界。午界咧嘴一笑说，今天是你的生日，也得庆祝一下。我吃一惊说，是我吗？今天是我的生日？午界说是的，9月2日，我记着呢。我瞥一眼儿子，儿子耸一下肩，表示自己摸不着头脑。我静一静脑子，忽然悟过来了。我的生日是农历九月初二，往年生日要么不过，要过就过这个农历日子。求是你懂了吧？九月初二跟9月2日差着一个多月，这粗心男人把我生日提前得太离谱了。

钟：呵呵！从岚，午界能记着给你过生日，说明已经很用心了。

徐：当时我也这么想，就没有拒绝那小小的仪式。午界在蛋糕上插了蜡烛点燃，又唱起*Happy Birthday to You*，儿子也合拍地跟了上来。我不能不高兴哩，闭上眼睛许了愿，然后伸出脖子吹灭蜡烛。这个中餐馆也很有人情味儿，不仅免费上了一道鸡蛋长寿面，好几位服务员还轮流过来向我说生日快乐。反正那场面挺温馨的，有一种将错就错的真切感。我吃着蛋糕，心里似乎也产生了奶油味儿的欣慰。得有两三次吧，我用目光向午界表示了感谢。

钟：这种感觉真的挺好……嘿嘿，说有情调也不为过。

徐：用餐结束的时候，我们站起身分手。午界先拥抱儿子，接着拥抱了我。他在我耳边轻轻说，我知道你生日是哪天，我就想让你高兴一回in advance（提前）。我不知说什么好，就用手拍拍他的后背。这个男人呀，做幽默的事都是认真的。

钟：你当时没察觉到他任何异样吗？

徐：没有。因为认定他记错了生日日子，我就觉得他有点笨拙。分别拥抱时，因为他的耳边那句话，我又有一点伤感。如果那会儿我冷静平常一些，也许能看出一点他的不一样。

钟：这一别得整整五十年，确实让人唏嘘。

徐：对我来说，这一别便是永远。如果五十年后奇迹真能发生，见到他的是儿子，是比他更年长的儿子。

钟：那种父子相见的场景，你期待吗？对不起，这样问也许不好。

徐：那种场景我不会去期待，也不愿去想象。有时稍微想一想，心里就会特别难受。难受的时候呀，我就觉得午界有点像一个人，小说中的一个人。

钟：谁？挺像谁？

徐：堂吉诃德。

钟：哦哦……

330

徐：他举着长矛，不顾一切地向着自己的梦想奔去，甩掉了周围很多的人。但这种行为落在别人眼中，也许只是一个笑话。说得正式一些，他望向天空执着了许多年，也许恰恰是被人类正常生活所淘汰的过程。

钟：不对，从岚你不能这么想！支撑堂吉诃德行为的是幻想，而支撑午界行为的是好奇。以前跟你说过，我是个很有好奇心的人。看了午界那封信，我忽然明白他有着更大的好奇心。我好奇的是人，他好奇的是宇宙，而人只是宇宙中小小的存在。如果这句话不妥，也可以这么说，虽然人在宇宙中的存在也是个奇迹，但他还想去发现更大的奇迹。真的不能否认，这是一件勇敢的事。

徐：求是你讲得很好，你这样理解午界，我觉得自己说了一下午也值了。不过我的内心又告诉自己，我多么希望他是个勇敢的人，又是个平常的人。我多么希望他每天正常回家，吃过饭陪我一起散散步聊聊话，在我每年生日的时候送我一只蛋糕，一直到老……

钟：现在我大概能猜出你存在这树下的时光留言了。

徐：呃，你说。

钟：一定与爱相关——关于日常里的爱，关于时间里的爱。

徐：那午界的呢？

钟：他的留言应该跟物理有关，跟星空有关。即使在婚礼时刻，他也不会忘了对专业的遐思……这只是一种猜想，你觉得对吗？

徐：我不知道……我当然不知道你的猜想对不对。如果知道了，守着这棵树呀就少了不少意思。不过我想在你这位作家跟前，也说几句有点文学的话。

钟：行呀，你说。

徐：到了这个年纪，应该活得有点明白了，但我还是茫然哩。我过去老觉得在人的生命世界中，爱是最大的星座。现在才发现，比爱更大的星座是孤独。"孤独"这个词你可以喜欢它或者不喜欢它，但不管怎么样，孤独会陪着我们走过很长的路。

钟：你讲得也挺好……从岚你这不是茫然。

徐：我等着，等着自己喜欢上"孤独"这个词。这样午界一个人躺在那边，我一个人坐在这里，感觉会好一些。

钟：噢从岚，你流泪了……

徐：对不起，让我喝口茶。

钟：我不能再缠着你说话了……这个下午真好，让我听懂了你，也明白了更多的午界。对了，关于午界，我还想知道一点。

徐：你说吧。

钟：那篇关于人体冷冻的新闻报道，说一位华裔物理学家……那么午界已入美国籍了吗？去年跟午界见面，我忘了问这个。

徐：那篇报道的说法是错的。午界呀拿的是绿卡，没有加入美国国籍，这个我可以肯定。

钟：噢，这么说午界一直是中国人？

徐：对的，午界一直是中国人，也一直是咱们昆城人。

九、一则不能省去的补记

就是那天傍晚，我以朋友聚餐为借口，推掉从岚的留饭，从宅院里出来。已经聊了一下午，我想一个人待一会儿。

走在坡南街上，我脚步冲动，却没有目标。此时我脑子里装着从岚的话，也装着午界的种种往事，晃晃荡荡的，都快溢出来了。我不知道怎么安顿如此心情的自己。

正这么踌躇着，我左右张望几眼，看见了路旁的一家小酒馆。我拨过身子走了进去。馆厅不大，吃客也不多。我在一张小桌前坐下，点了几样菜，又要了一大杯散装的本地白酒。

我端起白酒杯子，使劲喝了一口。这种酒带着一股狠劲儿，有点冲嗓子，但我此时竟没有怯意。三四口下去，脸便有点热，我不准备劝止自己，又饮了三四口。不多时，肚子里形成了反差的内容：喝下去的是酒水，浮上来的是苍茫。

在苍茫感的帮助下，这一年多中的许多场景依次到来，在我脑子里一一展开。即使思想有些飘忽，我也坚定地认为，此时午界离我很远，又离我很近。他身上精神层面的东西，被收留在了我的时间里。在时间的流淌中，我与他同在。

走出酒馆时夜色已降，街灯淡淡地亮着，照见旁边的一条溪流。

溪流之上有一座木桥，桥栏处坐着几位闲聊的男女，清脆的声音显示他们是一群谈资丰富的年轻人。我踱过去也坐在桥栏上，让微红的脸面凉一凉。空气中有几丝轻风，似有似无的。往上望去，天空布着一些星子——毕竟是在小镇，瞧着还挺醒目的。正举着脑袋，眼前忽然一亮，一道闪电在天边蹿过，随后一阵雷声响起。春天的夜晚，闪电、打雷并不稀罕，稀罕的是此刻天空亮着星子。

果然，旁边有一位清秀女子表达了好奇："嗨有意思，天上有这么多的星星，怎么还闪电、打雷啦？"这个问题有点难度系数，没有人应答，于是我主动接住了话头："这是因为那片雷电云比较远，不在我们的头上。"暗色中那位清秀女子的目光投向我："比较远是多远呢？"此时又有闪电和雷声先后到达，我昂着脸认真算了算，说："刚才雷电相差八秒钟，光速每秒30万公里，因为太快了可以忽略不计，音速是每秒340米，所以那云片离这儿大约2720米。"周旁好几位年轻男女站起身凑过来，眼睛盯着我。一位小伙子说："哟，是位牛人哩。"另一位小伙子说："不仅是牛人，说不定还是高级牛人。"那位清秀女子又把胳膊指向天空："那你说说，天上的这些星星各有多远呢？"我抬起脑袋瞧着他们，慢慢地说："它们每一颗的远近都是艰难的计算题，我做不出来，只有张午界可以。他才是高级牛人！"

一群声音差不多同时响起："张午界是谁？"

我没做回答，却举着脖子动一动嘴巴——我以为自己打出一个酒嗝，不想呼出的是一声长叹。是的，我必须难过，因为他们什么都不知道。

后记：一个人的文学词条

一、故乡的样子

我的出生地是浙江温州的平阳县城，名号叫昆阳。在这个不大不小的镇子里，我长大、游荡和读书，度过了忧郁又快乐的年少时光。

那个时候，我好奇心特别强，喜欢一个人在街上晃悠，一见到围成一圈的人群就兴奋地往里挤。人圈里边的空地上，有走江湖的好汉在推销膏药并演示武术。这些表演时不时讨到一阵喝彩声。大人们一叫好，我也跟着叫几声。

我一般还要到人民广场走一走。人民广场是镇上的热闹地方，有打球的，有卖水果的，有闲话的，各路拳派的小喽啰也喜欢在那儿显显身手。如果耐心在那儿等着，我会看到一场群架，或者一个对一个的独斗。那时候打架不太用刀子，所以场面不血腥，比较耐看。

当然，街上还有更好玩的人物——这些人物以怪异的外形和独特的个性在镇子里获得显赫的名声。一位是背尸工，脸上有麻子，搬过尸体手也不洗就能吃下饭。一位是疯子，很文气，曾在部队里当过军官，蹲在地上能画好看的图画。一位叫谈夫，是个码头挑夫，空闲了便对着人群大谈谁也不明白的理论。还有一位板车拉夫，鼻孔短缺，据传仅有一只睾丸，可后来结婚生了一个儿子。我的一位同学把他们概括为"四大才子"。

除了好奇心，那时我还拥有一张借书证。我清楚记得四年级的一天，我父亲带着我去县图书馆办理了借书证，然后我第一次借到了一本薄薄的小说。此后好些年里，我成了图书馆忙碌的走客。那时候我的阅读很贪，暑假的下午，我在外边玩过了回家，搬一张小竹椅坐到屋外，从夕阳看到晚饭，晚饭后又看到天黑，一本书差不多就看完了。这样的阅读速度，加上图书馆可看的小说不多，两三年后，我借书就变得困难起来。每次在图书馆的玻璃橱窗前一路看过去，又一路看回来，一排排全是看过的书。偶尔见到未读的好书，心里便一阵欢喜。那会儿的抢手好书，主要是指《艳阳天》《大刀记》《西游记》《水浒传》，还有国外的《在人间》《钢铁是怎样炼成的》《牛虻》《基督山伯爵》等。

在这个镇子里，我生活十六年多，读完了小学和中学，也形成了一生中重要的基础记忆。许多年过去，我始终没有断开与家乡的联系。小镇上的景物、故事和各色各样的人物一直在我脑子里潜伏着并丰富着，一旦遇到机会，它们就会带着生命的蓬勃，长出我所需要的小说细节和气味。对我的写作来说，家乡既是出发地也是根据地——是的，这么些年，昆阳小镇化名昆城，许多次出现在我的小说里。

二、我的大学

1980年秋天，十六岁的我离开家乡去北京上大学。那个时候，一个县城小子闯进京城校园，心里自然装着兴奋。但兴奋之余也有失落，因为我读的是经济学专业而不是中文专业。所以在相当一段时间里，我"身在曹营心在汉"。上课之外，我会找些小说来读，譬如《莎士比亚戏剧作品集》《外国现代派作品选》《围城》等。《变形记》《等待戈多》《墙上的斑点》等现代派作品就是那会儿看到的。彼时还流行朦胧诗，校园内外不时有诗歌朗诵会和讲座，我会流窜着去听。这些都调动了我的文学情绪。到了放假时间，同学们在补外语，我则胡乱写些所谓的小说和诗歌。

要是撇开文学，大学期间我好像主要干了两件事：一是把《资本论》三卷通读一遍，这是专业上的正事；二是谈了一场恋爱，这是青春期的正事。那时候大学校园里游走着理想主义的信仰：一场爱国主义的巡回报告，能让学生们眼噙泪花；一场女排或男足的胜利，能点燃学生们的激情。我们还喜欢坐在草坪上说说二十年后的事情，我们最常唱的一首歌是《年轻的朋友来相会》。这些情景后来都进入了我的小说。许多年过去，我在回味中觉得，80年代校园里生长着的那种理想主义情怀，确实是值得珍惜的。

在一次访谈中，我遇到这样一个问题：你大学毕业后要是留在了北京，现在会干什么？事实上，那会儿大学生稀少，国家撒豆似的往各省分配，个人没有毕业自主权。如果留在北京，以我的做事脾性和生活态度，京城也就是多了一个蹩脚的小公务员或者一位沮丧的大学教员。当然，我也可能写作，创作一些好或不好的小说，谁知道呢。我相信命运，一生走过的线路是命定的。

三、匈牙利死亡事件

大学毕业我回到浙江，意外干起了对外联络工作。在这个重要又特别的领域，我一干就是十五年。从视野上说，我要跟踪和分析国际事件与各国情势。从年龄上说，这是掺着我青春精华的一段时光。

在工作之初，因为文学梦刚刚展开，心里又装着对校园日子的不舍，我利用下班时间开始创作关于大学生活的长篇小说。两年后，小说写完了，也寄给过一家出版社，但估计没有人愿意去翻看一下。它成为一部只有一位读者的作品，这位读者便是我自己。之后的日子，我又写过几个愣头愣脑的中短篇小说，便淡了兴致，觉得与文学渐行渐远。就在这时，发生了一件死亡事件。

那一年，我最要好的一位工作搭档在匈牙利公干。在寒冷的冬夜，他从斯洛文尼亚返回布达佩斯，途中由于路滑，车子不留神陷在路旁的积雪里。他下车蹲看，想着怎么把车子从雪堆里弄出来，这时一辆打滑的轿车向他撞来，将他抬到空中。半小时后，他死在附近一家叫希尔福克的医院里。几天后，我和他的家人来到这家医院的太平间，搬尸工将他的尸体从一个长匣里拉出，白布打开，露出一张苍白而清瘦的脸。那真让人心痛呀，他是一名为国家事业而战斗的献身者，更是一个生机勃勃的好人，却再也不能享受人间的温暖了。在泪水覆盖眼眶之时，我脑子有些恍惚，不明白对某个生命而言，死亡到底有着怎样的秩序，命运到底有着怎样的轨迹。随后，我们将他抬到柩车上，运往布达佩斯火化。一路上，我们的车子跟在柩车后边，柩车上醒目的十字架在我眼里时远时近，让我产生一种神秘的宗教感。在那一刻，我知道自己必须更专心地投入文学，而且要用一生的努力去探问和破解生命的意义。

过了不久，我重拾文学，写出了中篇小说《诗人匈牙利之死》。

四、经济学和《资本论》

在大学时代，我学的是经济学理论，《资本论》为重要的主课。

我曾花许多时间一字一句通读了《资本论》三卷。当然，那时我也阅读西方经济学文字，譬如萨缪尔森、凯恩斯的著作。在我的脑子里，蓄满胡子的马克思经常与另一位西方经济学家面对面站着，相互用高深的语言反驳对方。这种专业学习是重要的，它成为我之后思考问题的思维依托和理论基础。

许多作家不是中文系出身，却常常受益于自己的原先专业。学过政治经济学，能够调高目光，对社会生活的运行看得深一些远一些，这对文学写作显然是有帮助的。阅读《资本论》的经历，是我人生中的一个伏笔，它在等着与前方一部作品的相遇。几年前，当我写作长篇小说《等待呼吸》时，这个伏笔从暗处现身了，坚定地来到了我的跟前。在这部小说里，我把最重要的笔墨给了在莫斯科大学经济系就读的中国留学生夏小松。他是个理想主义者，熟读《资本论》，在不同经济理论的比较中选择了自己的信仰方向。虽然苏东剧变中的一颗子弹中断了他的生命，但他的激情气息没有中断，一直贯穿在这部小说中。从某种意义上说，这是《资本论》对我写作的一次重要援助。

对作家来说，每一段阅读经历都是重要的，是上天对你的赐予。事实上，我对经济学的学习和延伸出来的对社会生活的思考，不仅帮助自己丰富了题材、拓展了眼光，也容易让作品中的气象更大一些。作品的大不在于题材的大，而在于思想的力度。即使像《地上的天空》这样展示人性幽微和生活细部的短篇小说，我也努力注入大的思考，让作品内部生长出开阔的东西。

五、写作面对三种关系

经常遇到一个提问：你最喜欢自己的哪部小说？如果非得答复，我会回答：截至目前，我偏爱长篇小说《等待呼吸》、中篇小说《宇宙里的昆城》、短篇小说《地上的天空》。我们知道，无论是作家还是别的职业者，在生活中总要处理三种关系：人与社会的关系，人与自然的关系，人与自我的关系。这三个小说分别对应这三种关系，也举托着我在写作中的三个思考方向。

《等待呼吸》的立意，是写20世纪六七十年代出生的这一代人的个体命运。这种个体命运的演绎有一个巨大背景，即世界发展进程中的社会大变革。在那个时期，苏联的国家变故当然是最引人注目的。我把关注点放在这里，作为故事的出发地，当然是为了把小的个体命运放到大的时代格局中。在作品中，一颗子弹击穿夏小松的胸口。那也是一颗时代的流弹，它不仅击伤了一个年轻人的身体，更击伤了他的理想和情怀。我觉得，一位有力道的作家，应能依靠强劲的想象让人物走入历史现场，去思考社会的发展、人类的推进、国家的命运等一些大的东西，这就是人与社会的关系。

《地上的天空》讲的是人与自我的关系。当下岁月里，有太多的人过着普通的平淡日子,一辈子只是单调地往前走。但平凡的背后,必有挣脱的内心。总有不甘者要对自己的生活进行突围,甚至想往空中飞翔一次。小说中朱一围在生命的最后阶段,由于对人的下一辈子有了想象,于是去做奋力的一搏,并由此获得了具有诗意的告别心情。所以每个平凡者都可能藏有孤勇者的心:对弈平凡,对峙绝望,去建立自己开阔丰富的精神世界。

人与自然的相处,不仅是指人类与空气、山水的关系,还有一个更大的指向:人在地球上活着的意义是什么?地球在宇宙中的定位、人与宇宙的关系是什么?这才是大的人与自然的关系。《宇宙里的昆城》就是想从很宏阔的宇宙视角,来打量地球、审阅人类。小说中的留美物理学家张午界,希望通过对撞机实验来模仿宇宙大爆炸,从而进行突破人类自身局限的探索。他脑子里的所想,是如何打通天与地之间的经脉,如何实现人与自然的灵魂连接。这种平凡又震俗的生命冒险,让他成为一个仰望星空、献祭理想的人。

六、内心的房间

这些年,我一直有一个写作主张,就是去捕猎日常生活里的隐秘,更具体一些说,去捉拿各种人物心中潜伏的深层情感。譬如在生活中,人们除了表层的高兴与难过情绪外,内心深处往往藏着或大或小的困局。因为有了心中困局，许多人就会觉得累，觉得无法安放好自己的灵魂。从这里引出去，便要说到深藏的共鸣点。

一般地说，好的小说需要引起共鸣。引起共鸣的面积越大，说明这个小说的内在力量越大，就越可能是一个好的小说。当然，这个共鸣是指深度共鸣。此深度共鸣点躲在内心深处，读者平时自己可能也觉察不到，但他们通过小说的阅读，一下子把这个微妙的东西激活了，引起或喜或悲的共情。我老说人的内心有很多房间，一般人看到的是一个房间、两个房间。你和老朋友在深夜谈到两点、三点，终于抓取到了第三个房间的情感私货。但对作家来说，这显然是不够的，还应该使劲往里探走，去搜捕第四个、第五个房间内的东西。越是里面的房间，内容就越隐秘，搜捕难度就越大。事实上，对人物内心挖掘得有多深，是由作家的文学观、对人生的思考深度、对世界的认知宽度等决定的。

在文学中，不过时的永远是那些有着精神态度和艺术温度的东西，譬如对人性的揭示、对世事的质疑、对艺术的革新等。但从根上说，作品的长寿，一定是在广阔心域里找到了引起广泛共鸣的深度情感。找到并表达这种深度情感，不仅需要作家的艺术功力，在不少时候更需要作家的诚实和勇敢。我们得承认，在这个浮躁趋利和明哲保身的时代，诚实和勇敢几乎是稀缺的品质。

七、小说的无界

　　真正的好小说，是不讲究写作规则和评判标准的。最近我在谈论短篇小说创作时，提到了"无界"一词。短篇小说让人施展身手的空间很小，可又需要在语言韵味、叙述推进、故事起伏、精神表达等方面做到精致和畅通，这样的难度自然很大，且会受到许多限制。但写到一定份儿上，随着驾驭能力的提升，你某一天会感到开朗了、自由了，渐渐走向无界的状态。这个无界当然是有前提的，即首先必须把控住短篇小说的内在规律。若抵达此写作状态，便做到了文学层面的"从心所欲，不逾矩"。这种抵达当然不是一件容易的事，所以"无界"这个词常常不是一种创作心得，而是一种创作心往。

　　对无界的心往既可落实在写作内容上，也可体现在创作形式上。短篇小说内容的无界，不仅是因为当下社会生活能够提供丰富奇异的事件素材，更是因为叙事时必须闯入人的内心。正像前面所述，人的内心是阔深无边的，可以让写作者到处行走探秘。譬如在《地上的天空》中，我通过来世婚姻协议这一新奇情节的设计，对人性秘区进行了一次深度探测。在形式上的无界，指的是短篇小说正是探索各种艺术手法的合适试验地。若有新鲜的有趣的想法，都可以在短篇文本中尝试一番。譬如在《比时间更久》中，我除了做深内容，也在形式上进行探索，把非虚构情节引入小说中。

对无界的判断与阐释，不仅适用于短篇小说，也能放在中篇小说身上。在《宇宙里的昆城》中，我想在内容和形式上都做一次新探。我是一个文科生，但也可以对星座和宇宙发生兴趣，也可以去触碰量子力学和天体物理——重要的是，在科学的求知中，更能进行生命的求问。在形式上，我不仅让自己直接进入故事，还征用了邮件、访谈、闲聊、信函、新闻报道等表达手法，真的是无拘无束。其实，这个中篇小说内藏的一个核心词就是无界。宇宙是无界的，生命的追求也是无界的。

.

图书在版编目 (CIP) 数据

地上的天空 / 钟求是著. — 北京：北京十月文艺
出版社，2023.11
ISBN 978-7-5302-2320-8

Ⅰ. ①地… Ⅱ. ①钟… Ⅲ. ①中篇小说—小说集—中
国—当代②短篇小说—小说集—中国—当代 Ⅳ.
① I247.7

中国国家版本馆 CIP 数据核字 (2023) 第 122882 号

地上的天空
DISHANG DE TIANKONG
钟求是　著

出　　版　北 京 出 版 集 团
　　　　　北京十月文艺出版社
地　　址　北京北三环中路 6 号
邮　　编　100120
网　　址　www.bph.com.cn
发　　行　新经典发行有限公司
　　　　　电话 010-68423599
经　　销　新华书店
印　　刷　河北鹏润印刷有限公司
版　　次　2023 年 11 月第 1 版
印　　次　2023 年 11 月第 1 次印刷
开　　本　850 毫米 ×1168 毫米　1/32
印　　张　11
字　　数　220 千字
书　　号　ISBN 978-7-5302-2320-8
定　　价　45.00 元
如有印装质量问题，由本社负责调换
质量监督电话　010-58572393